KB230737

몽키하우스:

미군 위안부 성병치료 수용소

김영권 역사 실화 소설

몽키하우스:
미군 위안부 성병치료 수용소

김영권 지음

"국보는 남대문이나 동대문이 아니라 '나라 보지'를 말하는 거야.
국가에서 우리 몸뚱이를 이용했으니…… 그 무서운 곳을 '언덕 위의
하얀 집'이라 부른 건 낭만이 아니라 야유하기 위해서였지…… 우리
보지는 나라의 보지였어!……"

-어느 위안부 할머니의 절규

‘몽키하우스’를 찾아가는 날엔 비가 부슬부슬 내렸다.

그래도 소요산 등반객은 꽤 많은 편이었다. 하나 그들 중에 옛 양공주 성병 환자 수용소를 아는 사람은 별로 없었다. 겨우, 어느 모시옷을 정갈히 갖춰 입은 할머니가 가리켜 주는 곳으로 올라갔다.

거긴 격주로 각설이 패들이 공연하는 데라는데, 공일空日인지 몇몇 남녀가 탁자 앞에 앉아 토론하며 술을 마시고 있었다.

“몽키하우스가 어디죠?”

“우린 원숭이 안 키워요.”

“언덕 위의 하얀 집이라 부르기도 했고…… 이 부근이라던데…….”

“글쎄요.”

주위를 살펴보았으나 백색이나 회색 건물은 없었다. 나뭇잎 사이로 높다랗고 거무칙칙한 벽의 뒷면만 보일 뿐이었다.

잡초를 헤치며 슬슬 돌아갔다. 그러자 갑자기 옆면과 정면이 누르스름하게 변색된 2층짜리 건물이 나타났다. 1970년대엔 흰색이었다는데 언젠가 연노란색으로 덧칠한 듯싶었다. 페인트가 벗겨져 희끄무레한 본디 색이 드러나고 군데군데 세월의 곰팡이가 거무스레 긴 모양이었는데, 뒷벽이 왜 그렇게 검은지는 짐작되지 않았다. 페인트나 곰팡이라기보다 검은 비닐 막을 쳐 놓은 것 같기도 했으나, 대체 왜 그랬을지 의문이 일었다.

건물 앞의 공터엔 잡초가 무성히 자라나 전체적으로 하나의 폐허였다. 안으로 들어가려는데 입구 벽면에 출입금지 경고문이 동두천 경찰서장 명의로 붙어 있었다. 일단 들어섰다. 폐허의 공간에서나마 과거의 진실을 캐내야 했기에 현재의 경고를 잠시 무시했다.

하지만 70년대 경찰관의 엄포와 달리 현시대 경관의 경고는 분명 일리가 있었다. 어스레한 안쪽으로 들어갈수록 내 스스로 위험 지역임을 느꼈던 것이다. 건물 일부가 언제 어디서 무너질지 모를 만큼 낡았고 실제로 천장의 합판이 찢긴 채 간혹 무언가 툭툭 떨어져 내렸다. 발밑에선 계속 유리 조각 밟히는 소리가 났고 한 걸음 내디딜 때마다 풀썩풀썩 먼지가 일었다.

오랜 세월 동안 방치된 건물 내부는, 비유적으로 표현하자면 마치 수십 년 전에 숨진 거대한 괴물체의 내장 속 같았다. 네티즌이 올려놓은 동영상과 SBS의 〈그것이 알고 싶다〉 팀이 찍어 방송한 화면을 이미 본 상태였으나 실제로 현장을 둘러보니 머리끝이 쭈뼛 설 지경이었다.

우선 밖에서 보기와 달리 방room이 엄청 많았다. 큰방, 작은방, 구석방…… 통로를 사이에 두고 좌우로 줄느런히 늘어섰다. 그 속엔 폐물로 변해 버린 군용 담요, 핸드백, 화장품 통, 찢어진 원피스, 깨어진 거울 따위가 먼지를 덮어쓴 채 나뒹굴어 있었다.

　폐쇄되기 전까지 수용돼 있었을 여자들의 모습과 삶이 언뜻언뜻 떠올랐다. 활명수 병과 잡지책이 보이길래 집어내 오물을 털고 살펴보았더니, 상표가 거의 지워졌거나 책장들이 완전히 들러붙은 상태라 펼쳐서 어떤 의미를 파악하긴 어려웠다.

　'시대를 착각하면 안 돼. 이 속엔 아마 70년대, 80년대, 90년대가 뒤섞여 있을 테니까…….'

　생각하며 폭 좁은 가파른 시멘트 계단을 걸어 2층으로 올라갔다. 귀신이라도 나올 듯이 음산한 느낌이었다. 죄 아닌 죄로 갇힌 몸일지언정 여자들의 숙소라 그런지 황폐해진 수많은 방들엔 화장품과 거울의 누추한 잔해가 여기저기 나뒹굴었다. 거울을 닦아서 혼령의 모습이나마 한번 새겨 볼까 하다가 옥상으로 올랐다.

　하늘을 쳐다보며 심호흡을 했다. 잔뜩 흐리긴 했지만, 그곳은 쇠창살로 인해 갈기갈기 찢기지 않은 하늘을 바라볼 수 있는 유일한 공간이었다. 하지만 자유를 향해 날아가려던 무수한 여인들이 떨어져 죽거나 불구 신세가 된 곳이기도 했다. 인터넷 동영상으로 볼 땐 좀 긴가민가했는데, 실제로 가녘으로 가서 내려다보니 일반 건물과 달리 까마득히 높아 만약 뛰어내린다면 즉사 또는 중상을 입고 말 듯싶었다.

　'나라 힘이 약해…… 어쩔 도리 없는 상황에서, 벼랑을 뛰어내리는 심정으로 몸을 버린 경우도 있을 텐데…… 그녀들을 일률적으로 양갈보니 똥치니 화냥년으로 낙인찍는 건 비겁한 짓이 아닐까? 여자들에게 죄를 뒤집어씌운 채 왕을 닮은 친일파 친중파 친미파 놈들은 희희낙락거리며 부귀영화를 누렸으면서…….'

바람이 불자 저쪽 멀리 허연 감시초소를 둘러선 나무의 푸른 잎새들이 이리저리 흔들렸다. 그런데 그중에서 좀 외떨어진 한 나무의 잎새는 유난히 파르르 떨어댔다. 무엇엔가 잔뜩 겁먹은 듯…… 몸통과 이파리에 납빛이 감도는 게 은사시나무가 아닐지 짐작해 보았다. 을씨년스러운 분위기 때문인지, 문득 그건 오래전 이곳에 갇혀 고통당하거나 억울하게 죽은 여인들의 겁먹은 혼령이 스며든 게 아닌가 싶어 애처로웠다. 그리고 공터 여기저기 피어나 부슬비에 젖어 떠는 꽃들은 귀신의 원망이나 소망인 양 느껴져 한참 바라보았다.

'아, 왜 이렇게 방치해 두는 걸까? 건물을 헐어내 버리기보다 잘 활용해 기념관을 만들고 작은 위령비라도 세운다면 어떨까. 하기야 신성한 한미혈맹을 위하여 미군이 이 땅에 주둔해 있는 동안엔 쉽지 않은 일이겠지. 그렇지만 과거의 치부라 할지라도 모른 척하기보다 진실되게 기억하는 것이 미래를 위해 좋지 않을까? 의존과 종속 관계를 끝내고 동등한 입장에서 서로 존중할 때 참다운 한미동맹의 우정이 더욱 돈독해지지 않을까 싶은걸. 우리 스스로 자존감을 버리고 비굴하게 굴어서 그렇지, 성숙한 인간답게 당당해진다면 미국 사람들도 오히려 멋진 친구라며 존중해 줄 텐데…… 다른 분야에서는 그런 저력을 많이 갖췄는데, 유독 국방 부문에선 왜 그리 미숙한 꺼병이처럼 의타심을 못 버리고 자꾸 어리광이나 부리려는 사람이 많은지 몰라…….'

언제 다시 올지 몰라 다시 한번 찬찬히 둘러본 후 건물 밖으로 나와, 혼령인 듯 떨고 있는 이름 모를 하얀 꽃들에게 작별을 고했다.

'보지가 내 것이 아니라 이 나라의 보지였어!…….'

어느 할머니의 구슬픈 절규가 떠오른다. 미군 기지촌 여성들의 고통과 상흔 그리고 수치심은 그녀들만의 것이 아니라 온 민족의 것이다. 동두천, 평택 등을 비롯한 미군 주둔지만 기지촌이 아니라 한국 땅 전체가 그런 상황이라고 말한다면 과연 지나친 확대해석일까?

미군이 이 땅에 주둔한 이후로 이른바 양공주, 양색시, 양갈보 등으로 불린 '미군 위안부'들의 비참한 삶을 그린 작품은 무척 많았다. 대부분 미군부대 주변의 클럽을 무대로 술과 춤과 몸을 파는 여자들의 얘기였다. 물론 성병치료소를 단편적으로 언급한 경우도 없지 않았으나, 동두천 몽키하우스를 본격적으로 탐사해 다룬 장편소설은 이 작품이 처음이지 않을까 싶다.

이 작품은 그 모든 이전 문제작들의 도움을 입어 쓰였다. 그리고 고통스러운 옛 기억을 떠올려 어렵사리 증언해 주신 미군 위안부 피해자 할머니들과 더불어, 그분들의 애달픈 삶을 살펴 정리하고 여생을 조금이나

마 따뜻이 보살피려 애쓰는 의정부의 두레방, 동두천의 새움터, 평택의 햇살사회복지회의 도움에도 감사드린다.

끝으로, 귀한 연재 지면을 마련해 주신 계간 〈연인〉 지를 비롯해 〈주간현대〉의 대표님 그리고 출간을 맡아 주신 한국학술정보의 대표님께도 고마움을 담은 마음의 엽서를 띄운다.

2024년 가을
연신내에서 김영권

인연

구룡마을 가는 날은 황사 바람이 심하게 불었다.

지하철을 내려 마을 입구로 들어서자 포장되지 않은 길바닥에서 뿌연 먼지가 일어 시야를 가렸다.

'참 지랄 같군. 옛날엔 흙먼지가 복사꽃을 날리며 로맨틱하게 감정을 자극하는 경우도 있었건만…… 이젠 미세먼지 속 독소를 걱정해야 할 판이니…… 마스크로 얼굴을 가린 사람들이 마치 외계인처럼 느껴져…….'

나는 입속으로 중얼거리며 거센 바람을 등지고 돌아섰다. 먼지 때문에 흐릿하긴 했지만 얼마 떨어지지 않은 저쪽엔 거대한 타워팰리스의 빌딩군群이 하늘 높이 치솟아 있었다.

"구룡산엔 용 열 마리가 승천하는 것을 본 사람이 놀라 소리치는 바람에 한 마리가 떨어져 죽고 아홉 마리만 하늘로 올라갔다는 전설이 있지. 하늘에 오르지 못한 한 마리는 좋은 재물財物이 흐르는 물로 변해 양재천이 됐다더군. 그 구룡산이 품고 있는 마을이 구룡마을인데, 안타까이 전설도 무망하게 서울에서 가장 못사는 동네이지."

윤 노인이 말하곤 웃었다.

"강남 개발이 한창이던 1980년대 초, 개발에 밀려 오갈 데 없는 사람들이 하나둘 몰리면서 1천여 가구에 3천여 명이 사는 무허가 판자촌이 됐지. 양재대로를 사이에 두고 가장 잘사는 동네와 빈민 판자촌이 마주 보고 있으니 강남의 빛과 그림자라는 표현이 딱 들어맞는 성싶어. 주민 대부분이 공동화장실을 사용하고 기반시설이 형편없어 거주환경이 아주 열악할뿐더러 화재 위험도 높아 아슬아슬한 지옥이랄까."

윤 노인이 중얼거렸다.

좁은 골목길로 들어섰다. 이곳이 과연 사람 사는 동네일까 싶은 생각이 들었다.

서울의 대표적인 빈민 거주 지역 중에서도 중계동 백사마을은 궁핍하나마 일종의 청빈한 삶을 어렵사리 이어 갈 만한 가능성이 한 줄기쯤 보이는 데 반해 구룡마을은 마치 지옥 같은 분위기를 풍겼다.

물론 겉모습만으로 판단하면 안 되겠지만 너무 참혹한 상태였다. 과연 저걸 집이라고 할 수 있을지 의아스러울 지경이었다. 양식도 아니고 한식도 아닌 일종의 기묘한 움막집이라고나 할까. 입구 쪽엔 허름한 대로 가게가 있고 잿빛 블록으로 담을 쌓은 하꼬방도 보였지만, 점차 들어갈수록 삭막해졌다. 겨우 지나갈 만한 골목 양쪽으로 움막이 다닥다닥 붙어 있었다. 벽은 대부분 썩고 낡아빠진 합판이었는데, 겨울철 방한용인지 그 위에 검은 비닐이 덮어 씌워진 상태였다. 여기저기 찢어진 비닐 사이로 잔뜩 삭아빠진 양탄자 같은 게 드러나 보였고, 합판 쪼가리는 아주 조금만 눈에 띄어, 마치 움막 자체가 뼈대 없이 검은 비닐과 양탄자 조각으로 이루어진 기이한 건축물 같았다.

"이런 곳에도 사람이 살고 있지."

윤 노인이 말하곤 웃었다. 미로 같은 길을 걸어가자 여기저기 파괴된 가옥이 보였다. 재개발 정책으로 인해 이주한 집을 아예 반쯤 파괴한 뒷문에 자물통을 채우고 검붉은 스프레이로 ×표나 해골을 그려 놓았다. 그곳은 시간이 더 이상 제대로 흐르지 못하는 폐허랄까…….

'왜 어떤 사람은 자기가 직접 살지도 않는 궁전 같은 집을 열 채씩 보유하기도 하는데 어떤 사람은 이런 곧 무너져 내릴 듯한 움에서 허덕여야 하는가?'

나는 상념에 잠겼다. 비탈진 골목을 오르는데 바로 옆집에서 기도 소리가 들려왔다.

"남묘호렝게쿄…… 남묘……."

그 소리는 곧 죽어가는 사람의 단말마처럼 처연스레 울렸다. 손바닥만 한 비닐 창을 통해, 어둑한 골방에 꿇어앉아 연신 머리를 조아리며 간구하는 늙은 여인의 옆모습이 보였다.

윤 노인은 머리를 흔들며 한숨을 내쉬었다. 지난번에 백사마을의 허름한 쪽방에서 만났을 때, 그는 자신의 엄마도 이상한 종교에 빠져 어디론가 사라져 버렸다고 얘기하곤 긴 한숨을 쉬었었다.

윤 노인은 앞장서서 비탈진 골목을 오른 끝에 어느 움집 앞에 멈춰 섰다.

"어이, 선아 씨…… 나 왔네."

윤 노인은 부드럽게 말하고 나서 낡은 문을 연 다음 안으로 들어섰다. 밖은 청명한 대낮이었지만 방 안은 어두컴컴한 암굴 같았다. 형광등이 켜지자 흐릿한 빛을 뿌리며 죽어가는 쓰르라미가 우는 듯한 소리가 났다. 작고 초라한 탁자 앞에 앉아 염주를 굴리고 있던 할머니가 돋보기를 벗으며 보일락 말락 어렴풋이 미소 지었다.

"동상, 불은 꺼 버리랑게. 좀 있으문 편안히 보일 거라."

"동생은 무슨 동생…… 동갑에다 생일은 내가 몇 달 빠른데…… 예전엔 오빠라더니……."

"흥, 그때하구 지금하구 같으냥? 옛날엔 좀 멋이 있었으니까 그렇게 불렀었지만…… 하긴 지금도 가끔은, 그때 동상 말을 안 들은 게 아슴아슴 후회가 돼 오긴 해."

"그러니 지금이라도 이 오래비 말을 듣고…… 여길 떠나 상계동 백사 마을로 가자니까…… 자꾸 고집을 부리고 그래."

"싫어. 다 늙은 마당에 같이 살면 뭘 해."

"누가 같이 살재? 같은 동네에서 살자는 거지. 흥, 김칫국부터 마시지 말라구."

"호호, 김칫국은 옛날 몽키하우스에 있을 때 다 마셨으니 이젠 술이나 한잔해요. 좀 그윽하게……."

막걸리에 갓김치가 안주였지만 잘 익어서 그런지 아주 상큼했다.

그들도 추억을 효모로 삼아 서서히 발효돼 갔다.

나는 옆에 앉아 그들이 주고받는 구슬픈 인생담에 서서히 젖어들었다.

차례

제1부

지푸라기

별이 푸른 건 허공 하늘이 있기 때문이다.

빌딩 숲으로 산맥을 이룬 도시의 하늘 선線이 만일 콘크리트 장벽에 완전히 가려 버린다면 별은 사라지리라. 아마 하늘보다 먼저 사람의 가슴속에서…… 그리고 그 별은 검은 아스팔트 위에 떨어져 깨어진 채 구르다가 지하의 나이트 홀이나 살롱으로 가서 유리 조각처럼 반짝일는지도 모른다.

청운이 쉬엄쉬엄 걸어서 청량리역 앞에 도착한 건 어둠이 꽤 짙어져 길가의 네온사인이나 질주하는 차량의 헤드라이트들이 반딧불처럼 명멸할 무렵이었다.

청운은 역사 지붕 밑 정면의 푸른 글자 중에 '량' 자가 흐릿하게 빈사 상태로 깜박이는 것을 무심히 쳐다보다가 낡은 시계탑으로 눈길을 돌리기도 했다. 얼핏 '청리역'으로 보이기도 하는데, 시곗바늘은 모른 척 9시를 향해 가고 있었다.

초겨울의 스산한 바람이 이따금 역 광장을 휩쓸어 불며 휴지 조각이나 비닐봉지 따위를 이리저리 흩날렸다.

'악마산에 있을 때보다 더 황량한 느낌이군.'

청운은 혼잣소리로 중얼거렸다. 그러고는 천천히 역전식당으로 가서 소주와 국밥을 한 그릇 시켜 먹은 후 다시 역 광장으로 나와 슬슬 거닐었다.

발길이 저도 모르게 588번지 쪽으로 갔다. 희미한 핑크빛 조명이 마술을 부릴 듯한 사창가 골목 입구에서 그는 문득 걸음을 멈췄다.

청소년기를 벗어나 막 청년기로 접어든 청운은 어릴 때부터 겪은 고생 때문인지 어쩐지 그 실루엣이 퍽 서글픈 인상을 풍겼다. 안색도 창백해 보였다. 하지만 단아한 풍모는 조금쯤 남아 있었는데, 그건 아마 실의에 젖었을지언정 마음속에 깃든 자기 나름의 꿈과 소망 또는 의지意志가 깃든 눈빛 때문이 아닌가 싶었다.

'가볼까 말까? 기다리고 있겠다고 하긴 했지만……'

청운은 자신의 생각이 같잖다는 듯 빙긋 웃었다.

'흐흥, 세월이 많이 흘렀는데 과연 그럴까?'

'괜한 소리였겠지. 하지만 그땐……'

내면의 갈등으로 인해 미간이 저절로 찌푸려졌다.

'입에 발린 창녀의 말을 믿는 거야?'

'그건 아냐.'

'그럼 됐어. 그냥 돌아가자고.'

'흠, 해어화解語花란 사람 말을 알아듣는 기이한 꽃이라고 했었지. 하기야 제대로 꽃봉오리를 피웠더라면 미인다운 구석이 없지도 않았어. 하지만 시대를 잘못 만나 폐병 든 창녀가 되었으니…… 아마 지금쯤은 동백꽃 송이처럼 피를 토하고 떨어져 버렸을지도 몰라. 갔다가 없으면 더 허전할 거야.'

그는 고개를 흔들었다.

'일단 가보면 되지 뭘 그래. 고민할 것 없잖아!'

그러자 마음속의 또 다른 목소리가 의문을 제기했다.

'아무리 약속을 했다지만 벌써 1년이 넘은 듯한데…… 설령 살아 있더라도 날 기억하고 있을까?'

'그래, 흐흐흐…… 하지만 저 정육점 같은 불빛 속엔 다른 여자도 있지 않을까.'

그는 망설이던 발을 한 걸음 옮겼다.

'그럼 넌 혹시 묵은 성욕을 해소하려는 게 목적이야?'

자문자답하며 창녀굴 입구에 서 있던 청운은 저도 모르게 몸을 떨었다.

'만일 그렇다면…… 나처럼 정욕에 눈이 어두운 사람들이 이 땅에 많다면…… 미군들의 노리개인 양공주나 먼 옛날의 일본군 위안부와 다를 게 뭐겠어? 수십 년을 지난 오늘날 또…… 가련한 여인들이 인간 아

닌 창녀라는 이름의 일회용 소모품 인형으로 취급받는 게 아닌가 말야.'

'그래도…… 혹시 지금도 있다면 얼굴이나 한번 보고…… 몇 푼 안 되는 돈이나마 쥐여주면 좋지 않을까?'

그는 매음굴 쪽으로 한 걸음 옮겨 놓았다.

'아냐, 그래 봤자 결국엔 허무의 늪에 빠질 뿐이야. 그리고 지금은 더 중요한 일이 있잖아. 인연이 되면 다음에 또 만날 수도 있겠지…….'

청운은 발길을 돌려 절룩절룩 도시 쪽으로 걸어 나갔다. 차량들이 질주하는 굉음과 매연 냄새가 현실을 깨닫게 해주었다.

1년쯤 전, 청운은 특수 공작 부대에 입대하기 위해 이곳에 서 있다가 한 여인의 꾐에 빠져 반자발적으로 불그무레한 그 골목 속으로 들어갔었다. 작별할 때, 절름발이에다 폐병쟁이인 그 창녀는 언제까지고 기다리고 있겠으니 꼭 살아 돌아오라고 신신당부했던 것이다.

고작 1년 좀 넘게 지난 세월인데도 청운의 모습은 꽤 많이 변해 있었다.

청소년이 청년으로 바뀌어 가는 시점이라고나 할까. 하지만 그 청춘은 청소년일 때에 비해 몸은 강인해 보였지만 그 속의 생명력은 마치 녹이라도 슨 듯싶었다. 총상을 입고 절뚝거리는 다리 때문만은 아닌 것 같았다. 북파공작원이라는 특수한 체험은 아직 십 대 후반인 실제 나이보다 어딘지 좀 더 겉늙어 보이게 했다.

'난 지금 폐물과 같다. 아니, 왠지 그렇게 느껴진다. 만약 주어진 임무를 제대로 수행하고 돌아왔다면, 그래서 지금 명예로운 제대를 한 상태라면 어떨까? 만일 그렇다면…… 저 청량리 길바닥을 개미나 혹은 베짱

이처럼 걸어대는 인간들에게 엉뚱한 한마디 귀여운 인사라도 건네 볼 텐데…… 혹시 오만스러운 선민의식에 빠져 영웅이라는 착각에 젖어들지나 않을까. 흐흐, 이 나라의 지도자와 그들의 새끼 새끼 새끼들처럼…… 바퀴벌레의 애벌레보다 징헌 새끼들…….'

청운은 번잡한 밤거리를 절뚝절뚝 헤쳐 나갔다. 다리가 아팠지만 악마산에서 극한훈련을 받을 때를 떠올리면 견딜 만했다.

'넌 이렇게 절뚝거리는 게 좋니?'

청운은 자신에게 물었다.

'그럴 리가…….'

'그런데도 썩 비극적으로 보이진 않는군.'

'그런 티를 낼 필요가 어딨어.'

'흐흥, 혹시 절뚝거림에 대해 모종의 은근한 취향이 있는 것 아냐?'

'뭔 소릴 해?'

'그러니까…… 맘속에 절뚝거리는 새의 둥지나, 개들이 쪼아 먹는 비밀 씨앗이 있는 게 아니냔 말야.'

'쳇…….'

'생각 좀 해봐. 박꽃 누나부터 시작해서 너가 좋아한 여자들이 모두 절름발이였잖아?'

'나 참…… 볼 게 없어서 다리만 보고 좋아했겠냐. 그건 사람의 부분일 뿐인걸.'

'그런 경우는 많이 있어. 사내아인 엄마의 슬픈 모습에 빠져들고 계집

앤 아빠의 멋진 모습을 흠모하듯이……'

'하지만 엄마는 절름발이가 아니었어.'

'흠, 그렇지. 그런데 너가 문제일 뿐…… 어린 시절 엄마를 잃은 깊은 상실감으로 인해 너의 마음속에 모종의 불구자 의식이 싹텄을 수도 있거든. 더구나 아버지까지 병석에 누워 올바른 생활을 못 했기 때문에 실패 의식이 네게 큰 영향을 미쳤을 거야. 마음이나 정신에 씨앗이 심어지면 서서히 자라 육신을 지배할 수도 있다는 얘기지.'

'하지만…… 난 북파됐다가 총알을 맞았기 때문에…….'

'물론 그래. 그렇지만 너무 축 처지지 말고 좀 활기차게 걸어 보란 말야.'

'음…….'

'과거에 정상인보다는 부랑아나 불구자들을 사귄 것도 영향을 미쳤을지 몰라. 사실상 건달이나 깡패들도 겉으론 개폼을 잡고 거들먹거리지만 속으로 뭔가 부족하고 아쉬워서 그렇게 평범하지 않게 걷는 것이거든.'

'쳇, 깡패들이 웃다가 뒤집어지겠다.'

그때 불현듯 청운의 마음속에서 제3의 목소리가 들려왔다.

'내 마음과 몸이 정말로 내 마음과 몸일까? 아무래도 아닌 것만 같아. 오히려…… 남한과 북한이 반쪽으로 갈라져서 아웅다웅하는 이 한반도 자체야말로 비정상적인 불구자이고…… 그게 우리를, 나를 이렇게 절뚝절뚝 꼴사납게 걷게 만들었다고 하는 게 오히려 더 실감 난다고. 흐훗…….'

　　혼자 중얼중얼하며 걷는 사이에 청운은 문득 풍전 나이트 홀 앞에 서 있었다.

　　현란한 네온사인을 잠시 쳐다보던 청운은 반들거리는 유리문을 밀고 안으로 들어섰다. 일반 나이트클럽처럼 길거리에서 바로 입장하는 구조가 아니었다.

　　'흠, 로비가 꽤 넓군. 하지만 돈을 빼고 나면 과연 뭐가 남을까?'

　　중얼거리며 지하 나이트클럽으로 내려가는 계단을 밟으려고 할 때였다.

　　"잠깐! 이리로 좀 와 보시우."

　　한쪽에서 검은 정장 차림의 사내가 불렀다.

　　"왜 그러죠?"

　　"음, 여긴 미성년자 출입금지라서 말이죠."

　　꽤 거만스러운 표정이었다.

　　"난 미성년자가 아녜요. 그리고 저기 춤추러 가는 것도 아니고……."

　　음악 소리가 울려 나왔다.

　　"그럼 뭐죠?"

　　"사람을 좀 찾으려고요."

　　"누굴?"

　　"형이에요."

　　"거 참! 이름 말이지."

　　"삐에로라고…… 본명은 김순식이고…… 코미디를 하는데……."

"비슷한 꺼벙이가 하나 있긴 했는데…… 히힛, 또 뻥을 깠는가 보군…… 무대에 서는 연예인이 아니라 하빠리 잡일꾼이었어. 지금은 여기 없어."

사내는 차츰차츰 더 시건방져지고 있었다.

"그럼 어디로 갔어요?"

"그건 나도 모르지."

"좀 알아봐 줘요. 꼭 만나야만 해요."

사내는 눈살을 잔뜩 찡그렸다.

"모른다고 했잖아. 혹시 내가 여기 서 있다고 해서 수위나 카바레 기도 같은 것으로 오해하는가 본데…… 난 이 건물 전체의 수문장이야. 그리고 현재 상태도 나쁘진 않지만, 멋진 나만의 꿈을 꾸고 있다구."

"예, 잘 알겠습니다."

"그럼 내려가 보슈."

"예?"

"가능하면 조용히 저 계단 밑의 홀로 내려가서 매니저한테 한번 물어보란 말이지."

"아, 예…… 고맙습니다."

청운은 꾸벅 절을 하고 무지갯빛 조명이 언뜻언뜻 비쳐 오르는 클럽의 입구로 다가갔다. 한 발짝씩 계단을 내려갈수록 빛이 현란해지고 음악 소리도 점점 커졌다.

이윽고 홀 안으로 들어선 청운의 눈앞에는 전혀 보지 못했던 신세계가 펼쳐지고 있었다. 빙글빙글 돌아가며 색색 가지로 조합되어 비치는 사생아 같은 조명 아래 수많은 사내와 계집들이 얼려 미친 듯이 육체를 비틀어대며 춤추고 있었다.

청운은 현실을 잊어버린 듯싶은, 혹은 잃어버리려고 애쓰는 그 군상의 틈을 어렵사리 지나갔다.

'좋군 좋아. 정말로…… 인간의 신체를 극대화하여 그 속의 욕망을 발산하는 건 우리가 악마산에서 받은 훈련과 비슷한 데가 없진 않아. 흐, 하지만 우린 국가를 위해 고통당하다가 죽고…… 여기서는 자신의 쾌락을 추구하다가 욕망의 늪에 빠져 허우적거리는…… 추어탕집 앞에 놓인 바께스 속의 미꾸라지들 같군.'

청운은 광란의 인파를 헤치고 카운터 앞으로 다가갔다. 그곳은 상대적으로 땡볕 속의 나무 그늘처럼 좀 서늘한 기색을 풍겼다. 인형 같은 얼굴에 눈빛이 냉정한 여자가 앉아 있었다.

"사람을 좀 찾으려는데요……."

청운이 말하자 여자는 눈살을 살짝 찌푸리더니 묵묵히 턱짓을 했다. 청운은 둘러보았지만 누굴 지칭하는지 알 수가 없었다. 다시 물어보려도 덧정 없어서 그는 연주 중인 밴드 쪽으로 걸어가 마냥 기다렸다.

이윽고 짧은 막간의 틈에 청운은 드럼 치던 사내 쪽으로 다가갔다.

"혹시…… 삐에로라는 사람을 아십니까?"

"삐에로가 한두 명이어야지. 과거에도 있었고 현재도 있고 아마 미래에도 있을 거야."

드러머는 허연 이빨을 내보이며 말했다.

"얼마 전까지 여기 있었던 사람인데요."

"흠, 박 삐에로도 있고 이 삐에로도 있었고 최 삐에로도 있겠지."

사내는 빙글빙글 웃었다.

"앞니 빠진 삐에로예요. 본명은 김순식이고……."

"진작 그리 말할 것이지. 그앤 이미 떠났어."

"아니, 어디로요?"

청운은 놀라서 물었다.

"동두천 쪽으로 빠졌을 거야. 계집앨 뒤따라갔거든. 미군부대 클럽에서 한국의 찰리 채플린이 될 꿈에 젖어 있는지도 모르지. 허허……."

"동두천 어디로 가면 찾을 수 있을까요?"

"그 허풍선이 삐에로 놈하곤 어떤 사이길래 그리 찾아 헤매지? 혹시 빚쟁이슈?"

"결의형제입니다."

"흠, 그럼 저기 주방 쪽으로 가서 주방 보조한테 한번 물어봐. 개하구 가장 친했으니까."

사내는 상체를 문어처럼 흔들거리며 다시금 드럼을 두드리기 시작했다.

청운은 천천히 걸음을 옮겨 홀 한구석 쪽에 붙은 주방으로 다가섰다. 하얗고 투명한 커튼이 반쯤 쳐진 창문 앞에서 그는 멈춰 섰다.

안쪽에서 어떤 소리가 새어 나왔다. 비명은 아니지만 겁에 질려 허덕거리며 떨리는 목소리였다. 청운은 슬쩍 훔쳐보았다. 바깥 홀의 현란함에 비해 의외로 어두워 보이는 공간 속에서 어떤 자가 식칼을 든 채 킬킬거리고 있었다.

"너 계속 그렇게 멍청하게 굴래? 왜 아직도 메뉴를 제대로 못 외어서 이 주방궁의 황제인 나를 욕먹이냐구! 뱃대길 콱 찔러 버릴까, 응?"

"아으으…… 주방장님…… 한번만 살려 주시면 다음엔 잘할게요. 흐으……."

식칼의 퍼런 날 앞에 선 소년이 주춤주춤 구석 쪽으로 물러나며 애걸했다. 식칼을 쥔 사내는 눈알을 희번덕거리며 점점 공포에 질린 소년 쪽으로 다가서며 위협을 했다. 소년은 털썩 무릎을 꿇곤 두 손을 모아 비벼댔다.

"제발…… 앞으론 제왕님의 명령대로 따를게요. 미라 누나에게 편지도 잘 전달하고 팬티도 자주 훔쳐 올 테니……."

"쌍놈 새끼, 넌 항상 피 맛을 좀 봐야만 정신을 차리니까 어쩔 수 없어."

사내의 칼날이 소년의 목에 닿는 순간 청운은 창문을 톡톡 두드렸다.

사내는 피를 보겠다며 위협하던 칼을 마술처럼 숨기고 돌아서 도마 위의 오이를 재빨리 썰기 시작했다.

위기 상황에서 벗어난 소년이 창 쪽으로 다가왔다. 키는 어린애 같아도 얼굴은 생각보다 훨씬 더 나이가 들어 보였다.

"혹시 김순식 형을 아세요?"

청운은 부드럽게 물었다. 일부러 그런 게 아니라 천사 같은 그 얼굴을 보자 어조가 저절로 바뀌었다.

"혹시, 그 형, 친구세유?"

늙은 소년이 더듬더듬 물었다.

"어, 그래요."

"보니까, 바로, 알겠네유. 순식이 형이, 자주, 얘길, 했었지유."

"그랬군요. 혹시 그 형이 지금 어디 있는지 알아요?"

소년은 머리를 끄떡거렸다. 그러고는 주머니를 한참 뒤적거리더니 접힌 편지봉투를 꺼냈다.

청운은 손목에다 주소를 옮겨 적고는 소년의 눈을 바라보았다.

"고마워요."

"삐에로 형을, 찾아가려는, 거예유?"

소년이 어눌하게 물었다.

"그래요."

"나도, 같이, 가고 싶은데……."

"그럼 그렇게 해요."

"아, 지금은, 안 되구, 나중에, 꼭, 간다구, 좀 전해, 주세요……."

"그럴게요."

청운은 소년의 손을 잡고 흔든 후 목청을 좀 높였다.

"여보시우, 형씨…… 혹시 소림사 주방장이란 영화 보았수?"

과일을 깎고 있던 사내가 고개만 돌린 채 이맛살을 잔뜩 찌푸렸다.

"거기서는 사람을 썰어 죽이지만…… 만일 이 사람을 또다시 괴롭히면…… 댁을 산 채로 끌고 가서 온몸에 대못을 서른 개쯤 박아 버리겠어. 눈알과 혀와 생식기에도 한 개씩…… 명심하라구."

사내의 입술이 말없이 푸르르 떨리는 것을 본 청운은 발길을 돌려 절뚝절뚝 광란의 인파 속을 헤쳐 나갔다. 인간의 오감과 정신마저 바꿔 놓을 듯 현란하게 돌아가는 홀의 조명을 겨우 벗어나 아스팔트 위에 섰을 땐 왠지 계단 밑의 아비지옥이 슬쩍 그리워지기도 했다.

사창굴의 약속

청량리역 광장의 탑 시곗바늘은 이미 11시를 지나고 있었다.

'이미 다른 곳으로 이동하긴 글렀다. 이 부근에서 적당히 보내고 내일 출발해야지. 그런데 왜 굳이 여길 다시……'

청운은 혼잣말을 하며 찬바람이 불어대는 광장을 거닐었다.

'청량리는 삭막한 동네지만 왠지 삶의 희비애락을 깊이 이해할 수 있는 그런 곳으로 느껴져. 명동이나 종로와는 쪼끔 다른 듯해. 어릴 때부터 서울의 밑바닥을 헤매 다녀서 그럴까? 혹은……'

청운은 문득 걸음을 멈춘 채 가만히 서 있더니 절룩절룩 걸음을 옮겨 588 골목 쪽으로 다가갔다. 어둑한 어둠 속에 분홍빛 조명이 비쳐 나와 섞여서 묘한 분위기를 풍기는 곳…….

골목 입구에서 망설이는 건 그곳이 범죄를 유혹하는 듯한 추악한 사창가 소굴이라서가 아니었다. 범죄는 오히려 휘황찬란하고 번듯한 곳에 사는 사람들에 의해 더 음험하게 저질러지는 세상이었다. 청운은 그곳에 선 채 겨울바람의 회오리가 아닌 정신 속의 회오리를 체감하고 있었다.

1년 전인지 2년 전인지 정확히 계산하긴 어렵지만 그때도 그는 이곳에 서 있었다. 돌고 도는 시간의 회오리가 그의 뇌수를 어지럽혔다. 1여 년 전의 시간이 마치 어제처럼 돌아와 오늘의 어깨를 슬쩍 두드리고 막힌 내일 앞에서 주춤거리는 성싶었다.

그날은 특수부대에 입대하기 전날이었다. 어떤 여자에게 이끌려 이곳까지 왔었다. 그 창녀는 농담인지 진담인지 언제까지나 기다리겠다고 말했었다.

'그 슬픈 여인은 지금도 과연 이곳에 있을까? 한두 해 사이에 난 이렇게 변해 버렸는데…… 과연 기억이나 하려나?'

청운은 불그죽죽한 늪 안쪽으로 절뚝절뚝 걸어 들어갔다. 차가운 바람이 전신주를 휘이잉 울리고 홍등의 그림자를 설핏 흔들면서 음산한 골목을 휩쓸어 갔다. 유리창 속에 정육처럼 진열돼 포즈를 취하고 있는 여자들을 지나쳐 청운은 좁은 갈림길 앞에서 주춤거렸다.

"아리송하군. 하지만 어느 쪽을 택하든 더 아리송해질 것 같아. 어차피 만나도 좀 서글플 듯하니 그냥 아무 데로나 가보자."

청운이 좁은 골목으로 들어서는데 어떤 여자가 불쑥 팔을 붙잡았다. 쥐 잡아먹은 듯한 붉은 입술로 껌을 짝짝 씹으며 눈웃음을 지었다.

"놀다 가. 잘해줄게, 응?"

"찾는 사람이 있어서……."

"아이 참, 장미나 백합만 꽃인가 뭐."

여자는 아양을 떨었다.

"무슨……?"

"아이 참, 코스모스나 맨드라미도 개성이 있고 치자꽃은 향기로워 좋잖아, 응?"

"그럼 혹시 폐병 든 찔레꽃을 알아요? 다리를 절룩거렸는데……."

여자는 입에서 껌을 꺼내 무심중에 매만져 딱딱 소리를 내면서 청운을 흘겨보았다.

"혹시 그 찔레 언닐 잘 알아? 흠, 단골은 아닌 것 같고…… 고향 동생이야, 아님 고이 숨겨둔 기둥서방이셨나?"

여자는 자기 말이 실없는지 깔깔 웃어댔다.

"어디 살고 있는지 알아요?"

"어디? 흠, 알면 꽃 천지로 데려다가 살게?"

"……."

"여기 없어."

"그럼?"

"서너 달 전에 동백꽃 지듯 피를 머금고 죽어 버렸어."

여자는 한숨을 폭 내쉬었다.

"그랬군요. 그럼 이만……."

청운은 돌아섰다. 그때 여자가 아까보다 더 완강하게 그의 팔을 낚아챘다.

"그냥 가려구? 매정한 남자!"

"그럼……?"

"내가 그 언니의 뼛가룰 산에 뿌려 주었단 말야. 그쪽이 궁금해할 애
길 더 해줄 수도 있구……."

"음."

여자는 청운의 표정을 흘낏 보곤 낚시에 걸렸다고 생각했는지 어쨌는
지 손아귀를 푼 뒤 앞장서 골목 안쪽으로 스며 들어갔다.

허름한 건물 앞에서야 청운은 겨우 전에 한번 와 본 곳이란 사실을
알 수 있었다. 그는 여자를 따라 삐걱거리는 마루를 지나 한 방으로 들
어갔다.

여자가 불을 켜자 화사한 분홍빛이 좁은 공간을 에로틱한 분위기로
물들였다.

"좀 앉아 있어. 음료수 한잔 가져올게. 혹시…… 술도 좀 사올까?"

"그래요. 소주든 맥주든 좋을 대로……."

"화끈해서 좋아. 역시 전설의 순정파답군."

"뭔 소리유?"

"아, 그런 게 있어. 우선 돈부터 좀 줘."

청운은 주머니에서 지폐 한 장을 꺼내 내밀었다.

"아이, 마음 통도 참 크셔라."

여자는 종종걸음으로 뛰어나갔다.

'난 과연 죽은 폐병쟁이 창녀의 얘기를 얻어듣기 위해 여기 앉아 있는

것일까? 혹시…… 육욕 때문에 그런 건 아니고? 모르겠다. 그걸 따져 봤자 뭘 하나. 내 인생은 돌고 도는 만화경처럼 허망했는걸…….'

청운은 불그무레한 방 안에 홀로 남자 생각에 잠겼다. 그는 마치 멜랑콜리한 감상에 젖은 노인처럼 미간을 찌푸리며 입아귀로만 슬쩍 웃었다.

얼마 후 여자가 검은 봉지를 들고 돌아왔다. 그녀의 몸에서 추위의 비늘이 떨어져 내리는 것 같았다.

"카운터에도 있는데 너무 비싸게 후려처먹기 땜에 살짝 가게에 가서 사왔어."

여자는 호들갑을 떨며 비닐봉지에서 소주와 구운 오징어를 꺼냈다. 그녀는 두 잔에 찰랑찰랑 술을 따르고 나서, 잠시 낡은 레코드판을 조작해 구슬픈 노래를 흘려내었다.

"자, 일단 건배! 대단한 척하는 세상도 한 찰나뿐이니, 이 순간부터 시작되는 삶을 위해 건배!"

청운은 잔을 맞대곤 묵묵히 소주를 들이켰다.

"고통 속에 살다가 동백꽃 같은 피를 흘리며 저승으로 갔지만, 만약 영혼이란 게 있다면 그 언닌 그나마 기분이 괜찮겠네. 젊은 신랑이 순정을 걸고 찾아왔으니 말야."

여자는 짓궂은 눈길을 던지며 웃었다.

"화장해서 뼛가루를 뿌려 줬다구요?"

"그랬었지."

그녀는 새 담뱃갑의 은테를 돌려 개봉한 후 한 개비 피워 물곤 연기를 휘 내뿜었다.

"그 언닌 별명이 찔레 아니랄까 봐 은근히 톡 쏘는 면이 있었지. 폐병까지 들어 피를 한 모금씩 토하는 주제에 그러니 누가 좋아하겠니? 결국엔 무정한 세상에 낙엽보다 못한 신세가 되어 길바닥을 떠돌다가…… 마지막 며칠 동안은 이 방에서 나하구 함께 어렵사리 지냈어."

"그랬구나."

"응, 그 언니가 평소엔 얌전한데도, 한 번씩 술에 취해 양반집 고명딸이었네 어쩌네 허풍을 떨면 별로 보기 좋진 않았지."

여자는 술잔을 들어 홀짝 마셨다.

"음, 이제 세상 떠난 사람 얘긴 그만하죠."

"그래요. 이제부턴 산 사람들을 위해 건배!"

둘은 잔이 깨질 듯 쨍 부딪쳤다.

"그럼 자긴 그동안 어디 갔다 온 거야? 이젠 여기 청량리에 정착할 거야?"

여자는 자기가 반쯤 마신 술잔을 청운의 입에 대어 주며 물었다.

"난 일 년 전에 청량리역 시계탑 앞에 온 후로 아무 곳에도 가지 않았어. 냉동돼 있었던 것만 같아."

"뭐?"

"내게 청량리는 머무는 곳이 아니라…… 어딘가로 찾아 떠나려고 준비하는 곳일 뿐……."

"어딜 가려고?"

“동두천.”

청운은 심드렁히 대꾸했다. 여자는 눈을 동그랗게 떴다.

“거긴 왜?”

“아는 형을 만나러…….”

“거기가 어떤 곳인 줄 알어?”

“사람 사는 동네겠지 뭐.”

“사람은 살지만, 인간 지옥이란 얘기두 있어.”

“왜요?”

“정말 몰라서 묻는 거야? 거긴 미군부대가 들어서 있는…… 대한민국에서 가장 큰 기지촌이래. 양갈보들이 우글우글한다더구먼. 변소의 구더기 같은 것들…….”

여자는 혀를 쯧쯧 찼다. 마치 자신은 갈보나 창녀가 아닌 듯…… 그러나 속마음은 꼭 그렇지만도 않은지 상을 잔뜩 찡그린 채 소주를 입속에 털어 넣었다. 그러고는 짐짓 이중 감정 속에서 갈등하는 양 머리카락을 파르르 흔들었다.

“괜히 흥분하는 것 같네. 여기나 거기나 뭐 크게 다를 게 있다구…….”

청운은 술을 쭉 들이켜곤 위악적으로 이죽거렸다.

여자는 발끈하더니 바락 성을 냈다.

“흥! 아무리 몸 팔아먹고 사는 신세지만…… 그런 양갈보하구 비교한다면 기분이 상당히 드럽지. 내가 아무리 비루먹은 국내산 똥개 놈들하구 붙어 연명하는 똥치래두 말야, 징그러운 코쟁이 놈들한테 헤닥거리며 몸을 팔곤 싶지 않아.”

“그곳에 있는 사람들이라고 다 좋아서 그러고 살겠어. 인생사, 어쩔 수 없는 상황이란 것도 있을 텐데…….”

“홍, 거긴 화대가 꽤나 쎄긴 쎄다더군. 그러니 뭐 양놈 돈 보고 그 소굴에 들어간 거지 뭣 땜에 그랬겠어. 천만금을 준대도 난 그런 곳은 싫어.”

여자는 소주를 쭉 들이켰다. 그녀의 얼굴은 화장을 진하게 해서 그렇지 실은 나이가 제법 들어 보였다. 하기야 젊고 팔팔한 시절이라면 낡은 외진 구석에서 움츠려 있을까. 하지만 청운은 내색하지 않았다. 상대가 젊은 티를 내면 젊은 마음으로 대하면 되고 늙은 척하면 그냥 그렇게 받아 주고 싶었다. 웃고 있지만 내면에 박인 고독한 인상 때문인지 몰랐다.

혹시 저 여자는 이 궁창을 삶의 종착역이라고 생각하는 게 아닐까? 그래서…… 청량리 588보다 더 먼 그 미군 기지촌을 미지의 지옥이라고 생각해 무의식적으로 두려워하는 게 아닐까?

청운은 무심결에 웃었다.

“뭘 그 따우로 웃어, 기분 나쁘게시리.”

“이 세상은 과연 살 만한 가치가 있을까? 하루하루가 쾌락의 날인 사람들도 많겠지만…… 시시각각이 괴롭고 허망스러운 인생이라면…….”

“한창땐데 괜히 엄살이야.”

이번엔 여자가 웃었다.

“요즘 젊은 사람들이 많이 죽는다잖아. 대학생이든 가난한 공장 품팔이든…… 어느 때나 어느 곳이나 젊은 사람들이 항상 많이 죽어 온 것 같

아. 타살이든 자살이든…… 비밀스레 죽어 사라지는 사람도 많고…….”

“쳇, 뭘 그렇게 심각한 눈으로 말하구 그래? 자 한잔!”

창녀는 술잔을 들어 청운의 잔에 쨍 부딪치곤 천천히 음미하며 들이켰다. 그러더니 문득 감상적인 눈빛으로 중얼거렸다.

“아, 먼 남쪽 고향으로 가보고 싶은데…… 그럴 수가 없어.”

“나도 그런걸. 하지만 난 어딘지 몰라서 가보고 싶어도 못 가는 신세…….”

“그렇구나. 그런데 다리는 왜 절어? 찔레 언니 말로는 순수한 어린 왕자라던데, 응?”

“그 누나도 참 허풍쟁이로군. 순수는 무슨…… 내가 이래 봬도 인생의 쓴맛 짠맛 다 맛본 사람이라구. 누나들보다 더 한이 많은 인간일 수도 있다구.”

청운은 짐짓 너스레를 떨었다.

“칫, 까불구 있어.”

여자는 눈을 살짝 흘겼다.

“정말이야. 한번 들어 보실라우?”

청운은 히히 웃고 나서, 코흘리개 때 엄마한테 버림받은 후 거지가 되어 청계천 바닥을 떠돈 일부터 시작해 누명을 쓰고 선감도에 잡혀가 고생한 사연 등을 털어놓았다. 하지만 악마산이나 북파공작에 대해서는 일언반구도 꺼내지 않았다.

“아휴, 불쌍해라. 어린것이…… 그래두 이년의 가련한 신세에 비할까 보냐."

여자는 투명한 소주를 꼴깍꼴깍 마시고는 마치 무슨 파란만장한 인생 대결이라도 하려는 듯 자신의 체험담을 슬슬 꺼냈다.

"가난…… 가난이 사람의 일생을 바꿔 놓을 수 있다고 말하면, 아마 돈 많은 갑부뿐만 아니라 요령 좋은 정치가분들이나 사기꾼과 도둑놈들은 비웃겠지만…… 내겐 사실이었어."

"흠, 내 인생도 그럴지 모르는걸 뭐. 모정母情보다 더 강한 가난이랄까. 아버지하구 트러블은 좀 있었지만, 만일 궁핍하지 않았다면…… 아마 엄마가 어린 자식을 내버리진 않았을 텐데……."

여자는 술잔을 들어 쭉 비웠다.

"난 친아빠는 모르구 의붓아비만 알아. 엄만 시장 길가에서 과일 장사를 하다가 그 남자를 만났지. 썩은 사과 나부랭이로 허기를 달래거나 굶는 날이 더 많았던 시절…… 그래서 삼각지에 있는 어떤 집에 들어가 살게 됐어. 계부는 손 하나가 의수였지만, 미군부대 군속이라 벌이는 괜찮았던가 봐. 하지만 술고래에다 주정이 심해 때론 배고팠던 과거보다 힘겨웠어…… 언젠가부터 엄마는 생활전선에 뛰어들어 양키 물건 장사를 시작했던가 봐. 계부를 통해 빼돌린 미제들을 암시장에다 파는 거지. 달러에 미쳤는지 딴 놈팽이에 미쳤던지, 엄마는 서울을 벗어나 의정부나 동두천 기지촌까지 드나드는 모양이었어. 하루 이틀 사흘씩 집에 안 들어오는 날이 많아졌지. 그런 무렵이면 엄마는 '아빠 밥상 잘 챙겨줘'라고 뇌까리곤 했지…… 그때가 아마 열두어 살쯤 되었을 거야. 어느 날 밤, 밥보다 반주를 더 흡족히 마신 양아비는 트럼프 카드를 꺼내 갖가지 마술을 보여 주며 내 눈을 홀렸어. 그리고 미국에서만 나오는 신비스러운 넥타라며 검푸른 병에서 음료수를 한잔 따라 주었지. 난 홀짝 마시고는 해롱해롱 정신이 나가 버렸던가 봐. 완전히 뻗어 버린 건 아니었지만 제정신을 잃은 몽롱한 상태였어. 양아비는 귀신처럼 웃으며 여윈 내 소녀의 몸과 영혼을 강간했지. 후훗…… 그놈이 누군지 알아? 먼 일제시대엔 일본군 정보원 노릇을 하다가 해방 후엔 미군의 끄나풀이 된 자식…… 놈은 그 뒤에도 계속 내 몸을 유린했어. 난 거부하고 싶었지만…… 만약 엄마한테 알리면 다시 길바닥으로 내쫓아 쫄쫄 굶주리게 하고 감옥에 집어넣겠다고 협박했기 땜에…… 어쩔 수가 없었어. 사실은 한두 번 엄마에게 슬쩍 귀띔을 하기도 했었지만…… 별일 아니라면서, 새아빠 말 잘 들으라며 눈을 흘기는 바람에 한숨만 짓고 말았지."

여자는 쓸쓸한 모습으로 술을 들이켰다.

"호호, 지옥은 우리가 모르는 어느 땅 밑에 있지 않아."

청운은 우울한 낯빛으로 중얼거렸다.

"한데 나중에 의붓오빠라는 개새끼들까지 잭나이프와 혀로 위협하면서 강제로 몸에 올라타곤 지랄발광을 떠는 거야. 고딩 놈이 그러자 중삐리 새끼도 따라 히득거리며 좆을 들이대더군. 악당이라고 해야 할까, 정신병자라 해얄까? 내가 칼을 들고 결사적으로 막아도 그놈들은 슬쩍 물러나는 듯하다가 끈덕지게 덤벼들어 욕심을 채우곤 했어. 그 자식들의 엄마는 계부와 이혼을 했는지 어떤지 모르지만 암튼 미국에 들어가 사는 모양이더군."

"……."

"아, 만일 친아버지가 제대로 살아 계시고…… 홀로 가난이 힘겹더라도 엄마가 계부 놈을 따라가지 말고 좀 견뎠더라면…… 이렇게까진 망가지지 않았을 텐데…… 그런데 더 기막힌 일이 뭔지 알아, 응?…… 히힛…… 친아빠가 바로 그 음흉한 계부 놈한테 잡혀 죽었대."

"뭐?"

"일제시대 말기에 우리 아빤 독립운동을 하신 청년이었대. 그러다가 일본군 밀정인 계부의 끈질긴 추적으로 결국 체포된 거지. 그동안 놈은 엄마를 매일같이 따라다니며 괴롭히고 때론 달콤한 말로 꼬시기도 한 모양이야…… 해방되기 한 달 전에 감옥소에서 죽은 친아빠를 난 잘 몰라. 그때 난 겨우 서너 살이었고 아빠 얼굴을 한 번도 본 기억이 없거든. 이런 얘기도 사실은 좀 자란 후 술 취한 엄마가 주절대는 소릴 들은 거라 긴가민가해…… 아무튼 계부는 해방 후엔 일본군 대신 미군의 끄나풀이 되었고 6.25전쟁 뒤부터는 한층 더 위세 등등해졌지. 그 철면피는 아빨 죽인 것만으론 성이 안 찼는지 계속 엄마의 꽁무니를 따라다녔는가 봐. 혹시 마타하리라고 생각했는지도 모르지. 감시하는 척 도와주는 척하며 지분거리던 놈은 전쟁이 끝날 무렵 결국 엄마를 첩으로 만들어 버린 거야."

그녀는 또 술잔을 들어 루주가 짙은 입술로 가져갔다.

"그런데 누나, 지금 몇 살이야?"

"뭐, 누나? 그건 왜 물어? 재수 없게…… 아까 스물다섯이라고 얘기한 것 같은데, 응? 히힛, 난 항상 그렇게 생각하니까 말야."

"아니, 뭐…… 8.15 해방이란 것도 내겐 실감이 잘 안 되는 데다가, 6.25전쟁 때 열 살쯤이었다면…… 지금은 아마 서른 살 정도 된 것 같아서……."

"흥, 그래 맞아. 하지만 순전히 거짓말만은 아냐."

"응?"

"몸은 늙어 가도 마음만은 응달의 이끼처럼 마냥 붙어 머물러 있는 것 같아."

"왜 그럴까?"

"흥, 한이 많아서 그렇겠지 뭐. 그리고 아무리 구질구질한 뒷골목 인생이라도 처녀 시절엔 누구든 로맨스가 있는 법이니까."

창녀는 굳이 건배를 청하면서 청운의 잔에 자기 잔을 쨍 부딪친 다음 울음도 웃음도 아닌 묘한 눈빛으로 마셨다.

"그 후 난 견디다 못해 집에서 도망치고 말았었지. 그즘엔 육신은 배를 곯지 않았지만 마음이 찢어지도록 괴롭고 가난해서 어쩔 수가 없었어. 자살을 할까, 그 양아치 같은 세 놈들을 죽여 버릴까? 심장을 먼저 찌를까, 시퍼런 칼날로 성기를 싹둑 잘라 버릴까, 아니면 거짓말을 참말처럼 해대는 그 주둥아릴 철사줄로 꽁꽁 묶어 놓을까? 온갖 공상을 다 했지만…… 난 결국 아무런 복수도 못 한 채 바보처럼 그 악마굴 같은 집을 뛰쳐나올 수밖에 없었어. 꼴에 엄마 배 속에 든 동생까지 걱정하면서…… 흐흥, 그래서 그런지 어쩐지 동두천이란 데가 징글맞으면서도 은근히 무섭더라구."

멀리서 통금을 알리는 사이렌 소리가 들려왔다.

'진한 화장 속에 든 저 여자의 맨얼굴은 더 슬프지 않을까?'

청운은 창녀의 잔에 술을 부어 주면서 생각했다. 그 잔엔 피의 지문 같
은 루주 자국이 여기저기 묻어 있었다. 그녀는 꽤 취한 상태였다.

"겉보기엔 번듯한 2층 양옥집이었지만 짐승 소굴 같았던 그 집……
거길 나온 후 난 그래도 사람답게 사는 게 복수하는 길이다 싶어 봉제공
장에 취직을 했지…… 힘은 들었지만, 그 삭막한 곳에서 한 남자를 만났
어. 같은 구로공단의 공돌이였는데 구슬픈 눈빛이었지만 내 앞에선 쾌활
하려고 애썼지. 하지만 금형 기계에 손가락을 세 개나 잘려 버린 뒤론 술
과 노름에 빠져 무슨 괴상스러운 벌레처럼 변해 버리더군. 하긴 뭐 바퀴
벌레를 돈벌레라면서 잡아 기르기도 하고 슬슬 기는 지네나 쥐며느리 따
윌 보곤 좋아하기도 했으니까. 그러다가 노름빚을 갚기 위해 나를 뚜쟁
이패에 팔아 버렸어. 이러구러 저러구러 결국 여기까지 흘러 들어온 거
지. 흐흥……."

창녀는 처량스레 웃었다.

"이년의 신세에 비하면 자긴 아무리 어릴 때부터 거지 노릇을 하
고…… 무인도에 잡혀가 고생을 했다더라두…… 내 앞에선 풋내기란 애
기야. 흥, 알겠어요? 어린 새 낭군님, 호호……."

청운은 아무 말 없이 투명한 술잔을 들어 입으로 가져갔다. 찰랑거리
는 술을 통해 보이는 여자의 얼굴이 아주 작아져 천사처럼 혹은 악마처

럼 멀리 비쳤다.

'그래, 아무래도 난 잘 모르겠어. 신이 내려다볼 때는 먼지나 개미처럼 보일지 모르지만…… 누군들 다른 사람의 마음을 알 수가 있겠어? 아무리 밤새워 얘기해 본들 내가 저 여자를 알 수 없듯 이 시대엔 창녀가 북파 간첩을 이해할 수도 없을 거야…….'

청운은 속으로 생각하며 술을 들이켰다.

"우리 이젠 그거 해야지, 응?"

여자가 청운의 목을 두 팔로 감아 안으며 속삭였다.

"뭘……?"

"아이 참, 자기두…… 순진한 척 엉큼스럽긴…….."

"잡혀가기도 하고 팔려가기도 하고…… 대부분 억울한 경우가 많겠지만…… 혹시 자기 스스로 원해서 온 사람은 없겠죠?"

"미친 소리야."

그녀는 불그무레한 입술로 청운의 물음이 맴도는 입을 막으며 폭 껴안고 함께 방바닥에 쓰러졌다.

잃어버린 꿈

다음 날, 해가 중천에 떴을 무렵 청운은 국밥 한 그릇을 시켜 먹고 시외버스 터미널로 나가 동두천행 버스를 탔다.

서울을 벗어나 경기도 북쪽을 향해 달리는 낡은 고물 버스는 비포장도로 위에서 덜컹거리며 먼지를 풀풀 날렸다. 차 안은 그리 복잡하진 않았다. 삐걱대고 누추한 좌석이나마 다들 한 자리씩 차지하고 앉아 각자의 여로를 오르고 있었다.

승객은 남자보다는 여자가 많은 편이었다. 수수한 모습의 아낙네나 할머니도 보였지만, 개중엔 고불고불 윤기 나게 물파마를 한 머리에 화장을 진하게 하고 울긋불긋한 목도리를 두른 채 껌을 찍찍 씹어대는 아가씨도 있었다. 껌을 입속에서 혀로 재주껏 놀려 딱딱거리는 리드미컬한 소리가 간혹 들려왔다.

청운은 눈을 창으로 돌려 바깥 풍경을 바라보았다. 흰 구름 몇 점이 서서히 모습을 바꾸면서 떠 가는 푸른 하늘 아래로 황량한 겨울 벌판이 펼쳐졌다. 하지만 아무리 넓은 땅을 돌고 돌아 푸른 강을 따라가도 멀찍이 둘러선 채 시야를 가로막는 산들은 마치 보초병처럼 사람을 가두려는 듯했다. 산이 많은 나라라는 말은 들었지만, 북파공작원 훈련소에 가기 전엔 결코 그런 생각을 해본 적이 없었다. 생명의 기운이 깃든 든든하고 자연스러운 청산靑山이란 생각밖에는…….

청운은 가능하면 무심한 상태로 되어 보려고 멍하니 풍경을 바라보기만 했다.

버스가 정류장에 멎어 안내양이 문을 열 때마다 차가운 바람이 들이닥쳤다. 난방이 되지 않는지라 촌로들은 짐짓 몸을 웅크리며 떨었고, 그러면서도 온기를 좀 들이켜 보려는 양 싸구려 담배를 꺼내 불을 붙였다. 그러면 눈을 감고 있던 아낙네들은 창문을 조금 열고 심호흡과 함께 콜록콜록 기침을 해대는 것이었다.

그런데 희한한 것은 화장을 진하게 한 젊은 아가씨들 중에서도 몇몇은 거리낌 없이 고급스러운 갑에서 담배 개비를 꺼내 물고 흡연을 하는 사실이었다. 아무리 흡연이 자유로운 시절이었지만, 서울에서조차 여자가 찻간에서 공공연히 담배를 피우는 경우는 없었다. 남자에겐 낭만으로 여겨져 억지로 권장되기도 하는 흡연이 여자에겐 금기시되던 사회였다.

그 순간부터 청운은 이방의 나라로 들어가는 기분이 들었다. 혹시 청량리의 창녀가 들려준 얘기가 어떤 영향을 끼친 것일까. 또는 그 순간 거대한 컨테이너 같은 미군 PX 트럭이 굉음을 내며 스쳐 지나가 시야를 가로막았기 때문일까?

청운의 옆자리엔 누르무레한 파마머리의 젊은 여자가 앉아 있었는데, 차를 타자마자 곧 눈을 감은 채 코까지 살짝 골며 잠이 들었다.

검문소에서 미군 PX 트럭은 곧장 통과하고 낡은 시외버스가 제지당해 멈추자, 선글라스를 낀 헌병이 올라와 의례적인 동작으로 가볍게 거수경례를 하고는 승객들을 둘러보기 시작했다. 무심중에 청운은 가슴이 덜컥했으나 곧 마음을 다잡으며 생각했다.

'흐흐, 만일 선감도에서 도망친 후거나 해골산에서 탈영한 신세라면 쥐구멍에라도 기어들고 싶을 거야. 하지만 이제 무서워할 필요가 없어. 그냥 태연하면 돼.'

헌병은 청운을 한동안 주시했으나 별말 없이 뒤쪽으로 걸어갔다. 청운은 속으로 한숨을 내쉬면서 자신의 허약한 심정에 대해 비웃음을 흘렸다. 바로 그때 헌병의 가죽 장갑 낀 손이 그의 어깨를 건드렸다.

"주민등록증 좀 보여 주시겠습니까."

헌병은 이미 그의 앞에 와 서서 엄중히 훑어보며 말했다.

청운은 잠바 안주머니에서 귀향증을 꺼내 가죽 손에게 내밀었다. 헌병은 잠시 살펴보고 되돌려 주며 깍듯이 경례를 붙였다.

"실례했습니다."

헌병이 내려가고 나자 고물 버스는 다시 털털거리며 행로를 짚어 나갔다. 마치 나무 지팡이를 짚고 바쁜 길을 가는 노인네처럼.

또록또록하다면 또록또록하고 흐릿하다면 흐릿한 기억이지만, 청운에겐 검문소에 의한 아픈 상흔이 있었다. 여섯 일곱 살쯤 된 어린 시절이었던 듯싶다. 지금과는 다른 여름철, 아버지와 함께 버스를 타고 외갓집으로 가고 있었다.

그때만 해도 아버지는 술과 노름에 젖어 있었지만 제정신을 잃은 상태는 아니었다. 조금쯤 초조해 보이는 모습이긴 했으나 가끔 큼직한 손을 들어 머리를 쓰다듬어 주곤 했다. 강을 따라 신나게 달리던 버스가 갑자기 멈추더니 군모를 쓴 어떤 아저씨가 올라왔다. 그는 청운의 볼을 슬며시 쓰다듬은 다음 아버지에게 민증을 보여 달라고 했다. 아버지는 잠바 주머니를 이리저리 뒤지더니 겸연쩍은 웃음을 지으며 깜빡 잊었다고 변명했다. 냉정한 군인 아저씨는 "잠시만 내려주십시오." 하고 거듭 재촉했다. 왕년엔 아버지 자신도 순경으로서 수상쩍은 사람을 닦달하며 끌고 간 적도 있었고 그런 사실을 주저리주저리 늘어놓기도 했지만 군인 헌병에겐 통하지 않았다.

"뭘 죄가 없으면 왜 그리 자꾸 뒤로 빼는 거여. 다들 바쁜 길인데……."

승객들의 구시렁거림을 못 이겨 아버지는 결국 주춤주춤 버스에서 내렸다. 청운에게 잠시만 기다리라고 눈짓하면서…… 하지만 아버지가 버스 문을 내려 사라지는 순간 청운은 질린 표정으로 곧장 뒤따라 내렸다.

푸른 강 위에 긴 철제 다리가 놓였고 그 앞쪽에 검문소가 설치돼 있었다. 햇빛을 받아 반짝이며 흘러가는 강물을 바라보던 청운은 깜짝 놀랐다. 기다리마던 버스가 아무 말도 없이 출발해 다리 위를 달려가고 있었던 것이다.

청운은 두 손을 들어 내저으며 발을 굴렀다. 하지만 아무런 소용도 없었다. 그 차의 선반 위엔 소중한 물건이 든 가방이 실려 있었다. 아버지는 다행히 별일 없이 풀려나왔지만 꿈이 든 그 가방은 이미 멀리 사라져 버리고 없었다.

청운은 다급히 아버지를 밀치고 검문소 안으로 들어가서 울먹이며 실상을 알렸다. 아버지는 뒤늦게 깨닫곤 헌병에게 화를 냈으나 뾰족한 수는 없었다. 기껏 헌병이 세워 준 다른 버스를 타고 종점까지 가 봤지만 끝내 가방을 찾을 수는 없었다. 아버지는 불뚝성까지 내어가며 따지긴 따졌으되 차부 앞 술집에서 대포 한잔을 들이켜고는 시나브로 잊고 야릇한 유행가를 흥얼거렸다.

"괜찮아. 걱정하지 마. 이 아빠가 초능력을 쓰면 저절로 돌아오고말고, 허헛허……."

청운은 그런 얘길 믿고 싶지 않았을뿐더러 어쩜 저럴 수 있을까 하고 외려 증오하고픈 심정이었다. 하긴 오랜만에 처갓집에 간다는 자가 제멋대로 자란 수염도 깎지 않고 후줄근한 꼴로 거들먹거리는 데야 누군들 믿을까 싶었다.

그 가방 속엔 약소하나마 어린 소년의 부푼 꿈이 담겨 있었다. 멋진 그림이 들어간 신기로운 옛이야기 책과 정글북, 피노키오, 보물섬 같은 미지의 동화…… 그리고 앙증맞은 만화경과 망원경, 산새가 지저귀는 듯한 옥색 호루라기, 예쁜 딱지, 돋보기 따위의 장난감…… 엄마가 그걸 마련해 주었을 때 미리 좀 슬쩍 살펴보고 싶은 마음을 꾹 누른 채 가방 속에 챙겨 넣었었다. 외할머니 집에 가서 하나씩 꺼내 호기심을 풀고 산마을의 동무들과 함께 가지고 놀면 한층 더 즐거울 듯싶었기 때문이었다. 하지만 그건 이젠 날아가 버린 파랑새가 되고 말았다. 잃어버린 것이기에 더욱 신비롭고 그립고 아쉬운지도 몰랐다.

'아, 그때 그 향긋한 자연 속에서 그 멋진 동화를 읽으며 예쁜 꿈을 키우고, 신기로운 장난감들과 함께 시간 가는 줄 모르게 놀았다면…… 혹시 그랬다면 내 미래는 좀 더 밝게 변화되지 않았을까? 어쩌면 선감도에도 끌려가지 않고…….'

청운은 그 잃어버린 가방만 생각하면 언제라도 안타까운 심정을 가눌 길이 없었다.

소중한 물건을 상실한 외로운 아이는 모종의 자책감과 무기력증에 빠져 서글픈 여름을 보냈다. 얼마 후 아버지는 도박과 폭행죄로 경찰에 구속되었고 석방된 다음엔 술병에 걸려 집안 형편은 서서히 내리막길에 놓였다. 그리고 청운은 졸지에 고아 신세가 되어 세상의 밑바닥을 떠돌게 되었던 것이다.

'백주 대낮에 무장간첩이 날뛰고 살인 강도 강간범들이 돌아다니는 세상이니 검문검색도 필요하겠지. 하지만 잠시면 된다며 끌고 가 평범한 사람들의 꿈을 영원히 조각내 버리는 짓은 하지 말았으면 좋겠어. 자기들 멋대로! 차라리…… 겉모양을 점잖게 꾸민 채 한밤중에 나랏돈을 쥐새끼처럼 솔솔 빼 처먹는 높으신 분네들이나 제대로 검문검색을 해서 그 잘난 상반신 혹은 하반신을 상실케 했으면 좋겠네. 무엇을 하든 상하 한쪽

이 격심한 갈증과 낙망을 느끼도록…….'

청운은 생각에 잠겨 차창을 열곤 밖을 내다보았다. 차가운 바람이 불어와 답답한 심정을 조금쯤 날려보내 주었다.

버스가 종착지에 도착해 가래 끓는 듯한 괴로운 호흡을 겨우 멈추었다.

청운은 아직껏 잠에 빠져 있는 옆자리 여자의 어깨를 흔들어 깨운 뒤 버스에서 내렸다. 음습한 터미널을 벗어나 일단 한길가로 나선 청운은 갑자기 삭막한 기분에 휩싸였다.

겨울이라지만 아직 해가 많이 남은 세 시경인데도 길엔 사람이 별로 보이지 않았다. 거리는 마치 서부영화에 나오는 황량한 소읍 같은 인상을 풍겼다. 냉랭한 바람만이 전신주를 윙윙 울리며 불어대면서 먼지와 종이 조각 따위를 이리저리 흩날렸다. 빈 깡통이 굴러가는 소리가 으스스 스산한 느낌을 자아냈다. 차도 그다지 다니지 않았다.

청운은 천천히 길 건너편으로 걸음을 옮겼다.

'급한 건 없으니까 방랑자처럼 슬슬 구경이나 해보지 뭐. 사심 없이 걷다 보면 의외로 목적지가 더 가까워지기도 할 테니 말야. 애써 찾으려 들면 길이 일부러 실타래처럼 꼬인 양 헤매게 되는 경우도 많더군.'

청운은 속으로 중얼거리며 미지의 딴 세상에 온 듯 걸었다.

멋대가리라곤 없이 단조롭게 뻗은 길이지만 양옆으로 늘어선 건물엔 허바허바 사진관, 뉴욕 미장원, 마미 제과점, 샤인 금은방, 미미 양품점, 보이스 전파사, 러브 레스토랑, 신세계 극장, 로얄 애견숍, 샤론 의상실,

바우 전축, 동두천 제1직업소개소, 오쇼 복덕방, 법률사무소와 대서소, 친선 결혼상담소, 아델라이다 꽃집 등의 간판이 붙어 있었다. ㄱ자로 꺾어 돌자 병원, 잡화점 같은 간판도 보였다. 그런데도 행인이 드물어서인지 유령 마을 같은 첫인상을 던져주는 것이었다.

청운은 무표정한 얼굴로 느릿느릿 걸어갔다.

바로 그때, 요란스러운 굉음이 지축을 울리며 멀찍이서 들려왔다. 이어 일군의 군용 차량이 줄지어 아스팔트를 지나갔다. 탱크, 장갑차, 검은 괴물 같은 트레일러, 뭔지 잔뜩 적재한 대형 트럭, 오일탱크를 실은 차량 등 기나긴 수송행렬이었다. 성조기와 'U.S.A. Army'라는 흰 표식이 찍힌 그 차량들은 한국의 하늘에 뜬 태양을 무시하듯 아직 한낮인데도 굳이 인위적인 강렬한 헤드라이트를 켜고 있었다. 그건 거대한 드래건의 눈알처럼 의뭉스럽고 자만심으로 무장된 듯이 보였다.

잠시 후 저쪽 하늘 높이 헬리콥터 편대가 나타나더니 요란스러운 프로펠러 회전음으로 공기를 찢고 햇빛을 조각조각 내어 반사하면서 줄지어 날아갔다. 겨울 하늘 한구석에 떠 있던, 얇게 썰어 놓은 배의 속살 같은 희미한 반쪽 낮달이 불안감을 못 이겨 파르르 떠는 듯이 느껴졌다.

헬리콥터 편대가 사라져 보이지 않는데도 군용차량 행렬은 여전히 이어지고 있었다.

'훈련 중인가, 혹은 부대가 어디로 이동하는 걸까? 설마 무슨 폭동이나 데모를 진압하러 출동 중인 건 아닐 테고…….'

청운은 생각에 잠겼다. 장갑차 안에서 껌을 찍찍 씹어대던 흑인 병사가 청운을 향해 씩 웃었다. 큰 눈과 하얀 치아가 일면 선량해 보이고 그네들의 조상이 노예로 핍박받았다는 사실 때문에 동정심도 들었으나, 다른 한편으론 이 작은 땅에서 그들이 백인들과 더불어 저지르고 있는 숱한 범죄와 죄악을 들은 적이 있기에 청운은 미소로 답례를 할 수가 없었다.

청운이 씁쓸한 표정을 짓고 바라보는 사이 그 흑인 병사는 장갑차와 탱크를 탄 채 다른 여러 흑인과 백인들과 뒤섞이며 청운의 망막 위를 스쳐 갔다.

붉은 여자

　한동안 이리저리 발길 가는 대로 떠돌던 청운은 마침내 한길을 멀리 벗어나 어느 느티나무 아래 서 있었다. 서산마루에 걸린 노을이 피처럼 붉게 타오르고 있었다. 그 속엔 사랑한 소녀의 볼에 물든 홍조 같은 애달픔도 스민 듯싶었다.

　나무 밑에 놓인 평상에 걸터앉은 청운은 가게 할머니에게 맥주 한 병을 시켰다. 그리고 천천히 마시면서 노을빛을 쳐다보았다.

　'빨간색이든 검은색이든 하얀색이든 자연에서는 저마다 아름다운데, 일단 사람 속에 들어가 빛을 발하면 왜 그렇게 추악해질까? 백인, 흑인, 적색인, 황색인…… 참 가관이야! 사람들끼리 서로 죽이고 잡아먹는 꼴을 기록영화로 만들어 짐승들한테 보여 주면 아마 기겁해서 고개를 돌리지 않을까?'

　청운은 맥줏값을 치르고 나서, 약도를 꺼내 할머니에게 보여 주며 길을 물었다.

"뭐여, 연꽃 웅덩이를 찾는가 보네임. 젊은 총각이 뭣이 아쉬워 그 늪 속엘 들어갈라는가잉."

얼굴에 진 주름살이 낡은 나무 문살같이 잿빛으로 변한 할머니가 눈을 크게 떴다.

"친구 보러 가요."

"응, 그런가. 아무튼 거꾸로 왔구먼. 뻐스는 없응게 택시를 타야 혀."

"걸어가려고 하는데 너무 뭔가요?"

"가만 있자, 그라면 저짝으로 쭉 걸어 읍내로 다시 나가서 보산리로 들어가라구."

청운은 인사를 하곤 허적허적 걸었다. 하지만 왔던 길을 되짚긴 싫어서 주로 샛길을 골라 더듬었다.

'너무 여유를 부리다 보니 이번엔 삼천포로 빠졌군.'

땅거미가 내리는 것을 보며 청운은 속으로 중얼거렸다.

다시 읍내에 도착하니 아까는 텅 빈 듯했던 거리에 사람들이 하나둘씩 나타나 활보하고 있었다. 아까 군용차량 행렬에서 보았던 백인과 흑인들이 예쁘고 아담한 아가씨의 어깨를 감싼 채 활기차게 걸으며 과도한 명랑함을 내비치기도 했다. 진한 화장을 한 잘난이 못난이 인형 같은 아가씨들은 작은 키로 폴짝 뛰어 거인의 어깨에 매달려 깔깔거렸다.

마침 한복 차림에 혼자 걷는 여자를 본 청운은 약도를 꺼내 방향을 물었다.

"여긴 본래 유서 깊은 고장이에요. 코쟁이들이 들어오기 전까지만 해도 정겨운 고향 마을이었단 말이죠. 아시겠어요? 초행길이신가 본데, 여긴 읍내고…… 그런 미군부대 클럽은 더 가야만 해요."

"아 네, 그렇군요."

"그래요."

"그럼 어떻게 가야……?"

"음, 택시를 타면 아주 빠르죠. 하긴 뭐 30분쯤만 걸으면 보산리라는 마을이 나오니까, 거기 가서 물어보면 되겠죠, 저쪽 길로……."

"네, 감사합니다."

청운은 공손히 인사하고 나서 고개를 들었으나 그녀는 이미 반대쪽으로 나비처럼 하늘하늘 우아하게 걸어가는 것이었다.

길은 좀 좁아졌긴 해도 아스팔트로 포장돼 있었다. 청운은 절뚝절뚝 발을 옮겼다.

길 건너 저 멀리 벼 그루터기만 남은 논이 보이고, 비탈진 야산 기슭엔 아기자기한 밭고랑이 어슴푸레 떠올랐다. 그리고 헐벗은 겨울나무 사이로 초가집 몇 채가 살짝 가려져 있었고, 보이지 않는 굴뚝에서 저녁밥 짓는 파르무레한 연기가 피어올랐다. 아까 그 한복 차림을 한 여인의 인상이 뇌리에 남아 이채로우면서도 어쩐지 문득 애잔한 느낌을 불러일으켰다.

청운은 길동무 삼아 옛노래 한 곡조를 흥얼거렸다.

인생은 나그네길

어디서 왔다가

어디로 가는가

구름이 흘러가듯

떠돌다 가는 길에

정일랑 두지 말자

미련일랑 두지 말자

인생은 나그네길

구름이 흘러가듯

정처 없이 흘러서 간다

어둠이 점점 짙어지자 외로움도 진해졌다. 차가운 밤바람이 몰아치며 어린 시절부터 움터 온 고독감을 지푸라기처럼 떨게 했다. 그래도 남에게 해를 끼치지 않는 그런 감정은 더 깊고 절실할수록 존재의 본질을 직면케 하는지도 몰랐다.

보산리 입구로 들어서자 길이 한층 넓어지면서 전혀 새로운 풍경이 펼쳐졌다. 거리 양옆으로 늘어선 건물들에 내걸린 간판엔 Lucky Club, Paradise Hall, DOWNTOWN SHOW, Cat's Story, Casanova, Little Angels, Cicago Jack, Seven Star, Las Vegas Club 따위의 네온사인이 현란하게 반짝거렸다. 서울의 번화가에도 이국적인 분위기를 풍기는 간판이 많았지만 대체로 한글로 적혀 있었는데, 도발적이고 울긋불긋한 영어 글자들을 보자 무척 낯설었다.

근무 시간이 끝났는지 길엔 미군들의 숫자가 점점 불어나기 시작했다. 사복으로 갈아입고 부대에서 벗어나온 젊은 백인과 흑인들은 활기차고 자유분방할 뿐만 아니라 때로는 거만해 보이는 모습으로 환락의 거리를 활보하고 배회했다. 유쾌한 웃음소리가 휘황한 네온사인 조명에 섞여 이리저리 흘렀다. 그들은 마치 입대하기 전 자신이 놀던 아메리카 뒷골목의 유흥가에라도 온 듯 여유만만했다. 이미 한잔 걸친 치들은 클럽에서 고른 이국땅의 예쁘고 날씬한 아가씨와 함께 또 다른 생의 몽상과 환희를 찾아 비틀비틀 걸음을 옮겨놓았다. 덩치가 거대한 그들에게 안긴 아담한 한국 여자들은 상대적으로 어린 소녀처럼 보였다. 털이 숭숭 난 커다란 팔을 가진 백인과 흑인들은 아가씨의 가녀린 허리를 안고 곧 구겨버릴 듯이 쓰다듬으며 허옇게 웃었다.

청운이 찾는 블루문blue moon 클럽은 아직 보이지 않았다. 혹시 지나쳐버렸는지도 몰랐다. 청운은 목을 좀 축이고 지친 다리도 쉴 겸 적당한 곳을 찾아 이리저리 둘러보았으나 모든 클럽의 문 앞에 '한국인 출입금지'라는 팻말이 붙어 있어 문득 갈증이 더 심해졌다.

'이것 참…… 오아시스 없는 사막 같군.'

그는 입속으로 중얼거리며 절룩절룩 걸었다. 마침 맞은쪽에서 홀로 걸어오는 여자를 보자 청운은 다가서서 물었다.

"혹시 블루문이란 데가 어딘지 아세요?"

"그건 여기 없어요."

여자는 껌을 씹으며 붉디붉은 입술로 대꾸했다.

“그게 정말인가요?”

청운은 깜짝 놀라 되물었다.

“그런 건 이 세상에도 없고 저 달나라에도 없는 허무맹랑한 사람들의 환상이에요. 꿈 깨고 지금 살 일이나 걱정하는 게 좋아요.”

“난, 친한 형을 만나 보려고 블루문을 찾는 거예요.”

청운은 그쯤으로 하고 다른 행인에게 물으려고 발짝을 뗐다. 그런데 그 여자가 빨간 하이힐 뒷굽으로 길바닥을 똑똑 울리며 걸어가면서도 말을 계속했기 때문에 청운은 뒤따를 수밖에 없었다.

“쳇, 블루문이라구? 세상에 그딴 푸른 달이 어디 있겠어? 환상으로 남도 속이고 자기 자신마저 속이려고 지어낸 것일 뿐……. 그래도 혹시 몰라 백과사전을 한번 찾아봤지. 환상마저도 아닌 찌질한 현실이야. 대기 중에 먼지 농도가 짙어지면 미세한 먼지들이 붉은 계통의 빛은 산란시키고 나머지 색은 통과시켜 달이 푸르게 보일 수 있다더군.”

여자의 긴 머리칼은 물을 들였는지 자줏빛이 감돌았고 끝부분이 곱슬곱슬했다. 겨울 밤바람이 찬데도 여자는 몸매가 잘 드러나는 매끄러운 우단 원피스 차림이었다. 그것도 붉었다. 각선미를 뽐내는 하얀 종아리를 제외하곤 온몸에서 붉은 색깔을 뿌리며 그녀는 살랑살랑 걸어갔다. 적어도 뒤태 하나만큼은 주간지 화보에서 본 여배우나 미스코리아의 몸매에 못잖아 보였다.

“혹시 클럽 쑈 무대에서 활동하는 삐에로 또는 코리아 채플린을 아세요? 꽤 유명하다던데…….”

청운은 그녀의 얼굴을 자세히 보고 싶은 마음도 있어 옆으로 다가서며 물었다. 아마 블루문 클럽을 아는구나 싶은 생각도 들었다. 하지만 여자는 고개를 돌리지 않고 곧장 또박또박 걸었다. 옆얼굴이 달처럼 창백했다.

"호호…… 개도 입귀가 찢어지도록 웃겠네. 뭐, 유명한 배우라구요?"

"그럼 무명 배우인가 보죠? 아무튼 삐에로 형을 알긴 아는군요. 지금은 뭘 해요?"

여자는 대꾸 없이 코웃음을 치곤 율동적으로 걸었다. 얼마 후 거센 바람을 피하듯 슬쩍 비켜서더니 갑자기 붉은 입술을 열었다.

"직접 물어봐요. 호호……."

그러고는 어느 건물 안으로 쏙 들어가 버렸다.

청운은 눈을 들어 간판을 쳐다보았다. 없었다. 영어도 한글도. 다만 건물 지붕 위에 검은 하늘을 배경으로 커다란 푸른 달이 떠올라 있을 뿐이었다. 그것은 은은한 빛을 허공에 뿌리고 있었지만, 진짜 달이 아니라 내부에 네온사인이 장치된 둥근 플라스틱 통이었다.

청운은 출입문 앞으로 슬슬 다가갔다. 클럽의 기도를 보는 성싶은 목이 굵은 사내가 힐끗 쏘아보았다.

"혹시 여기가 블루문입니까?"

청운의 물음에 사내는 한 번 더 훑어보고 나서 심드렁히 대꾸했다.

"흐음, 그런데요."

"혹시 여기 삐에로라는 희극 배우가 있는지……?"

"누구요? 삐에로가 어디 한두 놈이어야지."

"본명은 김순식이라고 하는데…….."

사내는 인상을 잔뜩 찡그렸다.

"한데 형씬 개하곤 어떤 사이유?"

"의형제간입니다."

"흐흣, 요즘 세상에 의형제라니 웃기는군. 흠, 아무튼 일단 조용히 들어가서 한번 물어보슈."

"예, 고맙습니다."

청운은 고개를 꾸벅 숙였다.

이제 곧 삐에로 형을 만나게 된다고 생각하니 감개무량한 나머지 문지기가 악당이든 개구리든 우선 고맙기만 했다. 저 아득한 선감도에서 고락을 같이하다가 마침내 목숨마저 걸고 탈출을 감행했으나 살았는지 죽었는지도 모른 채 험한 바다 한가운데서 헤어져야 했던 그들이 아니었던가.

청운으로서는 그런 이색 지대에 처음 들어가 보는 셈이었다. 물론 청량리 풍전 나이트클럽과 유사한 업종이겠지만 왠지 모를 다른 느낌이 밀려들었다. 덩치 크고 야릇한 체취를 풍기는 백인과 흑인들만의 유흥장이라서 그럴까? 혹은 그들과 바짝 붙어 얼려 미소 짓는 여자들 때문인가? 아니면 미군부대가 바로 앞에 진을 치고 있어서 그 후광 때문에……?

청운은 어스레한 구석 쪽에 서서 신세계 같은 홀의 내부를 물끄러미 바라보았다.

휘황찬란한 조명이 교차하는 널찍한 원형 공간에서는 귀청을 찢을 듯한 팝송 곡조에 맞춰 남녀들이 뱀장어처럼 어울려 춤을 추고 있었다. 미꾸라지와 뱀장어랄까. 홀 천장에 매달린 오색 미러볼이 서서히 돌며 환상적인 색색 가지 빛을 조합해 춤추는 남녀들의 얼굴과 몸 위에다 뿌렸다.

어둑한 구석 자리에 놓인 테이블에서는 미군과 여자들이 마주 앉아 술을 마시며 히득거렸다. 그들의 머리 위엔 희뿌연 담배 연기가 안개처럼 자욱이 피어올랐다. 어찌 보면 커다란 수족관 같은 그 공간…… 청운은 문득 외로움을 느끼곤 안쪽으로 점점 걸어 들어갔다.

사람들이 춤추는 플로어 앞쪽에 몇 계단 높게 무대가 가설돼 있고 그 한옆에서 악단이 한창 연주를 하는 중이었다.

청운은 술과 안주가 얹힌 쟁반을 들고 테이블 사이로 매끄럽게 헤엄쳐 다니는 웨이트리스를 불러 물어볼까 하다가, 한순간 악마산에서 수련한 잠입술을 발휘해 재빨리 무대 뒤쪽의 대기실로 숨어들었다. 그곳엔 출연 차례를 기다리는 연예인과 무용수들로 시끌벅적했다. 개중엔 티브이에서 본 듯한 코미디언이나 가수도 눈에 띄었다. 한구석에서는 서너 명이 둘러앉아 군용 담요 위에 화투짝을 두드리기도 했다.

청운은 광을 팔고 나서 희희낙락 구경하고 있는 한 사내에게로 다가가서 슬쩍 물었다.

"혹시 앞니 빠진 삐에로를 아십니까? 여기서 꽤 유명한 희극배우라던데……."

사내는 청운을 흘끗 쳐다보곤 빙글빙글 웃으며 말했다.

"흥, 이 업계에는 앞니 빠진 개오지 외에도 코뼈 부러진 삐에로, 꿈을

먹다 소화불량에 걸린 삐에로 등등 별명이 많아서 곤란한걸. 아마 전국
적으로 따지면 수십 가지는 될 거야.”

“본명은 김순식입니다만.”

“흐흥, 찾으시는 순식이가 그 순식이라면 아마 별로 유명하진 않을 텐
데…….”

바로 그때, 구석 쪽에 쭈그려 앉아 한창 구두를 닦고 있던 헙수룩한 사
람이 쓱 고개를 들었다. 그는 검은 빵모자를 쓰고 있었는데 얼굴 여기저
기 구두약이 묻어 있었다. 그건 분명 분장한 모습이 아니라 생존 현장의
실상이었다. 그 앞엔 고급 구두, 낡은 구두, 남자 구두, 여자 구두 등 갖가
지 스타일의 신발이 놓여 있었다. 그는 청운을 한동안 바라보더니 구둣
솔을 버리고 벌떡 일어섰다.

“구름아, 너 혹시 운이니?”

“정말 순식이 형이야?”

잠시 서로 바라보던 둘은 더 이상 다른 말 없이 다가들어 꽉 껴안았다.

“형, 정말 살아 있었구나! 그동안 어찌 지냈어?”

청운은 울먹였다.

“나야 세상천지가 다 내 아방궁인걸 뭐. 구름이 니가 어떻게 살고나 있
는지 늘 걱정되었지. 아무튼 이렇게 살아서 만나니 좋구먼.”

삐에로가 씩 웃자 앞니 빠진 자리가 드러나 희극적이면서도 구슬퍼
보였다.

“이산가족 상봉이 따로 없구나. 아주 감동적이야.”

화투판의 누군가 말했다. 그러자 다른 소리가 장단을 맞췄다.

"이참에 둘이 무대에 같이 나가 갈라진 한민족의 애절한 소원을 보여주면 어떨까 싶네."

"그러다 국가보안법에 걸리면 어쩌려구?"

"흐흐, 여긴 리틀 아메리카라 한국의 헌법도 대통령까지도 어쩔 수 없는 치외법권 지역이잖아."

"쓸데없는 소릴…… 형제가 만나 울고 짜는 꼴을 미군 놈들이 좋아할 리 없지. 실실 웃다간 지겹다고 야유할 텐데 뭘."

남자들과 달리 화장을 진하게 한 여자들은 거울을 들여다보면서 두 의형제의 재회를 축하해 주었다.

삐에로는 청운에게 잠시 기다리라고 눈짓한 뒤 다시 재빨리 구두를 닦기 시작했다. 청운은 다가앉아 헝겊으로 광을 냈다. 삐에로가 말없이 히죽 웃었다. 청운보다 두어 살 더 먹었을 뿐일 텐데 이마의 주름살이 깊게 지자 언뜻 노인네처럼 보이기도 했다. 그러나 한편으론 어린 소년같이 천진난만한 표정이 그 얼굴에 떠돌기도 했다.

"어이, 슈샤인 보이…… 내가 닦아 놓을 테니 어디 가서 회포나 풀거라잉. 대신 나중에 쏘주나 한잔 사야 해."

서른 살 초반쯤 돼 보이는 사내가 일어나서 오리 궁둥이 포즈로 흔들며 능글맞으면서도 익살스러운 음성으로 말했다. 벌써 대머리가 까진 데다 코허리가 푹 꺼지고, 작은 눈에 거무스레한 입술은 두툼하게 내밀고 있었다. 더할 나위 없는 추남이었지만 어딘지 애잔한 페이소스를 지닌 얼굴이었다.

"형, 고마워. 내가 형 덕분에 살아간다니까…… 야, 구름아 가자."

삐에로는 청운의 팔을 끌고 대기실을 벗어나 홀의 외진 구석으로 갔다.

"편안히 앉아 있어."

얼마 후 그는 맥주 세 병과 안주 접시를 직접 들고 왔다.

"자, 한잔 받아. 이게 꿈인지 생신지 헷갈린다."

"응, 그래."

청운은 하얀 꽃처럼 피어오르는 맥주 거품을 바라보았다.

"자, 생존을 위해 건배!"

둘은 잔을 쨍 마주치곤 술을 들이켰다.

"이게 얼마 만이냐, 응?"

삐에로는 신기롭다는 눈빛으로 청운을 바라보며 물었다.

"아마 2년이나 3년쯤 됐을까, 근데 형은 왜 이곳으로 왔어?"

"바람결에 떠도는 방랑 인생이 무슨 특별한 이유가 있겠냐. 어쩌다 보니 그냥 왔지. 하지만 무슨 환락을 찾아 술집에 온 건 아니란다. 진흙 속이라 해도 연꽃 씨 같은 꿈은 가슴에 품고 있지 않겠냐. 나도 너도…… 청량리 풍전 홀에 들어간 것도 어떡하든 무대에 서서 대배우로 성공하고픈 소망이 있었기 때문이었지. 하지만 예술의 신께 기도하며 온갖 궂은 잡일을 맡아 했지만 내게 무대는 너무 높기만 하더라. 아무리 한물간 연예인이나 추문에 휩싸인 배우라도 밤무대에서는 오히려 더 주가가 높고 기고만장하는 세상이더군. 여기로 온 건 일단 잠시나마 무대에 설 기회가 주어진다는 얘길 들었기 때문이야. 혹시 잘되면 미8군 쇼 무대에도 설 기회가 있다니까. 그럼 성공의 문이 서서히 열리는 거지, 흐흣…….”

“아, 그렇구나. 난 또 괜히 이상스러운 걱정을 했네, 헤헤…… 그럼 오늘 밤에도 형이 무대에 나가 연기를 하는 거야?”

“응, 그래. 좀 있다가 야밤에…….”

“아까 분장실에서 보니까 유명한 연예인도 몇 사람 있던걸.”

“아, 그 사람들은 오리지널이 아니고 짝퉁이야.”

“응?”

“흉내를 내는 거지. 배삼용, 서영춘, 고봉서, 너혼아, 남징, 일미자, 문주린 등등등 참 많다. 다들 이 바닥에서 살아남아 보려고 발버둥 치는 거지.”

“아까 그 못생긴 추남 아저씬 누구야?”

“아, 그 형…… 이주일이란 예명으로 뛰는 코미디언 형인데…… 생김새는 그래도 마음씨는 착한 사람이야. 무대에서는 늘 단역 신세지만, 짝퉁 흉내를 내지 않고 자기 나름의 스타일을 창출하려고 고군분투하는 중이지. 하긴 흉내 내려야 흉내 낼 만한 대상도 없으니까 뭐. 흐흣…….”

둘은 다시 잔을 쨍 부딪치곤 술을 들이켰다.

“잠깐 갔다 올게.”

삐에로는 헤벌쭉 하회탈 같은 미소를 짓고 나서 어디론가 바삐 사라졌다.

그때 어떤 짝퉁 가수의 노래가 끝나고 음악이 한결 리드미컬하게 변조되었다.

홀 앞쪽의 무대엔 붉은 춤옷 차림의 여자가 올라서고 있었다. 촘촘하게 장식된 수백 개의 진주 구슬이 색색 가지로 반짝거렸다. 그 댄서가 리듬에 맞춰 상체를 살랑살랑 흔들기 시작하자 색색 가지 구슬들이 현란히 빛나며 쭉 빠진 몸매를 한층 더 도드라지게 했다. 그녀가 입술 새로 요염한 미소를 흘리며 아랫도리를 율동적으로 열띠게 흔들어대자 요란스러운 고함과 휘파람 소리가 잇달아 흘러나왔다.

청운은 문득 놀랐다. 무대 위에서 붉은빛을 흩뿌리며 춤추는 댄서가 아까 길을 안내해 준 '붉은 여자' 같았던 것이다. 화장을 진하게 한 하얀 얼굴과 붉은빛이 도는 긴 머리카락…… 청운은 눈을 가느스름히 뜨고 살펴봤으나 곧 커다란 미군들이 무대 앞으로 바짝 다가들어 광란적으로 함께 춤추기 시작했기 때문에 잘 알아볼 수가 없었다.

잠시 후 청운이 맥주를 마시고 잔을 탁자에 놓는데 어떤 이상스러운 사내가 다가와 섰다.

"손님, 여긴 한국인 출입금지 구역입니다. 이방인은 여기 들어올 수가 없습니다."

"한국 사람이 이방인이라구요?"

청운은 놀라 반문하며 사내를 쳐다보았다. 중절모를 쓰고 눈이 엄한 빛을 띠었으며 코 밑에 히틀러 같은 수염을 달고 있었다. 검은 윗도리의 소매가 좀 짧아 손목이 드러난 팔에 필살 무기인지도 모를 지팡이를 건 모습이었다.

"손님, 저급한 민족은 강하고 고급스러운 종족의 지배를 받을 수밖에 없습니다. 그래서 자기 뜻과 달리 추방당할 수가 있는 것입니다. 현대는 단일민족이 아니라 단일한 이념과 생각에 의해 하나의 강하고 아름다운 나라만이 지구에 존재해야 하니까 말입니다."

"아름다운 나라…… 혹시 미국?"

"네, 맞혔습니다. 헤헤……."

사내가 미소를 짓자 엄숙하던 히틀러의 얼굴이 서서히 해학적인 채플린의 표정으로 바뀌었다. 주름살과 앞니 빠진 모습 때문이랄까.

"그럼 답을 맞힌 상으로…… 여기 앉아 주지육림을 즐기는 아름다운 나라 미국 군인들을 눈앞에서 생생히 구경하는 특권을 드리겠습니다."

"삐에로 형, 연기를 꽤 잘하는걸."

"벌써 눈치챘니?"

"긴가민가하면서 속아 주는 척한 거지 뭘."

"자식이…… 이 위대한 미래의 대배우를 무시하면 안 된다구."

"아냐, 정말 깜짝 놀랐어."

"괜찮아. 내가 아무리 채플린을 좋아한다고 해도…… 어찌 짝퉁 배우가 인생의 목표겠냐. 나도 모방이 아닌 나만의 조선 방랑자를 창조해 내고 싶어. 꼭 그럴 거야."

"정말 그렇게 됐으면 좋겠어. 그래서 코리아 삐에로의 한 많은 목소리와 몸짓으로 선감도 수용소의 비극을 보여 주고, 이 특이한 이방 지대의 이야기도 조선 어릿광대의 눈으로 보고 들려주면 관객들은 감동을 받을 거야. 나중에 내가 또 스릴 넘치는 체험을 얘기해 줄게."

"뭔데? 무척 궁금한걸."

"나중에 천천히…… 그건 그렇고 무대 위에서 춤추는 저 여잔 자기 나름의 방식으로 미국 녀석들 혼을 흔들어 주고 있구먼."

"히히, 아주 홀딱 빼놓기도 하지. 좀 있으면 특별 쇼를 시작할 테니 앉아서 구경해. 그다음에 내가 무대에 설 차례라 미리 가서 준비를 좀 해야 하거든. 재미없더라도 비웃지나 말고 나중에 충고해 줘."

"응, 알았어. 잘해!"

삐에로는 특유의 미소를 짓곤 서둘러 사라졌다. 그런 와중에도 지팡이를 슬슬 흔들며 발이 삐딱삐딱 꼬이는 우스꽝스러운 걸음을 연습하고 있었다.

'꿈을 위해 건배!'

청운은 혼잣소리로 중얼거리곤 술잔을 들어 쭉 들이켰다.

홀과 무대 위의 모습이 유리잔의 볼록한 한 면에 축소되고 응집돼 비쳤다. 붉은 무희의 머리카락과 하얀 얼굴, 춤옷에 달린 무지갯빛 구슬들이 서로 교차하며 앙증맞게 반짝였다.

청운은 어릴 때 술에 취한 아버지가 보여 준 만화경이나 요지경 속의 모습을 감상하듯 가만히 주시했다. 그녀는 신비로운 비밀을 지닌 동화 속의 인형 같았다.

어느 결에 악단의 연주가 고즈넉하고 애조 띤 음조로 바뀌었다. 휘황하던 조명이 흐릿해졌다. 무대 앞 플로어에서 광적으로 몸을 흔들어대던 거대한 사내들이 하나 둘 자리로 돌아가 앉아 술을 마셨다. 부나비처럼 날아다니는 여자들 중에 제 취향에 맞는 아가씨를 꿰찬 채. 사람의 얼굴을 가진 그 나비들은 향기가 아닌 다른 어떤 것에 끌려 살포시 앉았다.

진홍의 무희는 무대 뒤로 사라지지 않고 석상인 양 가만히 서 있었다. 언젠가 제주도의 외딴 바닷가에서 본 적이 있는 검붉은 석회암 인어상 같았다. 마치 파도가 밀려오듯이 악단의 연주가 은은하면서도 퇴폐적인 음조로 바뀌자 진홍의 무희는 쭉 빠진 몸매를 감질나게 흔들며 미소 지었다. 무대 위의 조명은 이미 어둑하게 바뀐 가운데 찬란한 무지갯빛이 빙글빙글 돌며 그녀에게로만 비춰 어느 천상계의 선녀 같아 보이게 했다. 꽃뱀처럼 리드미컬하게 춤을 추던 그녀는 슬며시 춤옷 윗도리를 벗어 옆으로 내던졌다.

상체를 슬쩍 비틀자 망사 브래지어에 감싸인 젖가슴이 출렁거렸다. 위쪽을 향해 솟은 도발적인 유두가 견디다 못한 양 비어져 올랐다. 어디선가 쩝쩝 하고 빨아대는 소리가 났다. 술잔을 빠는지 옆에 앉은 여자의 입술이라도 빠는지…… 무희는 애조 띤 한 줄기 트럼펫 소리에 따라 느릿느릿 몸을 꼬면서 아랫도리 허울마저 벗어 내렸다. 팔등신의 매끄러운 몸매가 에로틱하게 꿈틀거리자 여기저기서 괴성과 환호성이 터져 나왔다. 달러 또는 군표로 접은 종이비행기가 무대를 향해 막 날아갔다. 맥주병을 입으로 가져가 꿀꺽꿀꺽 마신 어느 흑인은 병 입구에 입김을 휘휘 불어 애잔한 곡조를 자아내더니 그 맥주병 주둥이가 옛 고향 애인이라도 되는 양 쪽쪽 빨아댔다.

짝퉁

잠시 후 막이 다시 열리고 무대 위엔 위대한 미래의 대배우 삐에로가 등장했다. 막이 열렸다기보다 삐에로 스스로 살며시 젖히고 상체를 내민 뒤 구멍 속의 쥐새끼처럼 이쪽저쪽 둘러보다가 불쑥 튀어나왔다는 게 사실에 가깝긴 하지만…….

삐에로는 마이크를 빼 들고 입으로 가져가 백남봉이나 남보원이 하듯 원맨쇼를 펼치기 시작했다. 긴 휘파람 소리는 대포알이나 미사일이 멀리 날아가는 것을 묘사하는 성싶었다. 이어 폭발하는 소리가 꽤나 요란했으나 앞니가 빠졌기 때문인지 더러 불발탄 같은 싱거운 소음도 섞였다. 그래도 삐에로는 열심히 성대모사를 해 나갔다.

"ㄷㄷㄷㄷ…… 타타타타타…… 피융 피융…… 으윽, 내가 죽었다고 말하지 말라! 제군들은 삼천리 금수강산과 한민족을 위해 사즉생의 정신으로 싸워 달라…… 드르륵 드르륵 콰쾅…… 으흑, 나는 피눈물을 머금고 가네…… 소련 놈한테 속지 말고, 미국 놈들 믿지 말고…… 참다운 자주독립과 해방 세상을 이뤄 다오…….”

마지막 말은 불분명해서 알아듣기가 힘들었다. 그런데 저 삐에로 형은 뜬금없이 왜 저런 소릴 지껄이고 있을까, 하고 청운은 고개를 저었다.

‘무대에서 저런 덜떨어진 헛소릴 왜 하는 거야? 더군다나 대부분의 관객이 미국 군인인 판에 누가 그런 이상스러운 소릴 알아먹겠느냐구, 웅?…… 가만 있자, 혹시 미군들이 알아먹지 못하게 일부러 그런 대사를 늘어놓은 건 아닐까? 흠, 하지만…… 만일 그렇다면 그건 이 홀에선 아무런 메아리도 없고 의미도 전달되지 못하는 독백에 불과하지 않으난 말야.’

청운의 그런 생각을 비웃기라도 하듯 삐에로는 지팡이를 빙빙 돌리며 한국말로 계속 지껄였다.

“신사 숙녀 여러분! 그럼 지금부터 본격적으로 코리아 채플린 쇼가 시작되겠습니다! 자, 박수로 환호해 주시기 바랍니다~.”

하지만 박수 소리는 별로 나지 않았다. 그 대신 검푸른 장막을 젖히며 한 아가씨가 무대로 툭 뛰어나왔다. 장막 위쪽에 매달린 별들이 흔들리며 쏟아져 내릴 것 같았다. 무명 저고리에 검정 치마 차림인 그녀는 한쪽 팔목에 꽃이 가득 담긴 대바구니를 걸고 있었다. 아담하고 가냘파 보이는 몸매였다.

그녀는 한숨을 폭폭 내쉬며 종종걸음으로 이리저리 거닌다. 무슨 큰 고민거리라도 있는 모양이다. 급기야 무릎을 꿇고 앉아 하늘 향해 빌며

기도를 드린다.

 그때 방랑자 채플린이 지팡이를 빙빙 돌리며 지나간다. 꽃팔이 아가씨는 마치 그가 하느님이라도 되는 양 우러러보며 꽃 한 송이만 팔아 달라고 간절한 눈빛으로 애원한다. 무언극이라 말은 없지만 무수한 말보다 더 애절해 보인다.

 채플린은 콧수염을 움찔거리며 고민스러운 표정이다. 그러더니 천천히 아가씨를 일으켜 세워 정겨운 미소를 짓는다. 아가씨가 안도의 숨을 쉬자 그는 그녀의 귀에 입을 가까이 대곤 뭔지 한동안 속삭인다. 아가씨는 좀 놀란 눈으로 머뭇거렸으나 채플린의 재촉에 못 이겨 결국 한 발짝 두 발짝 무대 앞쪽으로 걸어 나간다. 그러고는 대바구니에서 조화造花 같은 장미와 동백꽃을 집어 들어 미군들을 향해 공손히 던졌다. 키스를 함께 담아…….

 반응은 별 신통찮았으나 동전 몇 개가 무대 바닥으로 되돌아오긴 했다. 꽃팔이 아가씨는 몸을 굽혀 그걸 주웠다. 그리고 콧노래를 여리게 흥얼거리며 일어서는 순간 채플린은 갑자기 뒤돌아서며 음흉한 히틀러의 웃음을 흘린다. 어느새 그의 머리 위엔 낡아빠진 방랑자의 모자 대신 금빛 별이 달린 대원수의 군모가 얹혀 있다. 히틀러는 독사 같은 눈으로 아가씨를 노려본다. 그녀가 흐느끼며 마지못해 동전을 건네주자 히틀러는 콧수염을 쓰다듬으며 만족스레 웃곤 꽃팔이의 야윈 어깨를 감싸안은 채 삐딱삐딱 걸어 장막 뒤로 사라진다.

 홀의 관객들 속에서는 야유가 흘러나왔다. 아무래도 히틀러의 사악함을 질타하기보다는 짝퉁 채플린의 연기에 실망한 나머지 내는 소리가 아닌가 싶었다.

6.25전쟁은 미국 대중문화가 본격적으로 한국에 상륙하는 계기가 되었다. 휴전 이후 한국에 미군이 대규모로 주둔하게 되면서 소위 'GI 문화'가 뿌리내리기 시작했다. 전국 각지의 미군 주둔 캠프가 있었고 그곳에는 미군을 대상으로 하는 클럽이 있었는데 그곳 무대가 미8군 쇼 무대이고 여기에서 연주하거나 노래하는 이들을 미8군 연예인이라고 불렀다. 미8군 쇼는 노래, 춤, 코미디, 마술 등이 가미된 버라이어티 쇼의 형태를 취했기에 악단, 가수, 무용수, 코미디언이 모두 포함된 쇼단을 구성하는 것이 필수적이었다. 이봉조의 헐리우드 쇼, 김희갑의 에이원 쇼, 베니 김(김영순)의 베니 쇼, 송민영의 토미아리오 쇼, 박성원의 블랙 아이스 쇼, 김동석의 웨스턴 주빌리 쇼 등이 당시 활동한 미8군 쇼단들이었다. 미8군 무대는 1960년대 전반기에 전성기를 누리고 베트남전쟁이 발발하면서 쇠퇴했지만, 한국 대중음악에 깊은 영향을 행사했다.

이들은 분기별로 용산의 USIS라는 곳에서 공개오디션을 거쳐 실력을 인정받아야만 무대에 설 수 있었다. 오디션에서 부여받은 레벨은 음악인의 가치이며 거기에 근거해 실력자들은 충분한 보수를 보장받았다.

미8군 무대에서 살아남기 위한 왕도는 없었다. 최신 레퍼토리를 입수해 끊임없이 연습함으로써 실력과 흥행성을 배가하는 길이 유일했다. 악보가 거의 없던 시절이었기에 미군 라디오 방송을 녹음하고 최신 음반을 입수해 일일이 채보하면서 소속 용역회사 창고에서 지지리 연습했다.

미8군 쇼가 긍정적인 영향만 끼친 건 아니었다. 비록 불모지인 연예계에 물줄기를 불어넣고 끼 있는 연예인을 발굴하는 역할을 일정 정도 했지만 한국 고유의 정서는 철저히 무시당했다.

미8군 무대에 선 가수나 코미디언들은 독창적인 재능보다는 미국 본토의 인기 연예인을 가능한 만큼 똑같이 모방할 때 훨씬 큰 박수갈채를 받았다. 패티 킴은 패티 페이지를, 하숙생 최희준은 냇 킹 콜을 모창했고, 위키 리는 바비 달린을 모방해 인기를 얻었다. 누구는 봅 호프를, 또 누구는 프랭크 시나트라를, 누군가는 제임스 딘을, 그리고 재기발랄한 김상국조차도 루이 암스트롱을 흉내 내야만 계속 무대에 설 수가 있었다.

그들은 연예인으로서의 독창성과 자부심보다는 미국 본토에 있는 오리지널의 이미지를 그럴듯하게 복사copy함으로써 가치를 인정받는 신세였다.

그들이 한국에서 유명짜한 밤무대 가수로 뜰 때 미8군 무대에서의 경험과 인기는 실력의 기준이 되었다. 그 자신 유명한 미국 개그맨을 모방하는 밤무대의 사회자가 출연자를 '미8군 출신!'이라고 소개하면 현란스러운 홀은 금세 환호성으로 가득 찼다.

일단 퇴장했던 삐에로는 곧 무대 위에 다시 나타나 능글능글한 목청으로 다음에 등장할 여가수를 뺑튀기로 소개하곤 내빼 버렸다.

이국적인 얼굴에 키가 후리후리한 패리 킴이 나와 노래를 부르기 시작했다. 티브이에 자주 출연하는 패티 킴과 비슷한 모습에 똑같은 창법이었으나 참된 기운이 부족한 짝퉁의 모창이었다. 그런대로 향수를 자극했기 때문인지 환호성이 일었다.

홀 여기저기서 술잔 부딪치는 소리와 남녀가 서로 껴안은 채 쪽쪽 빨아대는 소리가 났다. 먼 이국땅에서 온 사내들은 작고 분단된 코리아의 여인들에게서 모정을 느끼는 것일까? 혹은…….

청운이 술잔을 비우고 탁자에 놓는데 삐에로가 분장을 지운 평범한 모습으로 나타났다. 물이 빠진 코르덴 바지 위에 검은 외투를 걸치고 있었다.

"쑈는 끝났어. 이젠 호랑나비와 범나비들끼리 짝을 맞춰 하룻밤 사랑 유희 하는 일만 남았는걸."

"응, 그렇군."

"가자."

"어디로?"

"아무튼 여길 나가서……."

"응."

둘은 뒷문을 통해 밖으로 나섰다. 차가운 공기가 시원스레 느껴졌다.

삐에로는 환락가를 빠져나가 시멘트 다리를 건너서는 시골길로 접어들었다. 농촌 마을에 별로 어울리지 않는, 콘크리트 벽에 슬래브 지붕이 얹힌 삭막한 집들이 무리져 있었다.

"저긴 양갈보나 양공주라고도 불리는 여자들이 많이 세 들어 살아."

삐에로가 골목을 돌아 벗어나며 중얼거렸다.

그들은 인적이 끊긴 오솔길을 계속 걸어갔다. 차가운 하늘에 별이 반짝이며 저들만의 밀어를 속삭이고 있었다.

"별들의 얘기를 알아들을 수 있을 것 같지 않니?"

삐에로가 물었다.

"글쎄…… 그런데 형은 왜 무대에서 한국말을 쓰는 거야? 미군들이 알아들을 수도 없을 텐데 말야."

"흥, 영어만 언어냐? 내가 영어를 씨부려 봤자 얼마나 잘 씨부리겠냐? 그리고 사실상 난 언어를 뛰어넘는 연기를 하고 싶어. 아마 미군 놈들도 딱딱한 의미보다는 미지의 동물이 지껄이는 소릴 더 좋아할걸, 하하……."

보산리의 낡은 철둑길 주변에 닥지닥지 붙은 하꼬방엔 하류급 위안부들이 살고 있었다. 철길 언저리엔 마흔 살, 쉰 살을 넘은 늙어빠진 하바리들이 지나가는 미군들의 팔을 잡아끌었다. 하지만 대부분 질겁하며 뿌리치곤 했다. 푼돈밖에 없는 녀석이나 술과 마약에 취해 해롱거리는 놈들만 그녀들을 따라갔다.

한동안 오솔길을 걸어가자 산기슭에 초가집으로 이루어진 아담한 마을이 나타났다.

간판의 칠이 다 벗겨진 허름한 가게에서 삐에로는 소주와 오징어를 사들고 나왔다. 완만한 길을 좀 에돌자 문득 오두막 한 채가 보였다. 나무 기둥과 판자벽은 낡아빠져 곧 쓰러질 듯했고 볏짚을 엮어 얹은 지붕은 몇 년이 지났는지 모르게 삭아 마치 빈민 노인의 머리카락 같은 몰골이었다.

"구름아, 들어가자. 여기가 내 임시 간이역이야."

삐에로가 히죽 웃으며 말했다. 그는 선감도 수용소에 갇혀 있을 때부터 청운을 구름이라고 불렀다. 푸른 하늘의 흰 구름…….

누가 무슨 목적으로 지었는지 잘 모르겠지만 오두막 안쪽엔 방 비슷한 공간이 있긴 했다. 하지만 잔뜩 찌그러진 상태라 머리를 숙인 채 기듯이 겨우 들어갔다.

"히히, 대충 앉아 봐라. 그래도 난 이 정도나마 감사하고 싶다. 청량리 나이트클럽에서는 한 방에 대여섯 명씩 껴 누워 잤지. 오사리 잡놈들의 인생 얘기도 들을 만했지만 독이 되는 것도 많아. 거기 비하면 여긴 작은 천국이야. 히히…….."

삐에로는 양초에 불을 붙이고 나서 술과 안주를 꺼내 놓았다. 낡은 군용 담요로 외풍 구멍을 차단하고 바닥에도 두껍게 깔아 놓아, 바깥에서 불어대는 거센 바람마저 오히려 안온하게 느껴졌다.

"이렇게 다시 만나니 기적 같구나야. 너도 나도 어찌 살았을까. 나비가 아닌 나방 같은 삶…… 싫은데도 어쩔 수 없이…….."

삐에로는 소주잔을 홀짝 비웠다.

"쓸쓸할 땐 늘 형의 미소를 생각했었지."

"헤헤…… 나도 구름이 니가 어딘가에 살아 있으리라 믿으면서도 찾아 나설 생각은 하지 못했어. 형편이 돼야지. 그래서 내가 우선 배우로 성공하면 좀 더 가능성이 있지 않을까 하고 막연히 생각했을 뿐이야."

"그랬구나. 그래, 그 거친 바다에서 어찌 살아났어? 듣기론 반쯤 죽은 상태로 파도에 밀려 다시 선감도로 돌아갔다던데…… 믿기지가 않아. 상어 밥이 된 줄 알았다니까."

"흐흐…… 나도 저승 길목의 삼도천까지 갔다 온 셈이야. 자연의 힘은 생명을 죽이기도 하지만 살려 주기도 하나 봐. 바람결과 물결…… 삼신할미의 가호로 알고 남은 생은 감사하면서 살려고 해. 히히……."

"사실 난 아직도 진짜루 형인지 유령인지 좀 헷갈려. 헤헤……."

둘은 건배하고 소주를 마셨다.

"그건 그렇고 구름이 넌 그동안 어떻게 살았었냐?"

삐에로가 정색하고 물었다.

"난…… 난 그냥 거센 물살에 시달리다가 여기로 떠밀려 온 느낌이야."

청운은 사이비 종교단체에 잠입했다가 쫓겨나온 이야기, 그곳의 사악한 실상, 그리고 특수부대에 들어가 겪은 체험 따위를 대충 들려주었다. 너무 속속들이 늘어놓을 계제도 아니었지만, 삐에로 자신이 암담하고 처참한 얘길 싫어했던 것이다. 그는 앞니 빠진 자리를 내보이며 히벌쭉 웃었다.

"그랬구나. 어쩐지 전보다 몸도 강건해졌지만 기운 자체가 다르게 느껴졌어. 다리만 예전 같으면 좋을 텐데……."

"지금보다는 차츰차츰 나아진다니까 크게 걱정할 것 없어. 흐흐……."

"그렇구나. 그래야지. 그럼 미래의 완쾌를 위하여 건배!"

둘은 잔을 쭉 비우곤 웃었다.

"형은 왜 여기로 들어온 거야? 서울에 질려서 도피……? 흐흐, 어떤 여자를 따라왔다는 소문도 있던데 말야."

"히히, 사실 여자가 웅지를 품은 남자 뒤를 따라오는 게 예쁜데 말이지…… 흠, 내가 뒤따라오긴 했지만 여자 꽁무니를 쫓아온 건 아니니껴 오해랑 말랑께. 서로 콤비를 이뤄 무대에 서야 하니 왔을 뿐야."

"그렇구나. 아까 그 꽃팔이 아가씨……?"

"응."

"연인 사이는 아니구?"

"야, 그런 게 어딨냐. 진짜 채플린은 부자에다가 감독에 유명한 배우였으니까 고다르를 연인으로 챙겨…… 사랑과 연기를 함께하는 행복을 누렸겠지만…… 나 같은 새우야……."

"새우보다는 차라리 곤쟁이라고 해. 우리가 선감도에서 질리도록 먹은 곤쟁이젓…… 그런데 형은 꿈이 뭐야? 공상 속에서 꾸는 꿈 말고 현실에서 이루는 것……."

"음, 일단은 미8군 연예단에 들어가는 거야. 치사스럽지만 그래야 좀 알아주니까. 한국 사람들은 미군이나 미국인들이 꺼림칙한 듯 쌍을 찡그리면서도 속으론 은근히 좋아하거든. 히히, 그래도 양놈들의 노리개가 되고 싶진 않아. 언젠가는 순수한 금수강산의 엿장수로 떠돌아야지. 히힛……."

청운은 잔을 들어 투명한 소주를 바라보았다.

“난 저격수가 되고 싶어.”

“뭐? 특수부대에서 총질은 많이 해봤을 텐데 지겹지도 않니? 사실 난…… 니가 그런 델 다녀왔다는 게 아직도 잘 믿기질 않아.”

“형, 꼭 총으로만 저격하는 건 아니잖아. 아직 잘 모르겠지만…… 이 세상엔 아마 이 세상에서 통하는 저격 방도가 꼭 있을 거야. 그전에 나 자신부터 저격해야겠지.”

“뭔 소리야?”

“내 속에도 더럽게 악한 요소가 많이 있으니까. 흐흐…….”

청운은 주절거리며 술을 쭉 들이켰다.

“야, 뜬구름 잡는 소리 그만두고…… 너 앞으로 어찌 살 작정이니?”

“뭐 그냥 구름처럼 떠돌면서 세상 공부나 하다 보면…….”

“얼뜨기 같은 소린 집어치우고 현실을 봐야지, 임마! 세상살이가 삼팔선을 넘나드는 것보다 결코 쉽지 않을 거야.”

“음, 그렇겠지. 선감도 수용소든 특수부대 훈련소든…… 최하급이나마 일단 의식주는 보장되니까, 흐훗…….”

“그래, 이게 우리가 사는 현실이야.”

“흐흐흐…….”

“구름아, 방랑벽을 잠시 멈추고 여기서 살아보지 않을래?”

“형한테 붙어 벼룩 새끼처럼 피를 빨아 먹으라구?”

“그건 아니지. 일을 해서 니 입은 니가 먹여 줘야지.”

“어떤 일인데?”

"까라면 까야지, 특수부대원이 지 하고 싶은 일만 하냐?"

"그래, 알았어. 형을 믿고 무슨 일이든 할게."

"아까 그 블루문 클럽에서 홀 보이를 구하고 있어. 미안하지만, 최하층 노동자라고 생각하면 돼. 청소와 잡일을 비롯해 심부름 따월 하는 거지."

"참 좋은 곳을 소개시켜 주는군."

"야, 이 자식아, 그럼 흙수저가 밑바닥부터 기어야지 별수 있냐? 히히…… 하지만 미국과 미군을 몰라서는 이 한국이란 나라와 사회도 제대로 알 수가 없을 것 같아. 어쩔래?"

청운은 망설였다. 그 야릇한 기지촌 세계에 대한 호기심이 일렁이긴 했지만, 일단 응낙하면 마음속에 깃든 파랑새의 날개가 꺾일 듯한 기분이 들었던 것이다.

'하지만…… 서울로 가더라도 까마득하긴 해. 푸른 창공을 향해 날아보려고 애쓰다가 혹시 아스팔트 위의 비둘기처럼 날개가 부러지거나 다리를 절뚝거리는 꼴이 될 수도 있어. 더군다나 경찰이 일거일동을 주시한다는 얘기도 있으니 새장 속 참새만큼 답답하지 않을까 싶군. 차라리 한동안 여기 박혀서 재충전하는 것도 괜찮을 듯해.'

청운은 머릿속으로 생각을 굴리며 술을 마셨다. 그러고는 삐에로에게 물었다.

"형, 내가 할 수 있을까 걱정되네."

"처음부터 잘하는 놈이 어디 있냐. 처음엔 괴롭겠지만 하다 보면 요령이 생길 거야. 하다 안 맞으면 때려치우더라도 하는 데까진 바락바락 해

보자구. 너도 나도……."

"응, 그래. 형을 보니 정말 좋아."

둘은 건배를 하고 마지막 잔을 비웠다.

삐에로는 방바닥에 드러눕자마자 곧 코를 골며 잠이 들었다. 하지만 청운은 바깥에서 불어대는 삭막한 바람 소리를 들으며 어둠 속에 눈을 뜨고 있었다.

동백꽃

다음 날 아침, 느지막하게 일어난 둘은 서둘러 오두막 밖으로 나갔다.

흐린 하늘에서 눈발이 바람에 날리며 차츰 굵어졌다가 가늘어지곤 했다.

삐에로는 하품하려던 입으로 하얀 눈송이를 받아먹으며 히득거렸다. 마치 과거나 미래는 모르고 현재만 아는 아이 녀석 같았다.

'하지만 누구나 그렇겠지만…… 삐에로 형은 결코 순진한 어린 시절로 돌아갈 수는 없을 거야. 저것은 자기도 모르게 하게 되는 연기라고 해야 하지 않을까? 진정한 배우가 되기까지는…… 꿈과 현실이 뒤섞여서…….'

청운은 생각하면서 삐에로의 뒤를 따라 걸었다. 삐에로는 음유시인인 양 조용히 중얼거렸다. 황량한 논밭이 눈발에 조금씩 덮이고 있었다. 오솔길을 벗어나 신작로로 들어서자 삐에로의 발걸음이 좀 빨라졌다. 청운은 절룩절룩 따랐다.

눈발에 묻혀 그런지 아직 뚜렷이 드러나는 건 없지만, 어젯밤에 본 클럽 거리의 풍경이 떠올라 갈수록 도발적이고 역겨운 냄새가 풍겨오는 듯싶었다.

"히히히……."

문득 이상스러운 웃음소리가 들려왔다. 청운은 고개를 들었다.

저쪽에서 한 여자가 사뿐사뿐 걸어오고 있었다. 검은 머리카락에 노란 종이꽃 같은 걸 달고 입속으로 이상야릇한 소릴 중얼거리고 있었다. 원래는 하얀 빛깔이었으나 더럽혀진 블라우스 위에 눈송이가 내려앉아 더 누추해 보였다. 찢어진 치마 아래 낡은 보라색 구두를 신고 있었다. 바람이 불자 치마가 팔락팔락 날리며 허연 맨살을 드러냈다. 봄옷 속으로 겨울 추위가 매섭게 스며들 텐데도 천연덕스러웠다. 푸르스름하게 질린 입술로 그녀는 노래를 불렀다.

"새야 새야 파랑새야……."

그녀가 몇 걸음 가까이 다가왔을 때 청운은 속으로 뜨끔 놀랐다. 얼굴은 웃고 있었지만 눈에선 눈물이 방울져 흘러내리고 있었던 것이다.

"허 참, 가슴 시리게 애잔스러운 모습이로군. 그 곱던 아가씨가 어찌 저렇게……."

삐에로가 한숨을 머금은 채 중얼거렸다. 여자는 살포시 눈웃음을 치며 다가섰다.

"함께 가시겠어요? 두 분 다 만족시켜 드릴게요. 히히히……."

삐에로가 머금고 있던 한숨을 내쉬자 여자는 하늘을 쳐다보며 스쳐 갔다.

"아는 여자야?"

청운이 물었다.

"알아봤자 얼마나 알겠어. 사연이 기구하더라만…… 다 남한테 들은 얘긴걸."

"무슨 사연인데?"

삐에로는 고개를 돌려 눈발 속으로 허청허청 사라져 가는 여인을 바라보았다.

"꽤 인기 있는 양공주였다나 봐. 공주처럼 살았으면 얼마나 좋았을까. 하지만 저 먼 섬마을 고향의 병든 홀어미와 어린 동생들을 구하려 하다 보니 슬픈 양공주가 되었대. 여긴 아마 대한민국 전체보다 더 많은 기구한 사연들이 모여 있을 거야. 그건 니가 천천히 알아보면 실감이 날 테고…… 아무튼 저 여잔 어느 미군 하사관과 살림을 차렸는데, 예전에 청계천 변 공단에서 기계인간처럼 고생할 때 오빠 동생 하며 사귀던 남자가 불쑥 나타났더래. 저 여자…… 지금 눈송이를 쳐다보며 깔깔거리고 있는 저 여자는…… 그 남자가 노동운동을 하다가 소리 소문 없이 어디론가 끌려가 죽은 줄 알았대나 봐. 귀신 만난 듯 서로 끌어안고 우는데 동거남인 미군이 들이닥친 거야."

삐에로는 한숨을 내쉬었다.

"그래서?"

청운이 재촉하듯 물었다.

"조선 사람의 그 슬픈 눈물의 뜻을 미군 놈이 어찌 알았겠냐? 오해하거나 무시했는지 모르지만 대검으로 난자해서 죽이고야 말았어. 혹시 한 마리의 동물이라고 생각했는지도 모르지. 여자도 많이 맞았다고 하더군. 머리채를 잡고 기둥에 쿵쿵 찧어 기절해 버렸대. 죽지 않고 저렇게 사는 걸 과연 다행이라고 해야 할까?"

"아름다울 미美의 미국이 아니라 미친 미국 놈들이네."

"암튼 추억 속의 옛 한국 애인은 죽어 버리고, 잠시나마 믿고 기대던 미국 놈은 도망쳐 버렸으니…… 제정신이라 한들 저 여자의 심정이 어떻겠어."

콘크리트 다리 밑의 흐린 강물을 바라보던 청운은 고개를 돌려 보았다. 그 여인은 눈송이를 하얀 나비로 착각했는지 잡으려 하며 까르륵거리고 있었다.

"가자. 늦겠어."

삐에로가 재촉했다. 둘은 어깨를 나란히 한 채 걸었다.

"형, 대체 미군들은 왜 그다지 한국 여자들을 잔인하게 다룰까."

"아마, 한국 남자들이 시시해 보여서 그런 게 아닐까?"

"그 미군 놈이 이국의 동거녀를 조금이라도 사랑했다면…… 아니, 애정은 아니더라도 성욕을 만족시키는 인형이나 암캐로 여기지 않았다면…… 조금이라도 같은 사람으로 생각했다면…… 인생의 사연이라도 한번 들어 봐야 하는 것 아냐?"

“흠…….”

“그 살인자는 경찰의 추적도 받지 않고 미꾸라지처럼 부대로 숨어 들어가 있다가 아름다운 나라인 미국으로 날아가 버렸겠지. 흐흐흣…….”

“구름아, 너무 흥분하지 마라. 앞으로 이곳에서 살다 보면 더 흉악하고 억울한 사실들을 자주 보게 될 테니…….”

콘크리트 다리를 건너자 다른 마을이 나왔다. 삐에로는 한 골목 속으로 접어들었다.

좁은 길 양쪽으로 시멘트 벽에 함석지붕을 얹은 집들이 늘어서 있었다. 조그마한 흐린 창문엔 왠지 의심쩍게 모두 견고한 쇠창살이 달려 있었다. 길바닥엔 녹슨 깡통이나 빈 담뱃갑 그리고 깨어진 술병 조각 따위가 나뒹굴었다. 그 위엔 하얀 눈송이도 내려앉자마자 곧 사그라져 버렸다.

좀 더 가자 낡아빠진 기와지붕을 인 작은 한옥이 나왔다. 담벼락 너머로 마당이 훤히 보였다. 우물가에 여자들 몇이 쭈그려 앉아 머리를 감거나 손빨래를 하며 시시덕거렸다. 한 여자가 두레박으로 물을 길어 설거지통에 쏟아붓자 그릇이며 유리잔 따위가 부딪혀 쟁그랑 소리를 냈다. 이마나 어깨에 내려앉는 눈송이를 먼지인 양 털어내는 하얀 손도 보였다. 문간방에서는 얼굴이 작고 창백한 한 여자가 문을 열어 놓은 채 엎드려 하늘을 쳐다보며 담배를 피우고 있었다. 방 한편에 놓인 옷장과 화장대 따위가 얼핏 바라다보였다. 전축에서 잡음이 섞인 멜랑콜리한 곡조의 미국 노래가 흘러나왔다. 삐에로가 휘파람으로 그 곡을 따라 불자 담배 피우던 여자는 멀뚱히 쳐다보며 동그란 연기를 만들어 띄워 보냈고, 다른 여자들은 담벼락 위로 얼굴만 쑥 드러난 희극적인 그의 표정을 향해 깔깔댔다.

"헤이, 짝퉁 채플린, 찬밥이라도 한술 뜨고 가."

"헤헤, 내일 구수한 된장찌개 끓여 주면 얼음밥이라도 구수히 먹지롱."

"된장은 없고 치즈뿐인데 어쩐다니. 차라리 치즈 국을 끓여 줄까나?"

여자들은 아무런 사심 없이 까르르 깔깔 웃어댔다. 그 순간만큼은 속세의 번뇌를 벗어난 선녀들 같았다. 하지만 그때, 멀지 않은 곳에 철둑길이라도 있는 듯 기차가 요란스러운 소음을 내며 지나가는 바람에 그 웃음소리는 갈가리 찢겨 삼켜져 버리고 말았다.

둘은 다시 걸음을 옮겼다. 기지촌의 중심지로 들어가기 전의 길목에 허름한 판잣집이 하나 있었다. 삐에로를 따라 청운은 그곳으로 들어섰다. 탁자 세 개가 놓인 작은 간이식당 같았다. 젊은 여자 몇이 둘러앉아 수다를 떨며 허연 김이 오르는 칼국수를 후룩후룩 먹고 있었다.

"누님, 잘 주무셨지유?"

삐에로가 빈 탁자 밑의 의자를 꺼내 걸터앉으며 말했다.

"이눔아, 지금이 몇 시간데 그딴 소리냐."

주방 앞쪽의 의자에 앉아 있던 호호백발 할머니가 대꾸했다.

"히히, 누님은 시간이 굳어 있다면서 뭘 그러우."

"그래, 윤석아, 내가 한이 많아서 그럴 뿐이지."

뚱뚱한 그 할머니는 일어나서 주방으로 들어서며 구시렁거렸다.

"구름아, 우리도 칼국수 먹을까?"

"응, 그래."

청운은 삐에로의 물음에 대답하며 맞은편 의자에 앉았다.

"아냐, 할매 칼국수도 이 동네 사방에 소문난 일미지만…… 앞으로 먹을 기회가 많을 테니 오늘은 그냥 가정식 백반을 먹자. 국이 시원할 거야."

"응, 좋아."

삐에로가 주방을 향해 소리를 질렀다.

"누님, 밥 주세요."

안에서는 아무런 대꾸도 없었다. 삐에로는 난로 위의 주전자를 들어 보리차를 컵에 따랐다.

"여긴 간판도 없고 메뉴표도 없어. 그냥 할매집이라고도 하고 또 누가 붙였는지 모르지만 입에서 입으로 퍼져 희망집이라고 부르기도 하지. 그리고 여기 메뉴표가 없는 건 칼국수와 백반밖에 나오지 않기 때문이야. 하지만 앞으로 자주 들르다 보면 내 말이 헛소리란 걸 알게 될 거야. 히히…….."

그때 백발 할머니가 주방에서 소리쳤다.

"야, 가져가!"

"옛, 누님!"

삐에로가 재빨리 뛰어가더니 커다란 둥근 쟁반을 들고 왔다. 구수한 시래깃국 내음이 콧속으로 스며들어 뇌를 깨웠다. 수북이 담긴 쌀밥엔 보리가 점점이 섞여 구미를 돋우었다. 반찬은 멸치가 들어간 두부조림, 마늘장아찌, 잘 익은 김치가 전부였다.

청운은 우선 국그릇을 들어 반쯤 훌훌 마시곤 밥을 쏟아부었다. 그러곤 슬슬 비벼 한술 가득 뜬 후 김치를 얹어 맛나게 먹었다. 간간이 마늘을 집어 사각사각 씹었다.

옆 테이블의 아가씨들과 실없는 수다를 떠느라고 밥을 반밖에 못 먹은 삐에로는 자기 밥을 청운에게 떠넘기려고 애썼다.

"형 덕분에 정말 맛있게 먹었어. 하지만 더 이상은 땡⋯⋯."

청운은 웃으며 마치 종을 흔들 듯 손사래를 쳤다.

삐에로는 수다를 멈추고 갑자기 밥상 앞으로 돌아앉더니 순식간에 밥과 반찬을 먹어치웠다. 무슨 마술이라도 부린 듯 그릇들이 깨끗해졌다. 마지막으로 국그릇을 들어 입가심을 한 그는 흰소리를 한마디 늘어놓았다.

"구름아, 왜 백 프로 쌀밥보다 보리 혼식이 맛있고 몸에도 더 좋은 줄 아니?"

"글쎄⋯⋯."

"그건 음양 조화 때문이란다. 저 백발 누님의 지론이지. 쌀은 봄에 씨앗을 뿌려 가을 햇볕을 잔뜩 받고 익었으니 양이며, 보리는 한겨울 엄동설한을 찬 땅에서 돋아나 견뎠기에 음기가 강하니라. 잘 살펴보면 각각 생긴 모양새도 남녀의 심벌을 닮았으니, 섞어 먹는 게 천지의 이치에 맞느니라. 히히히⋯⋯."

"저 녀석이 또 헛소리를 늘어놓는구나. 다 처먹었으면 어서 꺼지거라."

주방 쪽에서 백발 할매의 지청구가 터져 나왔다.

"흥, 지난번처럼 또 보리밥풀과 쌀밥풀떼길 서로 붙여 음향 합궁 쇼를 한번 해보시지."

칼국수를 먹던 한 여자의 말에 다른 여자들도 까르르 웃어댔다.

"누님, 잘 먹고 가요. 동생 것도 같이 달아 놓으세요."

삐에로가 일어서서 소리쳤다.

"이놈아, 갚지도 못하면서 무슨 큰소리여! 그래도 지옥에 가서라도 받으려고 장부에 꼭꼭 적어 두고 있으니께 걱정 말어. 허지만 니 동생이란 녀석은 오늘 밥을 참 맛있게 먹어서 한 번만 공짜로 해줄 테니 그리 알어!"

"히히, 잘 계세요."

그들은 밖으로 나와 눈발을 맞으며 걸었다. 흐린 빛을 띠고 흐르는 개천 앞에서 담배를 꺼내 피웠다. 그리고 다시 걸었다. 개천 위에 내려앉는 눈발은 작은 나비들처럼 소리 없이 춤추다가 사라져 갔다.

"백발 할매의 나이가 꽤 들어 보이지?"

삐에로가 물었다.

"응. 아마도 환갑 진갑을 지났을 것 같던데……."

"고생을 많이 해서 그렇지 그렇게까진 많지 않어."

"그렇구나."

"한이 많은 분이야."

청운은 묵묵히 걸었다. 삐에로가 입을 열었다.

"지금은 은퇴해서 희망집을 하고 있지만 예전엔 여기 기지촌에서 미군들에게 몸을 팔았대."

"아, 그랬구나."

"그런데 더 놀랍고 슬픈 사실이 뭔지 아니?"

삐에로는 눈을 돌려 청운의 눈을 바라보았다.

"뭔데 그래?"

"그전엔 일본군 위안부였다는 거야."

"뭐?"

"열댓 살 봄에 고향 들녘에서 나물 캐다가 잡혀갔다더군."

"그럴 리가 있어? 전혀 실감이 안 나는걸."

"자세한 건 니가 다음에 알아봐. 하지만 확실한 건…… 일제 식민지 시대와 지금이 그리 크게 멀지는 않다는 사실이야. 일제 치하에서 해방되자마자 곧장 미군이 밀고 들어와 총독부 건물에서 일장기를 내려 버리고 대신 미국 성조기를 올려 걸었다잖아."

"그럼 태극기는?"

"모르지, 어느 구석에 처박혀 있었는지…… 국민들 가슴속에서 피를 흘리며 나부끼고 있었을라나, 히히……."

"그렇구나. 난 일제 식민지 시대와 지금은 전혀 다른 먼 나라의 얘기인 줄 알았었는데……."

"나도 그랬어. 근데 백발 누님이 살아온 얘길 들어 보니까 일본군 위안부와 미군 기지촌의 양갈보가 한 여인의 삶 속에 같이 들어 있는 거야."

"그 누님 연세는?"

"꺾인 백댓 살쯤."

"뭐?"

"쉰다섯 살쯤이란 말이지."

"말도 안 돼. 난 그 시대와 이 시대 사이에 깊은 강물이 가로질러 흐르는 것 같은데……."

"하지만 계산해 보면 사실인걸 뭐."

청운은 침묵했다.

"앞으로 간혹 희망집에 가봐. 백발 할멈의 인생사도 기구하지만, 요일별로 구수한 된장찌개, 청국장, 김치찌개 따월 먹을 수 있으니까 말야. 봄이 오면 싱그러운 나물 반찬도 많이 나올 거야."

저쯤 기지촌 유흥가의 입구가 보였다. 지금은 낮이라서 조용하고 눈송이에 가려 언뜻 깨끗해 보이지만, 밤이 오면 온갖 소음과 현란한 불빛이 난무하며 허구의 성채를 쌓아 올리고 그 속에선 젊은 인간의 욕망들이 꿈틀거릴 것이었다.

둘은 찻길을 건너 골목 속으로 들어갔다. 그리고 이리저리 계속 걸었다. 깨진 콜라병과 빈 맥주 캔 따위가 나뒹구는 길은 환락의 밤거리보다 훨씬 더 을씨년스럽고 지저분하고 위협적인 느낌을 주었다. 건물의 시멘트 벽엔 조잡한 글씨로 낙서가 휘갈겨져 있기도 했다.

‘살인자는 리챠드! 잡아 죽이지 않고 뭐 하나? 병신 같은 대한민국!’

‘그리운 안나…… 아이 러브 유. 영원히…….’

‘바기나는 똑같다. 양키 고홈!’

눈은 이제 그쳐 있었다.

낡았지만 기와지붕을 올린 꽤 넓은 한옥 한 채가 나타났다. 삐에로의 뒤를 따라 청운은 그 집으로 들어섰다. 마당가에 큰 오동나무가 마른 잎을 두어 개 단 채 섰고 그 옆엔 오래된 듯싶은 우물이 있었다. 우물가엔 아까 어떤 집에서 본 것과 비슷한 풍경이 펼쳐져 있었다. 그런데 우물이 말랐는지 모르지만 펌프질을 해서 물을 퍼 여자들은 세수를 하거나 작은 빨래를 주물거리며 잡담을 하곤 했다. 검둥개 새끼 한 마리가 눈 쌓인 마당 한쪽을 뛰어다니다가 별 적의 없이 심심풀이로 짖어댔다.

“오요요~ 이리 온…… 눈이 내리니 동화 속에 나오는 강아지가 된 기분인가 보구나. 어서 형님한테로 와.”

삐에로가 불렀으나 검둥이 녀석은 ‘뭔 개소릴 지껄여.’라고 생각하는 듯 힐끗 흘겨볼 뿐이었다.

“호호, 하두 허튼소릴 하니까 강쥐까지도 무시하는군.”

세수를 마친 여자가 머리에 묶었던 수건을 풀어 닦으며 이죽거렸다.

“헤헤, 누님과 누이들, 모두 안녕? 마침 만난 김에 내 아우 구름이를 소개할게. 앞으로 좀 잘 봐줘요. 순진한 애 물들이지 말고…….”

삐에로는 청운을 향해 찡긋 눈짓을 했다. 청운은 꾸벅 고개를 숙였다.

“잘 부탁합니다. 시골 촌놈입니데이.”

그는 짐짓 능청을 떨었다.

“숫총각이야?”

“몇 살인데 그래?”

“나이가 무슨 상관이람. 열 살짜리 플레이보이도 있고 서른 살짜리 숫보기 총각도 있는 세상인걸.”

“겉으론 순진해 보이지만 속엔 능구렁이가 들어앉았는지도 몰라.”

그런 소리들을 늘어놓곤 여자들은 까르르 웃어댔다.

“어서 영업 나갈 준비 않고 무슨 새살을 그리들 떨어대!”

깊숙이 들어앉은 안방 쪽에서 뚱뚱한 한 여자가 대청 마룻바닥을 쿵쿵 울리며 걸어 나왔다. 혹시 옛날 같으면 현숙한 안주인이 버선발로 살멋살멋 나타나 올 법도 했건만 현실은 그렇지 못했다. 뱀눈에 하이에나 같이 야릇한 웃음을 입술 밖으로 흘리는 기분 나쁜 존재였다. 파마머리에 양돼지처럼 희멀건 안색이었다. 커다란 보석이 박힌 듯 번쩍거리는 귀고리와 손가락에서 빛나는 반지들…….

“사장 부인인데 사실은 사장보다 더 높은 여자니 알아서 해.”

삐에로가 청운의 귀에 살짝 속삭였다.

“누구야, 쟨?”

여자가 무슨 기분 상한 일이라도 있는 양 상을 잔뜩 찡그리곤 물었다.

“예이~ 마님, 이 총각은 제 의형제이면서 이번에 홀 보이 역을 맡게 된 단역 배우입니다.”

"배우는 무슨…… 개소리 그만해, 윤석아!"

여자는 입아귀로 슬쩍 웃으며 물었다.

"그래, 누구라구?"

"윤청운이라고 합니다."

"열심히 해봐. 계집을 사악한 뱀으로 알고……."

청운은 무슨 말인가 하려 했으나 여자는 대뜸 신발을 꿰 신곤 나가 버렸다.

"흥, 자긴 뭐 계집이 아니라는 말투군. 세상 여자가 다 남자로 바뀌어도 저 여자만은 아마 사악한 뱀으로 남아 있을걸."

한 여자가 비웃으며 눈을 흘겼다.

"뱀보다는 왕거머리나 박쥐라고 하는 게 낫겠네. 아껴 모은 피를 빨아 먹으니까 말야. 호홋……."

"쳇, 거머리만큼만 빨아 먹으면 고마워하지. 하마는 물을 마시지만 그년은 우리 피를 몇백 도라무통이나 빨아 처먹고 있다니까."

"한 사람을 두고 그렇게 욕을 하면 어떡하나. 세 사람이 입을 모으면 없던 귀신도 만들어낸다는데…… 싫든 좋든 그 왕마담 덕분에 살고 있으면서 뒷욕을 하면 안 되지."

뚱뚱한 여자가 한마디 했다.

"안 돼지든 된 돼지든 양돼지든 흑돼지든 결국 같은 소리지. 꿀꿀…… 그냥 먹고 살면 돼지지롱, 호호호……."

머리를 다 감은 아가씨가 하얀 수건을 풀어 슬슬 닦으며 뇌까리곤 방으로 들어갔다. 그녀는 문을 열어 놓은 채 화장대 앞에 앉아 분홍색 루주를 꺼내 입술에 바르기 시작했다. 방 안에 놓인 자개장롱과 침대 모서리, 전축 위에 놓인 꽃병 따위가 거울에 비쳐 반쯤 보였다.

'저 동백꽃은 과연 생화일까 조화일까?'

청운은 꽃병을 보며 생각에 잠겼다.

"야, 그만 가자."

삐에로가 말했다.

"응."

청운은 뒤따랐다.

뒷문을 통해 어둑한 복도를 한동안 걸어가자 갑자기 현란한 불빛의 일부가 문틈으로 새어 나왔다. 삐에로가 문을 열었다. 홀 천장에 달린 미러볼이 빙글빙글 돌며 오색 칠색의 무지갯빛을 뿌리고 있었다.

청운은 주춤했다.

'아, 색깔은 어찌 이다지도 사람의 마음을 한순간에 현혹시키는 것일까? 저건 사람이 만들어 매달아 놓고 끄며 켜는 하나의 물건일 뿐인데…… 사람 마음을 홀리는 도깨비불 같은 요소가 있어. 아마 일단 저 속으로 들어가면 홀리지 않을 수 없을 것이다. 안 홀린다고 뻐기는 건 어린애 같은 자기기만일 뿐이야. 흠, 하지만 이것저것 따질 필요가 없어. 홀리려고 들면 홀리는 척하면 되지. 부처님도 색즉시공이라 했다던데…… 흐, 그래도 저 색깔은 참 묘하군.'

청운은 생각에 잠겼다.

"야, 뭐 해? 어서 들어와!"

삐에로의 목소리를 듣고 청운은 안으로 들어갔다. 아직 영업이 시작되기 전이라 홀은 한산하고 조용했다. 바로 이곳에서 어젯밤의 그런 광란과 애욕의 향연이 펼쳐졌다는 게 믿기지 않았다.

삐에로는 카운터 쪽으로 급히 걸어가더니 공손스레 고개를 숙였다.

"아 지배인님, 벌써 나오셨습니까? 헤헤, 어제 말씀드린 동생을 데려왔습니다."

"그래?"

얼굴이 거무스름하고 고무줄처럼 질겨 보이는 중년 남자가 심드렁한 표정으로 대꾸했다.

"지배인님이니 인사드려."

삐에로가 팔꿈치로 청운의 옆구리를 슬쩍 찔렀다.

"처음 뵙겠습니다. 잘 부탁드립니다."

청운은 고개를 푹 숙이며 말했다.

"흠, 얼마나 버틸진 모르겠지만 일단 한번 해봐. 엿장수 저놈의 뽄달 가진 따라가지 말고."

지배인은 고개를 돌리곤 카운터 앞에 앉은 얼굴이 하얀 여자와 뭔지 쑥덕거렸다.

"제가 뭘 어쨌다고……."

"꺼져, 임마!"

"볼일 봤으니 가야죠 뭐, 헤헤……."

삐에로가 미꾸라지처럼 움직였다. 청운은 한 발짝 한 발짝 홀 안으로 들어갔다.

고요한 그곳은 동굴 같은 느낌이 들게 했다. 현대적인 시설을 갖추고 있지만 어쩐지 원시인들의 동굴 같은…… 시멘트로 지은 동굴. 분홍색으로 도배한 벽에 미러볼이 비쳐 환상적인 분위기를 자아내고 있으나 실상은 철골과 콘크리트로 급조된 삭막한 건물일 터였다. 원래부터 이런 곳이 아니라, 미군 기지가 들어서자마자 고요하던 농촌 마을이 갑자기 조악한 유흥가로 변해 버린 것이리라.

'아마 그랬겠지. 순박한 처녀든 굴러먹던 논다니든, 미군을 보곤 얼마나 놀랐을까. 하얀 도깨비나 검은 도깨비를 만난 심정이 아니었을까. 같은 인간으로서 식탁에 앉아 밥을 먹는 것도 아니고…… 엄청난 몸뚱이 밑에 깔려 야윈 다리를 벌려야 한다면…… 같은 사람이 아니라 짐승이나 사악한 괴물과 섹스를 해야 한다면…… 물론 잘난 미군들 입장에는 한국의 여자들이 사람 닮은 짐승이나 이상야릇한 소녀 악마로 보였을 수도 있겠지.'

청운은 씩 웃었다.

'어쨌든…… 만일 약자가 아니라면 누가 자기 몸을 도깨비에게 팔겠는가? 도깨비방망이를 만지고 받아들여 잘 합궁을 하면 큰돈을 벌 수 있다고 꿈꾸었는지도 모르지. 하지만 몸이든 맘이든 많이 아팠을 거야. 그리고…… 자기도 모르게 변질돼 버리고…….'

"구름아, 바람 따라 좀 더 산천 구경하면서 천천히 오거래이."

저쪽에서 삐에로가 말하고 있었다. 그러면서도 손은 바삐 오라고 흔들어댔다.

청운은 홀을 가로질러 그쪽으로 갔다. 카운터 앞에 은테 안경을 쓴 여자가 앉아 있었다. 작은 눈이 슬쩍 청운을 쏘아보았다. 희멀건 둥근 얼굴이었지만 루주를 짙게 칠한 작은 입술이 모종의 매력을 느끼게 했다.

그녀는 물건들에 둘러싸여 있었다. 뒤쪽의 유리 진열장 안에도 맥주와 양주를 비롯해 갖가지 음료수류가 구비돼 있었지만 그 옆쪽에도 캔이나 과자봉지 따위가 줄느런히 쌓여 있었다.

"안녕하세요?"

청운이 인사했지만 여자는 더 이상 고개를 들지 않고 자기 일에 몰두했다.

"가자, 이젠 창자를 관통해서 입 밖으로 나가는 거야. 히힛……."

삐에로가 말했다.

"뭐라구?"

"말이 그렇다는 거지 뭘…… 입이나 똥구멍이나…… 히히힛……."

별것 아닌 농담이었다. 좀 더 가자 홀의 열린 문을 통해 흐린 하늘이 바라보였다. 그쳤던 눈이 또 내려 하얀 주렴을 만들고 있었다. 밖으로 나서서 쳐다보자 '블루문' 간판이 반짝반짝 빛나고 있었다. 그곳이 입구였던 것이다.

"좀 있으면 미국 녀석들이 물밀듯이 몰려올 거야. 다섯 시에 퇴근하거든."

삐에로가 말했다.

"형, 저기 저렇게 걸어 다니는 여자들을 보니까…… 왠지 시골 논의 물방개나 소금쟁이 녀석들이 생각나."

"뜬금없이 뭔 소금쟁이냐."

"흐흐, 왠지 모르겠어."

"싱겁긴……."

하기야 어둠이 점점 짙어지고 네온사인 불빛이 현란해지자 길을 걷는 사내나 여자들의 몸이 색채에 휩싸여 조각나 보이기도 하고 영혼이 바닥에 떨어져 기어다니는 듯싶기도 했다.

제2부

대니 보이

청운으로서는 새로운 세계로의 입문入門이라면 입문이었다.

여덟 살 어린 나이에 부모로부터 버림받고 세상을 떠돌아다니며 예사롭잖은 고생을 겪은 청운은 겉으론 별 표현을 하지 않았지만 속으로는 많은 생각들이 교차하는 성싶었다.

'흐…… 어떤 곳인지 아직 잘 모르겠다만…… 이런 곳에서 생활하게 될 줄은 한번도 생각해 보지 않았었지. 만일 삐에로 형이 아니었다면 평생 이런 델 와 볼 기회나마 있었을까? 혹시 이야기로 들을 순 있었을진 몰라도 직접 발을 들여놓긴 어려웠을 거야. 흐흐…… 돈 많은 사람들은 세계 각국을 유람하면서 진귀한 곳을 찾아다닌다는데…… 내가 발 딛고 사는 땅에 있는 요지경을 굳이 마다할 필요는 없지.'

청운은 손을 들어 자신의 뺨을 찰싹 때렸다.

'흐흐…… 삐에로 형과의 인연이 아니었다면 과연 내가 여기 오지 않았을까? 운명이라고 하기엔 좀 칠칠맞지 못하고…… 그 어릿광대 같은 형의 손짓이 아니라, 나의 내부에 깃든 어떤 욕망으로 여기 와서 머물게 된 게 아니겠느냔 말야. 내 속에서 끓어오르는 모종의 욕구와 미지에 대한 호기심이…… 빙글빙글 돌아가는 미러볼의 오색 불빛 속에 녹아들어 스스로 유혹하고 유혹당하는…….'

청운은 의외로 바삐 뛰어다녀야 했다. 그의 직책은 청소 따위를 맡아 하는 일종의 잡부였으나, 한밤중 홀이 한창 바쁠 때는 서빙을 돕기도 하고 주방 보조로 잠시 일하기도 했다. 바깥 하늘에선 별이 빛나고 홀의 천장에서 거울 공이 돌아가고…….

다행히 부상을 당한 다리의 상태는 많이 좋아지고 있었다. 아직 조금씩 절뚝거리긴 했지만 거의 표가 나지 않을 정도였다. 어쩌면 이전의 건강하던 다리로 회복될지 모른다는 작은 희망을 가져볼 만도 했다.

블루문의 홀 보이가 된 이후로 청운은 미군을 예전처럼 볼 수가 없었다. 길거리에서 이방인을 바라보던 시선, 삐에로 형의 초대로 홀 안에 앉아 눈썹을 살짝 찡그린 채 구경하던 눈길은 이제 일단 거두어야 했다. 그들은 달러를 뿌리는 고객인 것이다. 돈에도 품격이 있는 것일까? 워싱턴 대통령이 박힌 미국 달러 앞에서 세종대왕이 새겨진 한국은행권 지폐는 웃음거리가 되기도 했다.

어쨌든 청운은 편견 없이 사실 그대로 미군들을 바라보려고 했다. 가능하면 한 인간으로서…….

모든 존재가 그렇듯 미군 중에도 선량하고 신사 같은 사람이 있는 반면 개쌍놈 같은 양아치도 많았다. 그런 치들은 대부분 자기 나라인 미국에서는 하류 인생으로서, 가난에 찌들고 무식한 탓으로 홀대받는 자들이었다. 개중엔 뒷골목 우범지대를 떠돌며 마약을 하고 성폭행이나 강도짓뿐만 아니라 살인까지 저지른 뒤 도망쳐 온 불량배나 강력범죄자도 섞여 있었다. 쉽게 말해 그런 치들은 '아름다운 나라'인 미국의 군복을 걸치고 있지만 속엔 죄악이 숨겨진 채(물론 모든 인간의 내부엔 죄악 성향이 잠복돼 있겠으나……) 어떤 바이러스처럼 강한 활동성을 보이는 게 아닐까 싶었다.

일부 미군은 한국인을 사람 취급하지 않았다. 그렇다고 동물처럼 대하면 자기 위신이 짐승으로 추락될까 봐 짐짓 인간의 미소를 지었다. 아름다운 자기네 나라에서 하층민으로 무시되고 핍박받은 울분과 설움을 약자인 한국 남자에 대한 우월감이나 소녀같이 작은 기지촌 여자들을 노리개 삼아 능욕하는 짓으로 탕감하는지도 몰랐다.

청운은 가능하면 그들을 객관적으로 파악해 보려 애를 썼다. 지피지기랄까. 그렇다고 서두를 필요는 없었다. 그냥 일상 속에서 보고 겪으며 편견이나 고정관념 없이 부대끼노라면 어느 날 문득 인종을 떠나 같은 인간으로서 느끼는 바가 있으리라. 그래도 그들의 생각과 감정을 제대로 파악하는 건 결코 쉬운 노릇이 아니었다. 그들은 자신을 특별한 인간 또는 신이라 여기고 이국의 미개한 작은 여자들을 돈 주고 구입한 시녀나 성노예로 삼아 희희낙락하는 것이었다.

미군 중에서도 질이 좀 낮은 하류 양아치들이 주한미군에 섞여 많이 들어오는 건 한반도가 전쟁에 가까운 상태이기 때문이었다. 1950년에 (누가 먼저 때렸든) 피비린내 나는 동족상쟁을 벌였던 남한과 북한은 일단 휴전협정을 맺었을 뿐 아직 싸움을 끝낸 건 아니었다. 오히려 물밑으로 더 치열한 신경전을 벌이며 으르렁거리는 중이었다. 언제 다시 시작될지 모르는 전쟁…… 만성이 된 한국 사람들은 대수롭잖게 생각하게끔 되었으나 미국인을 비롯해 외국인들에겐 그렇지가 않았다. 언제 다시 터질지 모르는 핵폭탄을 속에 지닌 위험지역이었다. 아무리 고국에서 홀대받는 구겨진 청춘일지언정 사지死地와 비슷한 곳으로 가긴 싫었을 터였다. 하지만 위험수당이 꽤 쏠쏠했기 때문에 기피지역 1번지인 이 황토에도 잡다한 미국 청년들이 목숨을 걸고 지원해 왔던 것이다.

해외 미군 기지는 나라마다 다른 양상이었다. 한국에는 주로 젊은 독신 남성 군인을 1년간 배치한 반면, 일본과 독일에는 2~3년으로 복무 기간을 조금 더 길게 두었고 아내와 자녀도 함께 갈 수 있도록 배려했다. 한국을 일단 전시지역으로 판단해, 가족을 함께 보내기엔 너무 위험하다고 판단한 것이다. 미군과 각 주둔국 사회 사이의 관계도 다르게 형성되었다. 가족을 동반해 긴 복무 기간을 받고 배치된 기혼 군인들은 미혼 군인들에 견줘 기지 주변 주민들과의 관계가 훨씬 건전했다.

백인이든 흑인이든 한국인을 무시하는 건 마찬가지였다. 마치 대통령이나 황제처럼…… 달러 지폐에 그려진 그들의 대통령이 그런 권력을 주는지도 몰랐다. 물론 좀 차이는 있었다. 백인은 겉으론 점잖아 보이면서도 이기적이고 아집이 아주 강했다. 고정관념적인 독한 편견이라고나 할까. 그에 비해 흑인은 늘 허연 이를 드러낸 채 싱긋빙긋 웃다가도 감정이 성해져 폭발할 경우엔 말리기가 힘겨웠다. 자기를 버리는 건 좋은데 무심 무아가 아니라 자기파괴적으로 될 땐 남까지도 사해死海 속에서 몸부림쳐야 했다. 즉, 자기의 죽음으로 남의 생명마저 빼앗는 것이다. 히히 웃으며…….

사람은 낯선 이국이나 이방 지역으로 떠나게 되면 나름대로 소망과 욕망을 담은 꿈을 꾼다. 기지촌의 여인들이 아메리칸 드림을 꾸듯 미군들도 코리안 드림을 꾸며 한국 땅으로 왔을까? 만약 그렇다면 과연 그 꿈은 어떤 걸까? 그들이 미개국이라고 무시하는 작은 나라에서 바라는 소망이나 욕망은……?

맨해튼이나 시카고 뒷골목에서 놀던 양아치들이 주한미군 출신 선배에게 듣는 조언 중 하나는 '한국은 여자들이 꽤 예쁘면서도 값은 싸다. 일본이나 독일에 비하면 껌값이지. 그리고 암캐처럼 마구 조져도 상관없어. 그깟 년들을 우리가 기분 상해서 죽여도 한국 경찰 놈들은 우릴 건드릴 수가 없어. 실제로 계집년의 바기나 속에 콜라병을 처박아 죽이고도 유유히 귀국해 버리면 그만이야.'라는 말이라고 했다. '그리고 롤리타 콤플렉스를 가진 놈들에겐 일종의 천국일 수도 있단 말야. 왜냐? 그년들의 키가 대개 작아서 우리 몸에 비하면 어린 소녀 같다고 할 수 있거든. 몸매가 아담하면 다 아담하지. 좀 닳고 닳은 여자의 바기나라도 우리들 페니스가 들어가면 고통스러운 비명을 내지르고 하니까. 흐흐흐…….'

그 소리는 술에 취해 횡설수설하는 미군의 입으로부터 청운이 직접 들은 것이었다. 그들은 분단국의 위험수당까지 포함된 월급을 받은 날이면

땅거미를 밟고 클럽으로 몰려 들어와서 유쾌하게 웃으며 달러 지폐로 슬픈 소녀 같은 여인들의 몸을 가지고 놀았다. 마치 로마의 황제가 노예 시녀에게 바라는 것을 해주길 바라는 듯이…….

혹시 먼 옛날 그들의 조상이 아프리카를 무대로 원주민을 사냥하여 노예로 부리거나 사냥당해 부려먹은 기억이 잠재의식 위로 떠올라 뇌리를 살살 간질인 건 아닐까? 그래서 백인들과 흑인들의 가학증과 피학증이 동시에 레일을 지나 이 한국 땅으로 와서 가엾은 여인들을 학대하는 건 아닐까?

'인디언 헤드'는 미군부대의 심벌 마크였다. 미국인들이 아메리카에 상륙해 그곳 원주민이던 인디언들을 쫓아낼 당시 미군 기병대들은 죄 없는 무수한 주민들을 총칼로 무참히 살육했다. 그리고 생사람의 머리를 잘라내 총검에 꽂고 다니며 용맹성을 자랑했다. 이제 그들의 후손인 미군들은 선조들을 존숭하는 의미로 별과 도끼 문양 안에 인디언의 머리 모양을 새겨넣어 도안해 군복 왼쪽 어깨에 단 채 한국 땅을 활보했다. 흉포성과 정복욕을 상징하는 그 마크 외에도 미군들은 모자나 셔츠에 '태어남은 우연, 사랑은 선택, 살인은 직무'라는 따위의 글귀를 새겨 단 채 뽐내기도 했다. 아예 문신을 새겨 우쭐거리는 놈도 있었다.

하지만 청운은 섣부른 판단을 하지 않으려고 애썼다. 모든 인간에겐 장점과 단점이 함께 있다고 옛 성현들도 경계하지 않았던가. 선입견 따윈 버리고 부대끼며 살다 보면 문득 실체가 느껴지지 않겠는가 싶었다.

루돌프 사슴 코는 매우 반짝이는 코
만일 내가 봤다면 불붙는다 했겠지
다른 모든 사슴들 놀려대며 웃었네
가엾은 저 루돌프 외톨이가 되었네

안개 낀 성탄절 날 산타 말하길
루돌프 코가 밝으니 썰매를 끌어 주렴
그 후론 사슴들이 그를 매우 사랑했네
루돌프 사슴 코는 길이길이 기억되리…….

크리스마스 며칠 전부터 기지촌 거리엔 캐럴이 울려 나오고 있었다.
그 음습한 골목엔 어울리지 않는 경쾌한 곡조가 묘한 효모 발효 작용을 일으켰는지 남녀 행인들의 마음을 부푼 빵처럼 들뜨게 했다.
크리스마스이브엔 한낮부터 잔칫날처럼 블루문뿐만 아니라 모든 홀과 거리가 흥청대는 느낌이었다. 동두천 전체가 하나의 요상스러운 소행성으로 변해 들썩거리는 것 같았다. 미군들보다 오히려 한국인들이 더 흥분한 모습이었다. 홀 여자들은 서양 대목을 맞아 달러깨나 벌어들일 작정으로 그랬다더라도 그 외의 사람들은?…… 아니, 기지촌 여자들의 마음속에서도 달러뿐만이 아닌 어떤 소망이나 추억과 꿈이 꿈틀거리고 있지 않았을까?
청운은 거렁뱅이 신세로 서울 거리를 떠돌던 시절에 명동이나 퇴계로에서 크리스마스이브를 맞은 적이 있었다. 성당과 교회는 그런 날일수록 오히려 평소보다 좀 외로워 보였다. 상점들의 불빛이 화려 찬란하게 빛나는 번화가로 들어서면 사람들이 마치 밀물처럼 넘쳐흘렀다. 젊고 아름답고 활기찬 남녀들은 미소를 지으며 어디론가 흘러가고 있었다. 그 어떤 꿈과 꽃구름이 어디에선가 곧바로 기다리는 것처럼…… 천국이 바로 이 땅에 나타난 듯이…… 하지만 그건 신을 향해 가는 인고의 행렬이 아니라 인간의 욕망을 찾아 헤매는 불나비의 춤이 아닐까 하는 생각도 문득 들었다. 하기야 선남선녀들의 멋지고 예쁘게 꾸민 얼굴도 자세히 보면 화장한 가면일 뿐 그 속엔 욕망에 들뜬 버마재비나 불나방과 하루살이의 모습이 어른거리기도 했다.

'대한민국의 그 어떤 국경일보다 더 휘황스럽지만…… 실상은 야릇한 미약에 취한 섹스 축제가 아닐까?'

청운은 일전 한 푼을 구걸할 기회도 얻지 못한 채 그 군중 속에 슬쩍 끼어들었다가 비껴 나기도 하며 생각했다. 고독했기에 그런 어설픈 생각을 했는지도 몰랐다. 그들의 발밑에 붙은 먼지보다도 하찮은 인생이란 기분이 얼핏 들었다. 하긴 다음 날 주워 읽은 신문에서도 크리스마스이브의 향락 추구적인 세태에 대해 일침을 가하고 있긴 했다.

성탄절이 아닌 성탄절…… 콘돔 판매 급증…… 이브엔 로맨틱해지는 청춘 남녀의 본심은…… 참된 사랑이 아닌 사이비 욕망이 아닐까?…… 크리스마스 3개월 이후 낙태수술 급증…… 사랑을 버리고, 이기적인 장미꽃과 칼을 든 현대의 슬픈 모정…… 이런 추세라면 올해에 이어 다음 해엔 더 많은 불법 낙태수술이 횡행할 듯…… 징글벨의 복음이

태아 유령의 구슬픈 울음으로 변하기 전에 대책 필요…….

그렇게도 찬란하던 이브였건만 성탄절 당일엔 도시가 무슨 역병이라도 지나간 폐허처럼 잠잠했다. 과도한 성 축제 후의 일그러진 휴식일까.

교회나 성당은 오히려 평일보다 한산하고 고즈넉한 풍경 속에 놓여 있었다. 청운의 마음속엔 지난밤의 고독감이 아직껏 깊이 남아 있었다. 크리스마스이브의 마술 같은 향연 속에 참여하지 못한 선망이나 박탈감이랄까.

신도들이 예배를 마치고 돌아간 텅 빈 성당 안으로 청운은 쭈뼛쭈뼛 들어섰다. 그리고 어둠 속에 희뿌옇게 떠오른 마리아상을 향해 중얼거렸다.

"성모님, 우리 어머니를 찾도록 좀 도와주십시오. 당신께서는 죽은 아드님을 안고 슬퍼하시지만, 제 어머니는 살아 있는 어린 자식을 버렸습니다. 하지만 어머닌 어디선가 울고 계실 겁니다. 비록 사이비 종교에 빠져 가산을 탕진하고 자식마저 버린 무정한 모정이래도 전 엄마가 그립습니다. 오늘 같은 날은 왠지 더욱더……."

그의 눈에 맺힌 투명한 눈물 한 방울이 뺨 위로 굴러 툭 떨어졌다. 갑자기 그는 흐흐 하고 허탈하게 웃고 나서 다시 혼잣소리로 중얼거렸다.

"아마 성모님은 이 세상 모든 고아들의 어머니이시겠지요? 그런데 당신 친아들의 생일날이 세상은 음주가무와 문란한 성 축제로 요란 벅적했다고 합디다. 차라리 당신의 아들 예수가 이 땅에 오지 않았더라면 우리는…… 아니, 저 같은 거렁뱅이는 우리나라의 원래 풍속대로 긴 동짓달

겨울을 견디며…… 고통 속에서도 모닥불가에서 순박한 꿈을 지닐 수 있지 않았을까요? 이 땅에서 이방인 같은 존재가 되지 않고…….”

그는 잠시 숨을 고르고 나서 계속 중얼댔다.

“성모 마리아님, 당신의 아드님께서 성스러운 탄생을 하신 날이 과연 오늘이 맞습니까? 사실은 오늘이 아니라 어느 여름날…… 누구보다도 친히 낳으신 당신께서 잘 아시겠지요. 어떤 허접스러운 잡지책에서 보니 크리스마스는 성 니콜라스…… 그리고 예수님은…… 지중해에 가까운 예루살렘에서 태어나 자랐으니만큼 황색의 아시아인에 더 가까울 텐데…… 하얀 피부에 멀쩡한 미국인처럼 그려져 있는 건 어찌 된 일인가요? 만약 이것이 잡지에 한갓 흥밋거리로 소개된 유언비어가 아니라 ‘예수님의 위조’라면…… 어머니 된 분으로서 얼마나 가슴 쓰린 노릇입니까. 그래도 세계 각국에 알려진 예수님의 모습은 저마다 그 나라 사람들의 인상을 닮는 법이라는데, 우리 한국 땅에 소개된 예수님은 그저 미국인이 만들어낸 모습과 완전히 판박이입니다. 하하하…… 혹시 모조 된 아드님의 얼굴 때문에 한국 땅의 마리아님은 한결 수심이 깊고 쓸쓸한지도 모르겠습니다만…… 하하, 이건 농담입니다. 죄송합니다…….”

청운은 마치 유령처럼 맥없이 성당을 걸어 나와 정처 없이 거리를 배회했었다.

　　　창밖을 보라, 창밖을 보라, 흰 눈이 내린다
　　　창밖을 보라, 창밖을 보라, 찬 겨울이 왔다

썰매 타는 어린애들은 해 가는 줄도 모르고

눈길 위에 썰매를 깔고 즐겁게 달린다

긴긴 해가 다 가고 어둠이 오면

오색 빛이 찬란한 거리 거리에 성탄 빛

추운 겨울이 다 가기 전에 마음껏 즐기자

맑고 흰 눈이 새 봄빛 속에 사라지기 전에…….

청운은 황량하고 처량하기만 했던 옛 크리스마스의 추억에서 깨어났다.

오후 다섯 시가 지나자 병영 근무를 마친 미군들이 화려하면서도 편리한 사복으로 갈아입고 홀에 나타나기 시작했다.

희끗거리던 눈발이 함박눈으로 변했는지 그들은 백설을 뒤집어쓴 채 캐럴을 휘파람으로 불며 시시덕댔다. 제법 흥청거리는 분위기이긴 했지만 결코 평소보다 소란스러운 편은 아니었다.

대부분의 미군들에게 있어 크리스마스는 신성한 날이었다. 평생토록 인간의 고통을 사랑으로 치유해 준 예수라는 분이 이 세상에 온 날인 것이다. 그래서 대부분의 미국인들은 어릴 때부터 그분이 베푼 진리와 자비를 가슴속에 새기며 자라나 성탄절이면 감사의 마음을 표하게 된다. 마치 한국의 개천절이나 석탄일 같다고나 할까. 그런 날 술 한잔 마시며 축제의 기분에 젖는 건 아주 자연스러운 일이었다. 그래서 그런지 오히려 평소보다 사건과 사고가 적었다. 여느 땐 백인과 흑인은 서로 견원지간처럼 미워하며 으르렁거렸다. 서로 고약한 냄새가 난다며 비웃었다. 백인은 흑인을 옛 선조들이 그랬듯 짐승처럼 무시했으며, 흑인은 그런 백인들을 살육자의 자식으로 여기고 증오했다. 그렇다 보니 클럽마저도 백인 전용과 흑인 전용 업소로 나뉠 정도였다.

하지만 크리스마스엔 꼭 그렇지 않았다. 특히 블루문처럼 큰 곳의 홀엔 흑백인이 섞여 들어와, 이국에서의 삶을 서로 위로하는 듯 빙긋 미소를 나누기도 했다. 그렇지만 언제 어느 곳에도 망나니 같은 놈은 있는 법인지 의외의 사건이 벌어지기도 하는 기이한 별세계였다.

클럽 여인들은 한 대목 잡기 위해 제 나름대로 최고의 화장술을 발휘해 단장하곤 미군들을 맞이하고 있었다. 외부의 한국 사람들이 양색시, 양공주, 양갈보 따위로 부르는 그녀들도 무슨 요괴나 마녀가 아니라 사람이었다. 어쩌다가 그런 환경에 처했을 뿐인 한국 여인이었다. 모종의 화인火印이 찍힌…… 그 검붉은 도장이 자의에 의한 건지 타의에 의해 찍혔는지 청운은 아직 판별하지 못한 상태였다. 그녀들의 가슴에 찍혔을 붉은 낙인은 반투명의 간유리에 의해 불그무레하게 번져 무슨 뜻을 지닌 글자인지 잘 알아볼 수가 없었다. 대충 짐작만 될 뿐…….

청운은 어딘지도 모를 천왕산 기슭의 고향 마을에 살던 어린 시절, 양공주라고 욕을 먹던 어떤 누나를 본 적이 있었다. 여름날 매미 울음소리를 들으며 걷고 있는데, 허물어져 가는 산기슭 오두막집 앞에 쪼그려 앉아 있던 여자가 살며시 이름을 불렀다. 민들레 홀씨를 불어 날리며 청운을 향해 살풋 미소 지었다. 청운은 주춤주춤 다가갔다. 뱀영감 집 딸 선애 누나였다. 두어 해 전쯤 갑자기 어디론가 사라져 버렸던 그 누나…… 서글서글한 눈과 앵두 같은 입술로 방긋 웃곤 하던 그녀는 청운을 친동생인 양 귀여워해 주었다. 땡깔(꽈리)을 입속에 숨긴 채 개구리 소릴 내어 어린 청운을 놀리며 까르르 웃기도 했다. 하지만 그때뿐이었다. 집이 가난한 데다 엄마인 뱀영감 댁 아지매마저 병으로 앓아누워 골골거리는 형편이라 선애 누나의 해쓱한 얼굴엔 문득문득 수심의 그늘이 어리곤 했다. 세상 물정 모르는 어린 청운은 그런 애슬픈 모습이 왠지 더 정겹고 고와 멍하니 쳐다보았었다. 스스로 내심 외로웠기 때문일까.

어느 날 저녁, 서녘 하늘에 진 노을을 홀로 바라보던 청운은 탱자나무 무성한 골목을 지나다가 누나네 집으로 들어섰다. 흐릿한 등불이 비친 낮은 마루에서는 세 식구가 웅크려 앉아 저녁밥을 먹고 있었다. 낡아빠진 상 위엔 꽁보리밥과 된장찌개만 놓여 있었다. 선애 누나가 부엌으로 들어간 사이 청운은 누나의 숟가락을 들고 밥을 살짝 떴다. 쌀알 하나 없는 완전한 보리밥은 푹 불려서 그런지 문들문들했다. 그 무렵까지만 해도 가난을 모르던 청운은 쌀밥보다 훨씬 별미라고 생각하며 된장으로 비벼 맛나게 먹었다.

뱀영감은 원래부터 땅꾼은 아니었다. 꽤 부지런한 농사꾼이었는데, 아지매의 병에 뱀이 특효약이란 소릴 듣고선 매일 뱀을 잡으러 다녔다. 하지만 아지매가 차라리 죽는 게 뱀탕을 먹느니보다 낫다며 상을 잔뜩 찡그린 채 거부한다는 소문이었다. 그래서 뱀영감이 대신 먹곤 그 기운을 전해 주기 위해 아지매를 껴안는다는 것이었다.

하지만 병이 낫긴커녕 더 심해지고 있다는 얘기만 나돌았다. 영감님은 성이 백씨였는데, 뱀탕 때문인지 어쩐지 평소에도 늘 불그레한 얼굴로 혀를 날름날름했기에 동네 사람들은 뱀영감이라고 불렀다. 영감이 술을 한잔 들이켠 불콰한 얼굴로 능글맞게 웃으며 부르면 청운은 슬슬 도망치곤 했었다.

선애 누나가 고향 마을을 떠난 건 뱀영감이 중풍에 걸려 반신불수가 된 후였다. 그래도 대여섯 달 동안 지극정성으로 부모님 병 수발을 한 덕에 뱀영감은 자리에서 일어나 조금씩 걸을 수 있게 되었다. 하지만 약값은 물론이고 조석 끼니마저 제대로 댈 수가 없는 형편인 모양이었다. 병석에 누운 엄마와 반신불수인 아버지를 두고 선애 누나는 어느 날 홀연 떠나 버렸다. 무정하게…….

그 누나가 왜 저기 저런 모습으로 앉아 있는 걸까? 과연 선애 누나가 맞는 걸까? 청운은 의심스러워하면서도 점점 더 다가섰다. 길고 앙상한 팔이 뻗어 오더니 청운을 끌어 꽉 껴안았다. 전에 품에 안길 때와는 달리 허전하고 구슬픈 느낌이었다. 그 향긋하던 몸내음도 이젠 없었다. 더구나 누나는 어린 청운이 의지할 기둥이라도 되듯 얼굴을 숙인 채 어깨에 기대며 뜻 모를 소릴 중얼대는 것이었다. 몸을 파르르 떨면서 울먹거리다가 갑자기 미친 여자처럼 깔깔 웃기도 했다. 청운은 힘에 겨웠지만, 옛 누나와 지금 누나 사이에서 혼란스러운 대로 꼭 안아 주려고 애를 썼다.

지나가던 국민학생 형들이 양갈보니 뭐니 하며 저들끼리 시시덕거렸다. 그건 아마 부모로부터 들은 얘기일 터였다. 동네 어른들도 '미친

년…… 양색시 짓 하다가 양놈한테 맞고 쫓겨나 저 꼴이 됐다나 어쨌다나……' 하고 쑥덕거렸다. 그 당시엔 문둥이들이 간혹 나타나 구걸을 하곤 했는데, 천형 받은 죄인이라며 천대하던 그들보다 오히려 양갈보를 더 사갈시했다. 서러운 눈물이 흘러내리는 선애 누나의 빛 잃은 큰 눈을 청운은 그저 바라보고 있을 수밖에 없었다.

음악 소리가 경쾌하게 바뀌고 미군들이 내지르는 환호성과 휘파람으로 인해 청운은 추억에서 벗어나 현실로 돌아왔다. 그렇지만 과연 어느 쪽이 추억이고 어느 쪽이 현실인지 잘 분간이 되지 않았다. 미군들과 함께 어울려 있는 홀의 여자들이 잃어버린 먼 고향의 선애 누나와 겹치곤 했다. 양갈보라는 생소한 이름 앞에서…… 그녀들은 모두 부모가 지어 준 본명을 지우고 익명의 요녀로 살아가는 존재가 된 것이다. 미란, 애희, 정아, 메리 킴, 신시아 같은 가명은 그녀들의 인생에 어떤 의미가 있을까?

한 여자가 장막을 젖히며 무대 위로 물 흐르듯 걸어 나왔다. 진홍색 춤옷 차림의 댄서였다. 흑백 미군의 환호성에 대해 그녀는 요염한 미소를 던지며 몸을 비틀기 시작했다. 전처럼 붉게 물들이지 않은 검은 생머리채가 율동적으로 나부꼈다. 그녀는 재즈 곡조에 맞춰 진홍 요정인 양 춤을 추었다. 천장에서 오색 미러볼이 빙빙 돌며 그녀의 드러난 흰 살갗에 몽환적인 빛 무늬를 그렸다. 어찌 보면 한 마리 화사花蛇처럼 매혹적인 몸놀림의 춤사위였다.

은근히 기다림 직한 스트립쇼는 없었다. 겉옷을 벗어 던지자 알몸 대신 하얀 모시적삼이 나타났다. 춤은 관중의 눈길을 현혹시키려는 듯 다채

롭게 변화했다. 디스코에 캉캉춤이 뒤섞이더니 무당의 살풀이춤에서 우
아한 궁중무로 나아갔다. 하얀 반투명 치마의 레이스가 허벅지 위로 펄
럭 올라가기도 했다. 그녀의 얼굴은 진한 화장 때문인지 희디희었고 입
술은 피를 머금은 장미꽃잎처럼 붉었다. 그런데 춤추며 얼굴을 살짝 돌
리는 순간 다른 한쪽 뺨은 검은색이었다. 검은 반쪽 얼굴의 붉은 입술은
아프리카의 처녀인 양 비밀스러운 미소를 짓고 있었다. 춤이 격렬해질
수록 하얀 얼굴과 검은 얼굴이 빠르게 교차하더니 이윽고 분간할 수 없
을 정도로 뒤섞여 버렸다. 그래도 붉은 입술은 뭔가 비밀을 말하려는 듯
살짝 열리곤 했다. 서서히 춤 동작을 갈무리하면서 그녀는 무대 구석으
로 사라지더니 잠시 후 마이크를 들고 메아리처럼 속삭이며 나타났다.

"대니…… 대니…….."

그건 연인을 부르는 요정 에코Echo의 목소리에 못지않았다. 홀 안의 미
군들은 그 부름에 화답하듯 환성을 질러댔다. 무희는 인사도 하지 않고
애달픈 목청으로 노래를 부르기 시작했다.

Oh Danny boy, the pipes are calling
오 대니 보이, 저 피리들이 부르고 있어
From glen to glen and down the mountain side
골짜기에서 골짜기로 그리고 산 아래로
The summer's gone and all the roses dying
여름은 떠났고 모든 장미들은 죽어가고 있어

'Tis you, 'tis you must go and I must bye

넌 가야 하고 난 작별을 해야 해

But come ye back when summer's in the meadow

그러나 여름이 초원에 머물 때나

Or when the valley's hushed and white with snow

골짜기가 눈에 덮여 하얗고 잠잠할 때는 돌아와

Oh Danny boy, I love you so

오 대니 보이, 난 너를 너무나도 사랑해…….

대니 보이란 과연 누구일까?

20세기 초까지만 해도 아일랜드는 영국의 지배를 받고 있었고 생활이 많이 어려웠다. 청년들까지 제1차 세계대전 등에 징용당했다. 이 노래는 이런 어지러운 상황 속에서 전쟁터로 떠날 수밖에 없었던 대니를 사랑하는 소녀가 헤어지기 안타까워 부른 이별의 노래라고 한다. 또는 멀리 떠난 아들을 그리워하는 어머니의 애틋한 노래라는 얘기도 전해 온다.

정면으로 보이는 얼굴은 어찌 보면 좀 흉측하기도 했으나 아무도 개의치 않았다. 코를 중심으로 얼굴의 반은 백색이고 반은 흑색으로 화장한 모습이었다.

미군들은 오히려 재미있다는 듯 웃으며(어디선가 '몽키 걸'이란 말이 들려오긴 했지만……), 흑인과 백인들이 잠시나마 함께 어울려 먼 고향 아메리카 초원의 추억을 되새기는 양 컨츄리송을 따라 불렀다. 향수에 젖어 눈물을 글썽이는 녀석도 있었다. 누가 그들을 포악하고 야비한 양키라고 욕할 수 있겠는가? 그 순간만큼은 신마저 어여삐 여겨 눈물을 닦아 줄 터였다.

무희를 향해 달러 지폐와 동전이 날아갔다. 춤을 끝낸 그녀는 환호성에 답해 손 키스를 던져 준 후 무대 장막 뒤로 사라져 갔다.

청운은 담비처럼 잽싸게 무대 위로 올라가 그녀의 춤옷과 달러화를 챙겨서는 곧장 뒤따랐다. 장막 뒤의 분장실 겸 대기실로 들어서자 자욱한 담배 연기 속에 여자들의 수다가 왁자지껄했다. 그녀는 화장대의 거울 앞에 앉아 티슈로 화장을 지우고 있었다. 청운이 돈을 내밀자 그녀는 거울을 통해 슬쩍 쳐다보더니 고갯짓으로 탁자를 가리켰다. 청운이 돈을 놓고 돌아서는데 그녀가 한마디 툭 던졌다.

"헤이, 아조씨…… 옷은 두고 가야죠."

청운은 자기 팔에 걸쳐져 있는 붉은 옷을 내려다보곤 얼핏 놀란 표정이었다. 그는 곧 허물 같은 춤옷을 옷걸이에 건 뒤 몸을 돌려 나갔다.

"잠깐!"

감정이 전혀 담기지 않았으면서도 쓸쓸한 울림을 지닌 목소리에 청운은 슬쩍 돌아보았다.

"왜요?"

"동전과 은화는 가져가요. 팁이에요."

"뭘요, 괜찮아요. 하하, 아줌마……."

청운은 여자가 했던 말투로 대꾸하곤 곧장 밖으로 나갔다. 뒤에서 여자들의 깔깔거리는 웃음소리가 들려왔다.

밤도 제법 깊었다.

일하는 사이 창문을 바라보면 눈송이가 불빛에 섞여 언뜻언뜻 보이다가 사라지곤 했다.

무대 위에서는 무명 가수와 코미디언들이 번갈아 나와 재롱을 떨고 있었지만 관중들은 별 관심 없이 술을 마시며 이제 짝짓기 상대에 열중한 상태였다. 서로 마음을 맞춘 남녀는 웃음을 나누며 서둘러 홀을 빠져나갔다. 육중하고 큰 그림자와 작고 가냘픈 그림자를 벽에 남기며…….

청운은 가능한 한 현실을 있는 대로만 보고 자기감정을 개입시키지 않으려고 애썼다.

그때였다. 이상스러운 신음 소리가 청운의 귀를 곤두세웠다.

"아악…… 살려 줘요…….''

그건 눈을 밟는 발자국 소리처럼 미약하여 지옥 같은 악마산에서 특수훈련을 받은 청운마저 뭔지 헷갈릴 정도였다. 하지만 그는 곧 홀의 골마루를 지나 뒷문 쪽으로 달려갔다. 어둑한 뒤쪽 계단에서 건장한 흑인이 한 여인의 목을 조르고 있었다. 놈은 잔뜩 화난 고릴라처럼 씨근벌떡거렸고 여자는 가녀린 팔로 벗어나려 애를 썼지만 역부족이었다.

"디스 이즈 데드 키스. 호호호…….''

흑인은 음흉스레 웃으며 신음하는 여자의 입술을 빨려고 들었다. 죽음의 키스. 놈은 마치 영화를 찍는 배우 같은 폼이었다.

"핫, 핫…….''

여자는 곧 숨이 넘어갈 듯 할딱거렸다. 청운은 일단 고주망태라도 된 듯, 비틀비틀 계단을 걸어 내려가며 흑인에게 상체를 한 번 쿡 부딪쳤다. 놈의 성난 눈알이 청운에게로 향했다.

"갓뎀! 개쇼키!"

녀석이 허연 이빨을 드러내며 짖었다.

"갓뎀!"

청운은 대꾸하며 히죽 웃었다. 흑인 녀석의 한 손이 별안간 청운의 멱살을 잡았다. 억센 악력이었다. 청운은 맥없이 끌려가는 척하다가 왼손으로는 목의 급소를 재빨리 슬쩍 찌르는 동시에 오른쪽 주먹으로 놈의 명치를 세게 올려쳤다. 놈은 양손을 놓고 허우적대며 주저앉더니 아예 드러누워 버렸다.

"좀 있다 깨어나 현실을 알아보면, 훗날 하나의 추억이 될 거야."

청운은 중얼거린 후 급히 여인을 안아 들고 계단을 내려갔다. 그녀는 미간을 살짝 찡그린 채 진홍색 입술 사이로 신음 소리를 흘려냈다. 하얀 목에 짙은 손자국이 나고 파란 정맥이 어렴풋이 내비쳤다. 인적이 좀 뜸한 골목의 전신주에 그녀를 기대어 앉힌 청운은 뺨을 찰싹찰싹 두드렸다. 여자는 신음 소리만 낼 뿐이었다. 인공호흡 겸 충격요법으로 입술을 한번 빨아 볼까 하고 가까이 다가가는 순간 여자의 눈이 서서히 뜨였다. 청운은 곧 뒤로 물러났다. 그녀는 천천히 심호흡을 몇 번 했다. 붉은 옷과 붉은 구두가 아니더라도 청운은 그녀가 바로 그 진홍의 무희임을 알아볼 수 있었다. 여자는 윗니로 아랫입술을 깨물었다. 앞에 웅크린 남자가 자신의 입술을 탐했다고 생각하는지도 몰랐다.

"그런 일 없었으니 걱정 마요."

청운은 중얼거렸다.

"뭐라구요? 내가 왜 여기 이러고 있죠? 혹시 당신이 날 납치했나요?"

"아뇨."

"그럼 대체 무슨 일이 있었나요?"

"무슨 일이 있긴 했지만 별일은 없었어요."

"무슨 소리죠?"

"어떤 흑인이 당신의 목을 조르고 있더군요."

"그럼 당신이 구해 줬나요?"

"가능하다면 그런 얘긴 아무한테도 하지 마세요. 그놈은 아마 술에 취해 계단에서 굴렀다고 생각할 테니 일을 만들지 말자구요."

"알았어요."

"그럼 이만 가볼게요. 이젠 일어서서 어서 갈 길을 가요."

"술 취하면 개귀신처럼 달라붙는 놈들이 많아요. 흰둥이들도 마찬가지예요. 혹시 내 보디가드가 될 생각 없나요?"

여자가 하얀 치아를 살짝 내보이며 웃음 지었다.

"하하, 빨리 가봐야 해요."

청운은 그 말을 뒤에 남기곤 급히 클럽을 향해 발을 옮겼다. 어디선가 캐럴 소리가 희미하게 끊어질 듯 들려왔다.

크리스마스이브엔 온 거리가 흥청망청했던 데 비해 정작 성탄절 당일이 되자 왠지 썰렁한 풍경이었다. 간밤에 진탕 마시고 정욕까지 탕진해서 그런지 몰랐다. 혹은 비밀스러운 아름다운 사랑마저도…… 거리뿐만 아니라 사람들의 마음도 허전해 보였다. 한산한 골목엔 겨울바람만 윙윙 불어대며 흙먼지를 날렸다.

하지만 오후가 되자 고요하던 기지촌은 갑자기 발칵 뒤집히고 말았다. 살인사건이 벌어졌던 것이다. 블루문에서 얼마 떨어지지 않은 텍사스 클럽의 이 층 뒷방에 사는 한 양색시가 처참한 꼴로 살해당했다는 얘기였다. 피해 여성의 곱던 얼굴은 마구 얻어맞아 시퍼렇게 멍들고 부어올라 알아볼 수 없을 정도였다. 한쪽 유방이 잘려나간 데다 음부엔 콜라병이 깊이 박히고 항문에서 직장까지 우산을 찔러 넣었으며, 입에는 성냥개비를 한 움큼 쑤셔 넣은 끔찍스러운 모습이었다고 목격자들은 질린 목소리로 전했다. 새벽녘에 비명을 들었다는 말도 나왔다. 양키 놈의 짓이 분명하다면서 입술을 짓씹으며 울부짖는 여자도 있었다.

"그렇게 착실하고 사근사근하던 애가 뭘 잘못했다고 그토록 비참하게 죽인 거야, 응? 설마하니 좆을 안 빨아 줬다고 그랬을까…… 흐흑, 시골 부모 모시려고 공양미 삼백 석에 팔려온 심청이 같았던 애가……."

"그 골방에서 무슨 개수작이 있었는지 누가 알겠어. 아무튼 살인자가 잡혀얄 텐데……."

그렇지만 미군 앰뷸런스가 나와 시체를 싣고 간 것으로 끝이었다. 미군 헌병들은 여자들의 탄원과 호소를 보곤 눈살을 찌푸렸을 뿐 별다른 조사를 하지 않았다. 미군들이 감쪽같이 모두 귀대한 후 부대의 철문은 굳게 닫히고 출입금지령이 내렸다.

미군부대는 한국 경찰의 힘이 미치지 못하는 치외법권 지역이었다. 설령 살인자라 하더라도 미군 군적을 지닌 자라면 일단 그 속으로 잠입해 버린 이상 어쩔 수 없는 노릇이었다. 마치 신성한 숫대의 공간처럼, 범죄자들은 그 속에 숨어 있다가 미국으로 귀대해 버리는 경우가 비일비재했다. 한국 정부나 경찰은 자기 나라의 국민이 비참하게 강간 살해당했다 하더라도 미군 측에 맡겨 둘 수밖에 없었다. 그건 소파SOFA, 즉 한미주둔군지위협정 때문이었다.

텔레비전이나 라디오에선 아무런 보도도 없었고, 다음 날 배달된 신문 한구석의 '휴지통' 란에 짧은 가십성 기사로 요리돼 나와 있을 뿐이었다.

설움을 참지 못한 여인들이 철문을 잡고 흔들며 울부짖었지만 차가운 바람과 함께 눈발만 더욱 짙어질 뿐 묵묵부답이었다.*

---

* 1992년 10월 28일 동두천시 보산동에 있는 미군전용클럽 종업원이던 윤금이 씨가 피살되었다. 이 사건으로 미군 범죄의 심각성이 전국적으로 인식되었다. 범행 자체로도 국민들의 분노를 일으켰지만, 범행 미군을 처벌하는 과정에서 보인 한미관계의 불평등으로 인해 더욱 분노했다. 동두천 시민사회단체들은 대책위를 꾸려 투쟁했으며 '미군 손님 안 받기 운동' 등이 이어졌다. – 지은이 주

낙엽 여인

한 해가 저물어 가는 섣달 그믐날 밤, 클럽 일을 마친 청운은 삐에로와 함께 백발 할매가 하는 희망집에 들렀다. 자정이 가까운 시간인데 낡은 판잣집 안엔 여자들이 삐걱거리는 의자에 걸터앉아 칼국수를 홀짝대며 수다를 떨고 있었다. 둘은 구석 쪽에 자리 잡았다.

"죽은 년만 억울하지 뭐, 살인자는 이미 아메리카로 날아 버렸을걸, 늘 그랬듯이……."

"언니야, 그래도 우리나라가 있는데 흉악한 살인범을 그냥 두겠어?"

"호호호…… 요 계집애야, 넌 신뻥이라 잘 모를 거야. 미군 놈이 설령 살인마에 강도에 성폭행범이라 하더라도…… 한국 경찰과 군인은 절대루 잡을 수가 없어. 소파인지 뭔지 한미동맹 협정을 그렇게 해놨기 땜에 설령 우리나라 대통령이나 장관도 멍하니 닭 쫓던 개처럼 쳐다보고 있어야 한다는 얘기지."

“히히, 설마 그럴려구?……."

“아니, 이년이!…… 맛있는 칼국수 사줬더니 잘 처먹으면서 말은 개좆 같이 희뜩게 하구 앉았네. 앞으로 니가 좀 더 실제적으루다가 경험을 해 봐야 요지경 속을 알 거야.”

“언니야가 너무 과민 반응하는 거 아냐? 난 미국 사람들 좋던걸.”

“이 쌍년이 지금…… 같은 똥갈보가 죽었는데도, 넌 마치 갈보가 아니 라 마치 꿈속의 공주인 양 지껄이는구나. 미친년 같으니!”

“언니야, 칼국수 한 그릇 사주면서 너무하네. 난 미친년이 아냐!”

“이년아, 미친년에 그런 년만 있다더냐? 너같이 혼을 빼놓고 미국놈 좆 빠는 게 미친년이지.”

“언니 정말 너무해. 위로는 못 해줄망정…….”

어린 여자는 눈물을 글썽이며 울먹였다.

“야 이년들아, 다 처먹었으면 지랄 떨지 말고 어서 가서 엎어져 자든 지, 한 놈이라도 잡을 궁리나 해!”

갑자기 백발 할매가 창구로 얼굴을 내밀곤 소리쳤다.

“누님, 제가 동생 데리고 왔어요…… 누님, 모든 사람마다 숨 횟수가 정해져 있대요. 예를 들어 나는 10억 번, 청운이 동생은 15억 번, 누님은 20억 번 식으로요. 하지만 누님은 우리보다 숨을 더 많이 쉬셨으니 이제 5억 번밖에 남아 있지 않는지도 몰라요. 헤헤, 그러니까 괜히 욕하느라 숨 쉬지 말고 어서 뭔가 맛있는 걸 주세요.”

삐에로가 해롱거리며 말했다.

"요석아, 흰소리 작작 늘어놔! 타고난 제 숨 쉬고 나서 죽는 사람이 과
연 몇이나 될까? 목숨값이 가랑잎보다 못한데…… 뭘 처먹을래?"

백발 노파는 한숨을 휘유 하고 쉬었다.

"칼국수에 쐬주도 한 병 줘요."

"코끝이 발그레한데 또 마셔?"

"오늘 같은 날 한잔 안 하구 뭘 해요, 누님…… 우리가 외로운 누님과
망년회를 하려고 이렇게 왔잖아요."

"난 세월 다 잊었다."

한마디 던지곤 주방으로 들어갔다.

음식이 나왔을 때는 수다를 떨던 여자들도 슬슬 다 빠져나가 버리고
두 사람밖에 남아 있지 않았다. 청운은 우선 다대기를 떠 넣고 저은 후
두 손으로 그릇을 모아 들곤 칼국수 국물을 후루룩 들이켰다. 겉으론 비
록 평범한 싸구려 칼국수처럼 보였지만 그 맛은 그윽했다. 그동안 몇 번
와서 먹었지만 허기뿐만 아니라 속을 은근히 풀어 주는 감칠맛은 늘 다
름없었다. 육체를 지나 영혼을 울리는 듯한 묘미가 있었다. 면발 위에 김
치를 얹어 한입 후루룩 빨아 먹으면 잠시나마 세상의 번민을 잊고 평화
를 느낀다는 것이었다. 그래선지 어쩐지 모르지만 혹시 백발 마귀할멈이
국수 속에 어떤 마약을 타지 않았을까 하는 우스갯소리마저 떠돌 정도였
다. 백발 할멈은 그냥 빙긋 웃을 뿐이었다. 청운의 생각에, 국물은 멸치와
무 그리고 마늘 따위를 오래도록 정성껏 달여낸 것이고, 면이 감칠맛 나
는 건 잘 익은 김치 때문이 아닌가 싶었다. 하지만 새파랗게 젊은 여자들,

특히 아메리칸 드림에 푹 빠진 애들은 잘 처먹으면서도 짐짓 고양이처럼 콧살을 찌푸리며 무시하곤 하는 것이었다. 또한 손님이 많아 좀 기다리다가 그냥 갈 땐, 달콤한 포도를 따 먹지 못한 채 돌아서는 여우가 신 포도라고 비아냥거리듯 코웃음을 치기도 했다. 그러거나 말거나 백발 노파는 별로 상관하지 않았다.

청운은 투명한 소주를 한잔 마시고 나서 칼국수 국물을 후루룩 들이켰다. 속이 짜릿해지며 세상만사의 번민이 한 발짝 물러섰다. 설거지를 마친 백발 노파가 쟁반에 과메기와 김 따위를 담아 들고 왔다.

"아이구, 누님…… 뭘 이런 것까지…… 자, 여기 앉아서 세월을 함께 보냅시다요. 헤헤…….

삐에로가 너스레를 떨었다.

"윤석아, 너 먹으라고 가져온 게 아녀. 이미 알딸딸한 꼴이구먼 그려."

"무대 막간에 공짜로 나오는 술 한두 잔 빨았을 뿐인데 뭘 그래요, 히히…….

"공짜 술 좋아하덜 말어. 그것 땜에 죽는 놈들 많어."

청운은 술잔을 또 비우곤 과메기를 찢어 고추장에 푹 찍은 후 천천히 씹었다. 숱한 기억들이 부풀어 오르며 뇌리를 괴롭혔다. 악몽 같은 추억…… 부모에게 버림받은 배고픈 거지…… 지옥의 노예 같았던 선감원 생활…… 감언이설로 엄마를 꾀어 꼭두각시로 만든 사이비 종교 단체에 잠입했다가 붙잡혔던 일…… 북파공작으로 훈련받고 침투되는 과정에서 두 눈으로 직접 본 인간의 잔인함과 참혹한 주검들…… 그런 기억들은 마치 머릿속에 든 괴상한 폭발물처럼 언제라도 터져 버릴 듯 위협적으로 사람의 정신을 억압했다. 청운은 젊은 기운에 의지해 짐짓 대범하게 웃곤 했지만, 내심으론 언제 자신도 모른 채 괴물로 변해 자폭할지 모른다는 두려움에 떨곤 했다. 언론에 보도되진 않았으나, 실제로 북파공작원으로 활동하다가 사회로 퇴출된 사람들 중엔 생활고뿐만 아니라 육신의 고통스러운 후유증과 정신적 공황을 견디다 못해 미치거나 자살로 생을 마감하는 비극이 많았다고 한다.

'만일 정신이 착란되면 인간은 누구라도 환청을 듣고 산 사람에게서도 시체 냄새를 맡고 환상을 보며 떨게 될 거야. 그들만의 죄는 아니지. 혹시 신은 알까?'

청운은 빙긋 웃으며 술잔을 만지작거렸다.

"사내 녀석이 너무 촐랑거려도 꼴불견이지만, 얼굴에 수심이 너무 깊어도 별루야. 자, 잔을 들고 송년휜지 망년휜지 한번 건배해 보자구."

백발 노파가 제안해 셋은 투명한 유리잔을 서로 부딪쳤다.

"오늘을 위하여 건배!"

삐에로가 합죽이 김희갑처럼 웃으며 흥얼거렸다.

"과거를 위해서도 건배……."

백발 노파가 한마디 보탰다.

"그럼 미래를 위해서도……."

청운도 꺼들었다. 세 사람은 잔을 비우고 나서 함께 웃어댔다.

"얘들아, 면발 밑에 떡국도 숨겨 놨걸랑…… 새해 떡국이라 생각하고 미리 좀 먹어 보더라구.”

“역시 누님 센스가 최고랑게. 이미 자정이 넘었으니 뭐 새해라고 해도 되겠네요. 헤헤…….”

“떡국 먹고 나잇값이나 좀 하거라, 욘석아!”

“누님은 어딘지 보살님 같아. 관세음보살이나 지장보살님은 아니지만 왠지 그런 느낌이 들어.”

“혹시 어머니나 친할머니 같은 느낌이 들어 그런 게 아닐까?”

청운이 한마디 거들었다.

“글쎄, 뭐…… 엄마 얼굴도 모르니까…… 세상의 모든 엄마가 어머니로 보이기도 하지. 나비의 엄마, 송아지의 엄마, 사자의 엄마, 병아리 엄마 닭 등…… 헤헤, 그래서 우리 누님은 어머니 같은 보살님이란 말이죠 뭐.”

“흥, 하지만…… 내겐 애기가 없었어.”

“전엔 아드님과 따님이 있다고 하시더만……?”

“걔들은 내가 거둬 키운 애들인데 커서는 나비나 나방처럼 다 훨훨 날아가 버렸지.”

“오, 그럴 리가…… 누님은 젊었을 땐 더 복스럽고 귀엽게 보였을 인상인데, 결혼도 않고 애도 낳지 않았다니…… 충격인데요?”

“쓸데없는 소리 말고 어서 술이나 마셔.”

“그래도 그렇지, 참…… 안 그러니, 구름아?”

구름은 청운의 별명이었다. 그는 고개를 숙인 채 슬슬 흔들었다. 백발 노파는 소주잔을 들어 쭉 들이켜더니 흐훗 하고 웃었다.

문밖의 스산한 바람 소리가 창문을 덜컹덜컹 흔들었다.

"나도 귀엽고 예쁘고 복스러운 애를 낳고 싶었지. 하지만 소망일 뿐 그럴 수가 없었단다."

"왜요?"

백발 노파는 어두워져 가는 창밖을 물끄러미 바라보고 있더니 소주를 또 한 잔 마셨다.

"첫사랑이던 고향 오빠가 일본으로 끌려가 버렸기 때문이지. 강제징용이라 카던가. 군함도라는 외딴 바위섬으로 끌려가…… 나두 후에 딴 사람한테 들은 얘기지만…… 암석을 뚫고 탄광 속으로 수십 길이나 내려가선 석탄 따윌 켜내 왔대. 지옥 같지 않았을까. 바다 밑의 바위굴 속으로 들어갔다고 생각하면 지금도 온몸이 떨려."

"헤헤, 우리 욕쟁이 누님에게도 순정의 첫사랑이 있었구나. 설마 비련의 여주인공이 되진 않았겠쥬?"

"욘석이 또 광대 같은 소릴 뇌까리는군."

그녀는 주먹을 들어 삐에로의 이마에 꿀밤 먹이는 시늉을 했다. 그러고는 담배 한 개비를 빼어 물곤 불을 붙였다. 천천히 내뿜는 연기가 그녀의 시름인 양 공기 속에 떠돌았다.

"그분은 일본에서 돌아가셨나요?"

청운이 조심스레 물어보았다.

"아녀, 몰라…… 그땐 일본 놈들 세상이라 알려주지도 않았어. 그리고 얼마 후엔 나도 끌려갔으니까."

"어디로요?"

삐에로가 물었다.

"욘석, 넌 귀동냥으루 대강 들어 알고 있을 텐데 내숭을 잘두 떠는구나, 응?"

"아뇨, 난 몰라요. 설령 들었다고 하더라도 난 그걸 하나의 풍문으로, 머릿속에서 한국 사람들의 어떤 인생 드라마로 음미해 볼 뿐, 본인의 말을 직접 듣기 전엔 구체적인 한 사람의 체험으로 믿지 않아요."

"녀석, 제법 연설까지 하는군."

"그래서 어찌 됐어요? 이제 정말 본격적으로 궁금증이 생기는군. 들어 보고 가슴이 뭉클해질 만한 요소가 있으면 내가 각색해서 무대에 올리겠어요. 헤헤……."

노파는 담배를 깊이 빨아 한숨과 함께 훅 내쉬었다.

"죽었는지 살았는지 지금도 몰라. 그 바다 밑의 탄광 속에서 죽지 않고 만약 살아 있다면…… 음, 내가 끌려간 곳도 역시 일본이었어. 처음엔 일본의 큰 공장에 취직시켜 많은 돈을 벌게 해준다고 속였지. 전국 각지에서 나처럼 끌려온 처녀애들과 함께 기차를 타고 가면서…… 난 혹시라도 일본 땅에 닿아 고향 오빠를 찾을 수 있을까 하는 절망과 희망 속을 헤매고 있었어. 하지만 그 이상스러운 열차는 계속 북쪽으로만 달려가더군. 추위에 떨며 황량한 산야를 지나 두만강을 건너 만주 땅에 도착했어. 속은 거였지. 그렇지만 아직 한 가닥 소망은 끝내 놓지 않았어."

"희망이 없다면 그런 땅에서는 아마 죽고 말겠지요."

“그런데 마침내 촛불 같은 작은 소망까지도 꺼져 버렸어. 그 촛불이…… 소망을 꺾을 수 없는 나머지 내 맘속에 생겨난 환상인지는 모르지만…… 그래도 결국은…… 다 짓밟혀 버리고 말았어.”

“만주 땅에서요?”

“그 당시 만주는 일본군 천지였어. 젊은 사내들을 전쟁터의 총알받이로 끌어모아 놓았으니…… 가장 강렬한 욕구와 위안이 뭐였겠어, 응?”

“……”

“그래서 우리 조선 처녀애들이 그들의 성 노리개가 되었단다. 하루에도 수십 명씩…… 마치 내 여윈 몸 위로 탱크가 지나가는 기분이었지. 고향 오빠가 저 멀리 시퍼런 바다 건너 어느 굴속에서나마 살아 있으리란 작은 희망도 서서히 꺼져 버렸어.”

세찬 밤바람이 허름한 가건물의 함석지붕을 날려 버릴 듯 흔들고 낡은 창문을 덜컹거리게 했다.

“난 내 몸뚱이가 시체라고 생각하며 하루하루를 지옥같이 살아갔지. 일본 놈들은 마치 시간(屍姦)을 하는 미치광이 같았어. 히히 웃으며…… 시체처럼 가만히 있으라고 말하는 놈도 없지 않았지 뭐야.”

“누님, 쐬주 한잔 드시고 얘기하세요.”

“난 강제로 끌려갔고 처녀를 잃었어. 그런데 어떤 사람들은…… 마치 내가 큰돈이라도 벌러 간 화냥년인 양 얘기하더라구. 하지만 우리들은 친일파와 일본 경찰에 속아 강제로 끌려갔을 뿐야. 돈은 무슨 돈! 겨우 굶어 죽지 않을 정도로 적은 깡보리밥과 다꾸앙을 먹으며 일본군의 성 노

리개로 시달렸어. 병이 들어도 치료해 주지 않고 골방에 팽개쳐 두었다
가 죽으면 황량한 골짝에 던져 버렸지. 그뿐인 줄 알아? 마루타 부대에 끌
려가서 산 채로 생체실험 도구나 되는 경우도 많았대. 그 당시 이광수나
김활란 등 유명한 친일파들이 나서서, 남자들에겐 징용이나 징병을 감언
이설로 권유하고…… 우리 같은 여자들에겐 정신대에 가입하여 대일본
의 황군들을 위해 즐겁게 위안을 해주라고 열띤 강연을 하기도 했어. 아
마 니놈들도…… 내가, 우리들이, 돈을 벌기 위해 스스로 그런 짓을 했다
고 생각할지도 모르지."

"무슨 그런 섭섭한 말씀을……!"

"강제였든 반강제였든 자발적으로 갔든…… 우리는 모두 화냥년이란
낙인이 찍히고 말았어. 사람이 아닌 어떤 괴물이랄까?…… 세월이 바뀌
어 나라를 되찾았는데도 지금은 미군부대 옆에 붙어살며 양색시나 양갈
보란 소릴 듣고 있지. 걔들 중에 제 발로 걸어 들어온 년이 없다곤 할 수
없겠지만…… 속내를 알고 보면 대부분 가난에 찌든 나머지 서울로 올라
왔다가 속아서 여기까지 흘러든 경우가 많아. 강제로 납치된 애들도 있
지만, 대체로 무허가 직업소개소 같은 데 갔다가 떼돈을 벌 수 있다는 감
언이설에 속아 온 것이겠지. 일단 여기 들어오면 나가기가 쉽지 않은 게
문제야. 경찰에 신고해도 별 소용이 없어. 오히려 요주의자로 찍히고, 업
소에서 고용한 깡패놈들한테 죽도록 얻어맞으니까. 대한민국의 국법은
여기서는 아무런 소용이 없는 듯해. 우리나라 대통령마저도 미군에 대해
선 큰 나라 상전처럼 대하니까 말야. 결국엔 논바닥 속의 미꾸라지나 지

렁이처럼 스스로 살아내라는 얘기일 뿐······.”

청운은 술잔을 만지작거리다가 들어 쭉 들이켰다. 그는 생각했다.

‘어딘지 비슷한 데가 있는 것 같군. 북파공작원과 기지촌의 양색시라는 존재들은······ 자의인지 타의인지 자의 반 타의 반인지는 모르겠지만, 아무튼 가난이나 굶주림 탓에 상경했다가 사악한 거짓말에 속아서 지옥 속으로 들어갔다는 사실이지. 집에서 쫓겨난 여자애들은 더욱 그렇지 않았을까? 그리고 돈에 현혹되긴 했지만······ 나를 포함한 이 쌍놈 쌍년들은 뭔지 몰라도 자기가 나라를 위해 중요한 임무를 수행하고 있다는 착각에 빠진 거지. 북파공작원들은 물색관에게 속고 양공주들은 직업소개소나 포주 협회에 속은 거랄까. 흐흐······ 한미친선 관광협회 같은 데서 정기적으로 유명 인사를 초빙해······ 세상에서 가장 아름다운 여성 여러분은 최전방에서 총을 들고 나라를 지키는 국군 장병들보다 더 소중한 애국자라고 은근히 추켜세우면서 세뇌시키는 강연을 하고 있으니 우스워. 그래도 그런 말에 슬픈 위안을 받은 사람도 아마 있을 거야. 하지만 결국은 일시적인 환몽이었을 뿐 병마와 죽음이 아직은 젊은 몸뚱이를 차압해 버리면 지옥의 구덩이로 빠져들고 말지. 그러면 국가의 약속도 자신의 의지력도 아무 소용없이 한갓 폐기물이 되고 말아. 그들은 인간 소모품에 불과해. 무엇보다 그들이 더욱 비슷한 건 같은 나라 사람들로부터 괴물 취급에 사갈시된다는 거야. 좀 가련한 인간으로 여겨 줄 만도 하건만 대체 왜 그렇게 괄시를 하는 걸까?’

청운은 머릿속으로 생각을 하는 한편으로 백발 노파의 얘기에도 귀를 기울이고 있었다.

"해방이 되고 일본군이 물러가자 우리 같은 여자들도 질긴 성노예의 쇠사슬에서 풀려날 줄 알았지. 하지만 현실은 너무 암담할 뿐이었어. 일 단 서울까지 겨우 살아서 내려왔지만…… 그런 꼴로 고향 땅으로 돌아갈 수가 있나, 돈 한 푼이 있나, 무슨 다른 기술이 있나…… 결국 다시 시궁 창 속으로 기어들어 갈 수밖에 없었어. 흐흣, 일본군 위안부가 이번엔 미 군 위안부로 변한 셈이지."

"솔직히 잘 이해가 되지 않아요. 실감이 되지 않는다고나 할까."

삐에로가 게슴츠레한 눈으로 중얼거렸다.

"뭐가, 윤석아?"

"일본 식민지 시대는 호랭이 담배 피우던 조선 왕조 무렵의 일이잖아 요. 지금 현대는 대한민국 세상인데…… 너무 옛날처럼 느껴져서 착각인 듯 혼란스러워요. 어찌 그런 허무맹랑한 일이……."

"윤석아, 그건 네놈이 무식해서 그래. 내가 왜 쓸데없는 거짓말을 하 겠냐?"

"그게 아니라……."

"일본과 미국, 일본군과 미군이 뭐 생판 다른 것 같어? 1945년에 해방 되자마자 바로 미군이 이 땅에 들어왔어. 너희들에겐 천지 차이로 보일 지 몰라도 내겐 그놈이 그놈이야. 외국 병정들에게 시달린 건 비슷하단 얘기지. 사실상 쪽바리가 물러가고 양코배기들이 들어온 건 스물 네댓 해 밖에 지나지 않았단 말야."

"그래도 아직 실감이 나지 않아. 우리 누님의 인생이 그토록 기구했다니……."

"많은 여자들이 놈들의 폭행으로 인해 죽었고 지금도 죽어 가고 있지. 이렇게 겨우 살아 오긴 했지만, 나도 꿈인지 생시인지 때때로 분간이 잘 안 돼."

"며칠 전에 살해당한 아가씨는 꽤 착실했다지요?"

"그래, 여기도 자주 왔었는걸. 몸 팔아 번 돈을 알뜰히 모아 고향 부모 집에 보내 주곤 했지. 그렇게 착한 애가 왜 그토록 섬뜩하게 죽음을 당해야 하는 걸까?"

셋은 말없이 술잔을 들어 쭉 마셨다.

"직접 거둬 키우셨다는 고아 남매들은……?"

청운이 물었다.

"뭐, 둥지를 떠나갔으니 재주껏 살고 있겠지."

백발 노파는 붉게 충혈된 눈으로 허공을 바라보며 담배 연기를 내뿜었다.

"어떤 인연으로 자식을 삼으셨어요? 친자식을 버리는 엄마도 있는데……."

"이런 기지촌에서 태어난 애들은 굴뚝새 새끼들과 같은 신세야. 엄마가 살펴주지 않으면 사악한 기생충에게 먹히고 말지. 어린애들은 병에 걸려 죽기도 하지만, 사람 손에 팔려가 암흑 속으로 사라져 버리기 때문에 기생충의 먹이라고 말하는 거야."

"그럼 그 애들도요?"

"걔들은 그나마 엄마가 죽을 때까지 보듬고 있었어. 시체가 된 에미의 젖을 빨다가 울다가 하고 있더군. 하나는 백인 새끼고 하나는 흑인 새끼였어. 세월이 흘러…… 두 놈 중에 하나가 살인범이란 소문이 났었지만 다 미국으로 도망치고 말았지 뭘."

"참 비극적이군. 만일 셰익스피어가 이 자리에 있었다면 어떤 드라마틱한 극본을 썼을지 궁금해."

삐에로가 끼어들었다.

"미친 소리 작작하구 술이나 마셔."

"누님, 너무 슬퍼 마슈. 내가 더 구구절절 가슴을 울리는 시나리오를 써서 만고에 남을 영화를 만들 테니까."

"말이사 늘 좋지."

백발 노파는 주름살을 잔뜩 찡그리며 빙긋 웃었다.

"그런데 누님…… 내가 극본을 쓰려 해도, 주인공이 될 누님의 나이가 몇인지 잘 몰사서 캐릭터가 좀 헷갈려."

"쳇, 무식한 녀석이 영어 나부랭이나 쓰면 좀 유식해질 것 같냐? 에라 이 어릿광대 녀석 같으니라구…… 흐흣, 너희들은 날 이상스러운 할멈으로 보는 모양인데, 난 사실 평범한 여자일 뿐이란다. 아, 가난한 고향 산천에서나마…… 그 오빠도 일본으로 끌려가지 않고 나도 만주로 끌려가지 않고…… 고향 땅에서 부부로 만나 오붓이 함께 살 수 있었다면…… 그래서 난 항상 열일곱 나이에 멈춰 사는지도 몰라."

그녀의 충혈된 눈에 눈물방울이 맺혔다. 억누르려 애썼으나 저절로 생겨난 그 눈물을 보며 청운은 소주보다 더 맑다고 생각했다. 그리고 잔을 들어 마셨다. 소주잔에 비친 여인의 모습이 아련해 보였다.

"눈이 여전히 내리는군."

백발 여인이 말했다. 그녀의 모습은 백발의 겉모습보다 늙어 보이지 않았다. 세파에 찌들어 주름진 얼굴이었지만 문득 그 눈엔 순수한 마음이 반짝 어린 듯도 했다. 멀리서 은은히 종소리가 들려왔다. 삐에로가 시계를 들여다보더니 말했다.

"앗! 벌써……."

"응?……."

"고단했던 하루도, 한 해도 지나고 이미 새해가 시작됐네요."

"그게 뭐 그리 중요한고, 후훗……."

백발 노파가 중얼거렸다.

좀 더 중요한 점이 없잖아 있었다. 1960년대가 지나고 1970년대가 시작되었던 것이다. 그리고 청운은 십대의 마지막을 어렵게 지나 이윽고 스무 살이 되었다.

리틀 아메리카

새해 들어 청운은 의외로 특이한 경험을 하게 됐다.

삐에로 형이 잘 아는 어느 미군 장교의 안내로 미군부대 내부를 구경하게 된 것이었다. 회색 담장 위에 철조망이 높게 쳐진 삭막한 풍경 저 안쪽엔 과연 무엇이 있을지 궁금했던 것도 사실이었다.

부대 안으로 들어선 청운은 내심 깜짝 놀랐다. 머릿속으로 공상하던 일반 군부대의 모습이 아니었기 때문이었다. 한국군 부대에 대한 인상이 삼엄하고 황량한 일종의 수용소 같다면, 미군부대는 마치 거대한 놀이공원이나 산뜻한 신식 공장 또는 대학 캠퍼스처럼 보였다. 점점 안으로 들어갈수록 하나의 소왕국처럼 보이기도 하는 것이었다.

지프차는 잘 포장된 길을 달려 나갔다. 진입로에 사열병처럼 늘어선 나무들은 잎이 다 진 채 하얀 눈꽃을 피우고 있었다. 본부 건물은 저 멀리 위엄스레 우뚝 선 채 푸른 하늘에 성조기를 휘날리고 있었다. 길 양

옆의 널따란 평지엔 정원처럼 잔디가 깔렸고 푸른빛을 잃지 않은 조경수들이 잘 다듬어져 보였다. 그래서 그런지 연병장도 마치 온갖 헬스 기구가 잘 갖춰진 운동장인 듯싶었다. 장교클럽 입구의 화려한 장식물들, 아담한 도서관과 최신식 장비를 자랑한다는 병원, 넓은 수영장에 출렁거리는 맑은 물, 탁 트인 전망이 부러워 보이는 곳에 들어선 아파트……20여 분 동안 지프차를 탄 채 돌아다녔으나 도무지 끝이 보이지 않을 만큼 드넓은 일종의 디즈니랜드 같았다. 골프장까지 가볼 엄두를 내지 못하고 중단했다. 겨울이지만 포근한 휴일이라 그런지 맨션아파트 앞의 광장에서는 가든파티가 벌어지는 중이었다. 테이블 위로 하얀 접시와 유리잔들이 햇빛을 투명하게 반사하고, 바비큐가 황금색으로 익어 가며 향긋한 냄새를 풍겼다. 산해진미와 미주美酒를 앞에 둔 미군 가족들의 웃음소리가 행복스러웠다.

'미국은 원체 땅이 넓으니까 여기서도 자기네들 몸에 맞게 아주 스케일 크게 지어 놨구나. 미국의 작은 도시 하나를 옮겨 놓은 것 같아. 흐, 이 정도면 아예 리틀 텍사스라고 불러도 되겠어. 저들에겐 이것도 좀 좁은지 몰라. 아, 하지만 얼마나 많은 농부들의 터전인 기름진 논밭이 저 밑에 깔려 버렸을까. 반강제적이라 보상도 제대로 받지 못했다던데……'

청운은 홀로 생각에 잠겨 미군 장교 몰래 한숨을 내쉬었다.

"서울 용산의 미군 기지는 여기에 비하면…… 마치 왕궁과 같다고나 할까."

삐에로가 말을 꺼냈다.

“뭐?”

청운이 대꾸했다.

“히히, 뭘 그리 놀라? 언젠가 미8군 소속 악극단을 따라 한번 들어가
봤지 뭐.”

“정말?”

“응. 하지만 정규 단원이 아니라 시다바리 역할이었어, 쯧…….”

“그래, 어땠어?”

“한마디로 엄청나더군. 서울 한가운데의 노른자 땅 100만 평이 다 미
군부대니까. 기지 안으로 들어가는 문만 스무 개가 넘는다더군. 메인 포
스트엔 주한미군 사령부, 미8군 사령부, 한미연합사령부 따위가 있는데,
그 지하에는 극비 지휘소를 비롯해 상상도 못 할 시설이 들어서 있대. 그
리고 남쪽 지역엔 고급 맨션 단지와 학교, 병원, 스포츠센터 등등 거대한
편의 시설이 삐까번쩍하더군. 북쪽 지구엔 한층 더 산뜻하고 첨단적인
건물이 들어서 있는데 한국 사람은 아무나 출입할 수 없다더구먼. 아무
튼 말이야…… 봄에 꽃이 화려하게 핀 그곳의 드넓은 정원은 정말 꽃대
궐 같았어. 아, 언제 그 화려 찬란한 무대에 서 볼까나…….”

삐에로는 사근사근하고 희극적인 표정으로 미군 장교와 이따금 얘기
를 나누면서 청운에게 그런 말을 속닥거렸다.

용산龍山은 원래 한이 많은 땅이었다. 한반도의 중심에 위치한 채 민족
의 혈맥인 듯 눈물인 듯 유유히 흐르는 한강을 가까이 바라보며 희비애
락을 함께한 긴 세월…… 용산 지역은 전략적 요충지로 활용 가치가 높

았으므로 한반도가 외적에 침략당할 때면 늘 외국 군대의 주둔지로 차압되었다. 고려시대 말엽엔 몽골군에 의해 병참기지로 사용되었고, 조선시대 후기에 나라가 어지럽던 땐 중국 청나라군이 대규모로 주둔했으며, 한일 병합 뒤론 일본군이 전격적으로 주둔해 와 온 나라를 마구 유린했다. 그리고 1945년 8월에 일본이 항복하고 쫓겨나자마자 곧장 미국 군대가 들어와 진을 치게 되었던 것이다. 그들은 무소불위적으로 위세를 떨치며 기지를 점점 확대해 나갔다.

주한미군은 좁은 남한 땅 전 지역에 걸쳐 무려 1백여 곳의 기지를 갖고 있다. 전 국토의 요소마다 주한미군이 있는 셈이다. 서울 외에 동두천, 의정부 뺏벌, 파주 용주골, 인천 부평, 평택, 군산 아메리카 타운 등이 잘 알려진 곳이지만 각 지방에서도 미군은 노른자위 땅을 점령하고 있었다. 부산의 하야리아 부대, 대구의 병참기지, 강원도 춘천, 원주, 영월, 충청도 대전, 천안, 경북 왜관, 경남 진해, 마산, 김해, 전남 광주뿐만 아니라 제주도 모슬포까지 온 국토에 걸쳐 어마어마한 미군기지가 육신의 암부처럼 퍼져 있었다. 미군의 무책임한 자연 파괴와 오염으로 인해 금수강산은 점점 병들어 갔다. 특히 전북 군산의 평화로운 농촌 마을을 파괴하고 들어선 아메리카 타운은 박정희 정부가 주도해 건설한 거대한 미군 향락 위안 천국이라고 들었다.[*]

---

[*] 주한미군은 평택에 미국 육군 역사상 최대급이요 미군 해외시설 중 최고급이라는 '캠프 험프리스'를 거의 한국 돈으로 지었다. 한반도 분단 해소 또는 긴장 완화에 대한 고려는 별로 없이 미군만의 계산대로 밀어붙이는 셈이다.
또한 그러면서도 용산기지를 완전히 반환하지 않고 일부 주둔을 계속함으로써 용산민족공원 건설을 반토막 나게 하고 있다. - 지은이 주

"형, 클리프란 저 친구는 대체 어떤 놈이야?"

청운이 미군 장교를 흘낏 살펴보며 삐에로에게 물었다.

"응, 내 팬이지."

삐에로는 능청스레 대꾸했다.

"뭐? 농담이겠지……."

"흥, 너 날 무시하니?"

"형이 무슨 인기 배우라구 팬이 다 있겠어?"

"아냐, 이 친군 한국 문화에 관심이 많기 땜에, 나 자신보다는 내 연기 속에서 슬쩍 보이는 독특한 정서와 미학에 공감한 거야. 그래서 하버드 대학을 다니다가 미군에 입대해 한국으로 날아온 거래."

"음, 그럼 한국말도 알겠네? 혹시 내가 아까 미국을 욕한 것도 알아들었을까?"

"모르지. 하지만 설령 알았다고 하더라도 그냥 넘겼을 거야."

"왜?"

"한국 사람의 마음을 이해한다고 했거든. 가능하면 객관적으로 미국과 한국의 관계와 그 진실을 알고 싶대."

"그런 취지에서 자기네 부대 내부를 이렇게 구경시켜 주는 걸까?"

"모르지 뭐. 근데 앤 지금 홀의 어떤 계집애한테 열을 올리고 있어. 중매 좀 잘 서 달라고 이러는지도 몰라. 헤헷……."

"그 여자가 누군데?"

"붉은 여우."

"늘 진홍색 춤옷을 입고 나오는 그 여자 말이야?"

"응, 그 댄서…… 한데 걔는 얘가 싫은 모양이야."

"왜?"

"그걸 내가 어찌 알겠어."

"좀 특이하긴 하더라."

"히히, 너도 좀 관심이 있냐?"

"관심은 무슨……."

"보통내기가 아닌 건 확실해. 어린 나이에 요런 복마전에 들어와 어쨌든 꼿꼿이 살아가고 있으니까. 돈을 꽤 벌 텐데 낭비도 않는다는 소문이야."

"나름대로 무슨 꿈이 있는 모양이겠지."

"모르지. 고향 집에다 많이 송금한다는 얘긴 들리더군."

"암튼…… 싫어하는 놈에게 강제로 몸을, 마음을 희롱당한다면, 여자든 남자든 무척 괴로울 거야."

청운은 지난 크리스마스이브에 어느 흑인 병사에게 쫓기던 그녀를 떠올리며 중얼거렸다. 그날 그 어두컴컴한 계단에서 그녀는 한 여인이 아닌 외국 군인에게 욕망의 대상인 암컷으로 취급돼 자칫하다간 한주먹에 맞아 죽을 수도 있었다. 대체 왜 그런 짐승의 신세가 되어야 했을까.

1945년 초가을, 일본의 항복을 받아낸 미군은 항구도시인 부산과 인천을 통해 한국 땅으로 들어왔다. 승리에 취한 그들은 술과 여자를 찾았다. 그리하여 얼마 후 인천 부평에 첫 미군 기지촌이 들어섰다. 양색시들 중 일부는 이전에 일본군을 받던 위안부 출신이었으며, 일부는 가난에 찌든 하층민의 딸들이었다.*

6.25전쟁을 거치며 미군 기지촌과 양공주들의 수는 점점 불어났다. 집과 가족을 잃고 난민이 된 여인들은 먹고살기 위하여 미군을 쫓아다녔다. 부대 주변에서 기생하던 양색시들은 미군이 훈련을 위해 깊은 산속으로 이동할 때면 이른바 '담요부대'를 만들어 뒤따랐다. 어둠이 내려 군의 작전 훈련이 끝나는 즉시 그녀들은 푸른 군용 담요 한 장을 으슥한 땅바닥에 깐 채 밤이 깊도록 계속 야수 같은 이국 사내들의 욕망을 받아냈다.

남북한 간의 피 어린 동족상잔이 일단 끝나고도 미군은 이 땅에 계속 주둔할 뿐만 아니라 점점 더 무장인력을 강화하고 기지를 확대해 나갔다. 그건 실상 남한을 북한의 침략으로부터 보호한다는 명목 아래 동아시아에서 미국의 패권을 유지하고 자기네의 욕망을 더욱더 확장할 만한 군사적 요충지를 마련하려는 계획이 서 있었기 때문이었다. 미국 정부는 결코 실없이 남을 도와주는 산타클로스가 아니었다.(하하. 요즘도 그걸 믿는 바보가 있을까? 어린애도 이젠 속지 않으련만…….)

미군이 완전히 이 땅에 터를 잡고 앉은 1960년대는 기지촌의 호황기

---

* 일본군 위안부는 한반도 북쪽의 일본군 기지뿐만 아니라 중국, 동남아시아, 남태평양의 전선에도 배치되었었다. 조선총독부는 각 지역마다 처녀 수를 할당했는데, 처음엔 큰돈을 벌게 해준다며 은근히 꾀다가 뜻대로 되지 않을 땐 강제로 납치해 끌고 갔다. - 지은이 주

였다. 수많은 농촌 처녀들과 도시 빈민가 소녀들이 동족 남성과 사랑해 혼인하지 못하고 이국의 병정들에게 몸을 바쳐야 했다. 10만여 명에 달하는 여성들이 전국 각지의 기지촌에서 미군들에게 몸을 팔아 목숨을 이어갔다. 국내에서 매춘은 공식적으로 불법이었으나 기지촌인 1백여 곳은 특별 매춘지역으로 지정됐다. 동두천은 최대의 기지촌으로서 일명 리틀 텍사스라고 불렸다. 박꽃이 핀 정겹던 초가집은 울긋불긋한 원색의 간판을 단 클럽에 밀려나고, 맑은 물을 떠먹던 박 바가지는 맥주 캔으로 바뀌었으며, 댕기 땋은 수줍은 처녀들이 살던 마을은 일시에 양갈보의 소굴로 타락해 버렸다.

묵은해가 가고 새로운 연도가 밝아오면 사람들은 왠지 희망을 지니게 된다. 특히나 하루하루를 고되게 살아가는 빈민들은 속으로나마 더 큰 소망을 품는 것이다.

까마득하던 60년대가 저물고 1970년대가 시작되자, 신문과 방송은 위대한 영도자 박 대통령께서 온 민족이 함께 잘 사는 복지국가를 건설키 위한 원대한 청사진을 발표했다고 떠들어댔다. 하지만 기지촌이라는 특수한 환경 때문인지 별 반향이 없었다. 그것보다는 AFKN 방송을 듣고 입수한 미군 철수 방침이라든가 한국 정부의 대책-외교적 읍소와 방위비 분담금 인상 그리고 미군 장병 건강을 위한 기지촌 단속과 검진 강화 등 찜찜한 소식만 유언비어를 달고 근심스레 떠돌았다.

"형, 우리 남한과 북한이 통일돼 한민족끼리 오순도순 살 수 있다면 얼마나 좋을까? 물론 다른 나라 사람들과 함께 세계 평화에도 협조하고 말야. 그러면 미국이 이 작은 땅을 무기 전시장으로 만들지 않아도 되고…… 또 몸을 팔다가 외국 군인에게 흉악한 죽음을 당하지 않을 텐데……."

청운은 기지촌 여자들의 풀 이슬 같은 삶에 이어, 북파공작원으로 덧없이 죽어간 어린 동료들을 생각하며 말했다.

"그랬으면 얼마나 좋겠냐만…… 난 미국이 우리나라를 홀랑 집어삼켜 버릴까 봐 걱정이야."

"뭐?"

"이 세상엔 히틀러 같은 사람과 채플린 같은 사람 그리고 그 둘을 섞어 놓은 듯한 자들도 있겠는데…… 내 생각엔, 미국은 겉으론 채플린 같으면서도 속은 히틀러 같다는 생각이 가끔 들더라구. 히히히……."

삐에로는 복화술사처럼 입은 다문 채 웃었다. 미군 장교 클리프가 돌아보자 삐에로는 슬쩍 표정을 바꿔 마치 하회탈처럼 웃어 주었다.

"아무튼 덕분에 좋은 구경하는군. 이건 형 덕분이야, 저 친구 덕택이야?"

"나도 몰라. 흐훗……."

그들은 미군 장교 전용극장에 들어가 〈목구멍 깊숙이〉란 영화를 선명한 무삭제판으로 보고 난 후 카페에서 향긋한 커피를 마셨다.

블루문

다시 번다한 하루가 시작되었다.

그런데 청운의 하루는 일반인들과 달리 새벽 2시쯤부터라고 할 수도 있고 오후 3시부터라고도 할 수 있었다. 클럽의 시간은 미군들의 생활 조건에 맞춰져 돌아갔다. 그들의 군영 업무가 끝나는 오후 5시 무렵에 문을 열기 때문에 그전에 일어나 준비할 일이 많았다. 홀 바닥을 깨끗이 닦은 후 탁자 위에 올려놓았던 의자를 내려 정리하는 건 기본이고, 주방을 청소하고 당일 필요한 각종 식료품들을 제자리에 비치해 놓아야 했다. 칼도 새파란 빛이 날 정도로 잘 갈아 놓아야 했는데, 그렇지 않을 경우엔 주방장이 '이래서는 파도 송송 썰지 못하겠군. 시험적으로 한번 찔러 볼까?' 하고 빙글빙글 웃으며 칼날을 청운의 복부에 들이댔다.

준비가 끝나면 모두 홀 지배인 앞에 부동자세로 서서 일일 훈시를 들었다.

가능한 한 친절하게, 속임수가 아니라 달콤함으로, 매상은 최고로!

홀 보이에 비해 카운터 보는 여자나 바텐더와 기도(문지기)는 나름 좀 자유로운 태도를 보였다.

홀 천장에 장치된 무지갯빛 유리 공이 빙글빙글 돌아가기 시작하면 들뜬 환락의 하루가 문을 연다. 그건 고락苦樂과 같은 것이다. 쾌락을 얻기 위해서는 한 개인 속에서도 고통이 따라 생기듯, 어떤 사람들이 즐겁기 위해서는 어떤 다른 사람들의 고생이 소비돼야 한다. 고락 총량의 법칙이라고나 할까? 혹은 고통 총량의 법칙이라고 해야 할지도 모른다. 모든 사람에게 주어진 고통의 양은 같다는…… 하지만 과연 그럴까?

널따란 홀은 서구적인 분위기를 물씬 풍기고 있었다. 서부영화에 나오는 듯한 긴 목로 앞엔 분홍색 의자가 놓였고, 카운터 뒤쪽으로 설치된 투명한 유리 진열장엔 양주와 맥주 그리고 콜라를 비롯한 각종 음료수 외에도 스낵류와 아몬드 봉지 따위가 가지런히 놓여 있었다. 한쪽 구석에 설비된 음악실로 장발에 낯빛이 흰 디스크자키가 들어가면 양쪽 벽에 붙은 오디오에서는 감미로운 팝송이나 재즈가 흘러나왔다. 그건 쾌락을 갈구하는 육체와 혼백을 부르는 듯이 느껴졌다.

그때쯤이면 진한 화장으로 일상과 과거를 감춘 여자들이 슬슬 홀 안으로 기어들었다. 그녀들 중 일부는 클럽 건물 위층의 방에서 기거했고, 일부는 옆에 붙은 별채에서 마마상(포주)과 함께 생활하거나, 아예 외부에 방을 얻어 살아가기도 했다. 그런 독립 여자들은 미군과 일정 기간 계약을 맺고 동거하는 경우가 많았다.

　이윽고 평상복으로 갈아입은 미군들이 밀려들기 시작하면 이국적인 체취는 한결 짙어지고 음침한 색 전등들이 반짝이며 홀은 점점 몽환적인 요지경瑤池鏡 속으로 변해 갔다.

　마치 저 멀리 밀림에서 온갖 동물들이 짝짓기를 하는 것과 같다고나 할까 다르다고 할까, 미군들은 자기 마음에 드는 여자를 골라 미약을 마시고 춤을 추었다. 무지갯빛 미러볼이 천장에서 환락의 신神의 눈처럼 빙글빙글 천천히 돌며 요염스러운 빛을 비추는 동안 이국 남녀들은 그 인조 유리 궁전을 맴돌며 찰나적인 요지경의 꿈을 꾸는지도 몰랐다.

　청운은 문득 숨이 막힌 듯 답답해지며 왠지 모를 허망감에 가슴속이 메슥거릴 때가 있었다. 그러면 잠시나마 홀 밖으로 나가 선 채 차가운 겨울바람을 들이마셨다. 아무 데도 내가 살 곳은 없구나. 이젠 돌아갈 고향도 모르고…….

　청운은 마음속으로 중얼거리며 겨울 하늘에 떠서 떨고 있는 별을 쳐다보았다. 그러나 곧 눈물이 솟을 듯해 고개를 숙였다.

　입구에서는 기도 녀석이 천국 또는 지옥의 문지기인 양 잔뜩 폼을 잡고 서서 양공주들의 보건증(성병 검진증)을 검사하고 있었다.

　일주일에 두 번씩 보건소에 가서 음부를 벌린 채 보건소 남자 의사의 진찰을 받는다는 건 아무리 몸 팔아먹고 사는 여자일지언정 수치스럽고 괴로운 일이었으리라. 차라리 인간임을 포기하고 생각도 감정도 없는 일개 나무 인형으로 변하길 바라지 않았을까. 그래도 살아가기 위해서는 국가의 시책에 순종해야 할 뿐이다. 나라에서 인정하지 않는 인권을 주장한다는 건 범죄이기에 어긴다면 지옥 같은 감옥과 죽음이 기다리는 엄혹한 독재 시대였다.

성병에 대한 방비는 당연한데, 문제는 한국 여자들만 강제적으로 단속할 뿐 미군은 그저 자유방임한다는 점이었다. 섹스 천국인 아메리카 뒷골목에서 깜냥껏 놀던 놈들이 몸속에 잠복시킨 채 지니고 온 강력한 각종 성병균들은 한국 여자의 자궁 속에서 독버섯을 피우며 점점 더 창궐할 수 있는데도, 미군 당국과 그들의 하수인 격인 한국 정부는 오직 힘없는 여자들만 닦달했다. 기도 녀석에게 걸리면 클럽 출입을 금지당할 뿐이지만, 만일 재수 없게 미군 헌병에게 붙잡히는 날이면(성병에 걸렸든 걸리지 않았든) 일단 감옥으로 끌려가야 했다. 그 감옥은 바로 악명 높은 낙검자 수용소인 몽키하우스란 곳이었다.

들고 나는 사람들이 갑자기 많아져서 청운은 급히 홀 안으로 들어갔다. 이제 본격적인 유흥 시간인 것이다. 생음악을 연주하는 캄보밴드가 로맨틱하면서도 격렬한 곡조를 흘려내는 동안 청운은 부지런히 어지러운 빈 테이블을 치우고 좌석을 정돈했다. 그리고 눈치 빠르게 물걸레로 지저분한 바닥을 닦아냈다. 물론 힘든 일이긴 했지만 그는 고생이라고 생각하진 않았다. 닥치는 모든 일을 가능한 한 잘 겪어 두면 나중에 의외로 도움이 되기도 한다는 사실을 조금쯤 알기 때문이었다. 실제로 과거에 겪었던 참혹한 일들을 회상하면 그 정도는 충분히 견딜 만했다.

오히려 일보다는 인간관계가 더 힘들 경우가 많았다. 지배인은 클럽 여주인의 8촌 오빠이자 정부라는 소문이 돌았는데, 그는 쿠데타로 집권

해 독재 철권통치를 계속하는 박 대통령을 위대한 영도자로 찬미하며, 자신도 그런 식으로 종업원들에게 권력을 휘둘렀다. 눈에 거슬리면 위협과 폭력을 다반사로 행사하는 한편 당근을 써서 구슬리기도 했다. 동두천 최대 수준인 블루문에서 쫓겨나면 다른 곳에도 들어가기가 어려우므로 다들 쉬쉬하며 참아 넘겼다. 청운은 자신이 무담시 욕설을 듣고 인격 모욕을 당하는 것도 괴로웠지만, 왠지 다른 사람들이 부당한 처사를 받는 것 또한 마치 자기가 그런 더러운 토악질 앞에 선 듯해 고통스러웠다. 그래도 소개해 준 삐에로 형을 생각하며 꾹 참았다.

'내가 죽는 건 겁나지 않지만, 그 형이 피해를 입어서는 안 되지.'

그러면서 씩 웃곤 했다. 어쨌든 자신이 말끔히 정돈한 자리에 새 손님이 앉아 가져다준 술을 음미하며 뭔지 모를 얘기와 함께 미소 지을 땐 잠깐이나마 노동의 흐뭇함을 느끼기도 했다.

하지만 어디에나 지옥의 구덩이는 있는 법이었다. 청운에게 가장 괴로운 시간은 주방에 들어설 때였다. 그것도 밤 11시가 넘어 손님도 대부분 눈 맞은 여자와 함께 팔짱을 긴 채 사라지고 한가한 시간이었다. 미군들은 술은 많이 마시지만 안주는 별로 대단한 걸 시키지 않기에 평소에도 주방은 비교적 한가로운 편이었다.

스물 네댓 살쯤 돼 보이는 주방장은 지배인보다 더 심한 박통 숭배자이자 극단적인 친미주의자였다. 늘 걸치고 다니는 하얀 야구 모자와 티셔츠엔 양키 팀 마크와 미국 성조기가 새겨져 있었다. 그러면서도 때때로 한 번씩 꼭 미친 듯이 미국과 미군을 향해 욕을 퍼붓곤 했다. 그럴 때면 입가엔 허연 침 거품이 풀풀 생겨났다. 물론 자신의 아방궁인 작은 주방에서 소리는 잔뜩 억누르고 증오심은 펄펄 끓이며 쥐새끼처럼 내는 소음이라 바깥에 들키진 않았지만…… 과연 그가 친미주의자인지 미친美親 녀석인지 종잡을 길이 없었다. 대체 왜 그랬을까? 곱슬머리에 피부가 약간 가무잡잡한 것을 보면 조금쯤 튀기 같기도 한데 본인은 파마머리라고 주장한다. 혹시 미군 아비가 어린애에게 달콤한 약속을 속삭이다가 상처와 배신감만 남긴 채 아메리카로 줄행랑쳐 버린 건 아닐까? 알 수 없는 노릇이었다.

청운이 안으로 들어서자 주방장은 불그죽죽한 입술 새로 징그러운 웃음을 흘리며 말했다.

"개새끼…… 암캐 엉덩이나 쫓아다니는 양키 놈들…… 흥, 그래봤자 흰둥이나 검둥이나 결국 같은 짐승일 뿐이야. 킬킬…….'

청운은 설거지를 하려고 했다.

"어이, 씨발…… 너무 그러지 말고 여기 앉아 좀 쉬라구."

아마도 또 찬장 속에 숨겨둔 시바스 리갈을 이따금 꺼내 찔끔찔끔 마신 모양이었다. 지배인 앞에서는 꼼짝도 못 하는 놈이 청운에겐 마치 주방이라는 소궁궐의 왕처럼 군다.

"씨발, 인생이 도대체 뭐야? 그냥 자기 하고 싶은 대로 하면 얼마나 좋아. 그런데 왜 막느냔 말이야, 응? 내가 뭐 아주 대단한 걸 원하는 것도 아닌데 말씀이야…… 낄낄, 대체 넌 무슨 재미로 사는지 꽤 궁금해. 인생엔 목적이 있어야지, 낄낄…….'

“주방장 형은 그 뭐…… 이상스러운 목표를 향해 잘나가고 있나요?”

“후후, 그럼…… 오늘도 또 한 년 조질 거야. 야, 너도 한번 껴 볼래?”

청운은 씩 웃으며 고개를 흔들었다.

“짜식, 꺼벙이 같으니…….”

청운이 그동안 살펴본 그는 변태성이 농후했다. 미식가에다 찰나적인 향락주의자로 사는 건 자유라 치더라도, 여자들의 속옷을 훔쳐 냄새를 맡다가 갈기갈기 찢는다거나, 화장실 문 밑의 틈새로 상체를 잔뜩 구부린 채 훔쳐보며 악마적인 미소를 짓는 꼴을 보면 만정이 다 떨어졌다. 그의 원대한 목표는 평생 동안 여자를 1천 명 이상 따먹는 것이었다. 그 실적을 표시하기 위해 자그마한 스크랩북에 공략한 여자의 음모를 한 올씩 수집해 넣고 관련 사항을 메모해 둔 것을 청운에게 비밀스레 보여 주며 자랑스레 낄낄거리기도 했다.

갑자기 기도 놈이 들어서며 호들갑을 떨었다.

“아 좆나게 배고프네. 형, 라면이나 하나 끓여 주슈.”

“알마, 내가 니 종이냐? 쟤한테 고개 꾸벅 숙이고 부탁해 보렴.”

“쓰벌, 형이 약을 탔는지 이젠 중독돼서 형이 끓인 라면이 아니면 못 먹겠어.”

“미친 새끼…….”

그러면서도 주방장은 냄비를 불 위에 올려놓았다. 청운은 개수대에 쌓여 있는 그릇을 씻기 시작했다.

“형, 수고스럽지만…… 일단 면을 삶아서 국물을 버린 다음에 스프와 고추장을 넣어 좀 비벼 줘."

"왜?"

"일단 그렇게 좀 해줘. 기름기가 몸에 안 좋다니까 뭐."

"조 새끼, 또 좆에 감기 걸렸구만. 야. 청운아, 잘 알아 둬라. 저런 놈은 삶을 요리해 먹는 게 아니라 인생의 음부에 먹히고 있다는 사실을……."

청운은 대꾸하지 않고 설거지만 묵묵히 계속했다.

"형, 기뻐해. 오늘 밤 그년이 독수공방이라는 정보를 알아냈어."

"음, 그런데 독종인데 잘 될까?"

"까짓것, 제아무리 도도한 년이라도 주사 한 방이면 땡이지 뭘."

"음, 한데 난 잠든 공주를 그러긴 싫단 말야. 반항하다가 할딱거리는 맛이 있어야지. 흐흥……."

"이따, 그건 그때 가서 또 조치를 하면 되지 뭘 그래."

"음, 하긴 맛난 걸 먹으려면 목숨이라도 걸고 모험을 해야겠지."

"그럼, 닳고 닳은 일반 양갈보가 아니라 붕장어같이 싱싱한 댄서인 걸."

"근데…… 니 좆이 독감에 걸렸으니 난 사실 좀 꺼림칙해."

"그게 뭐 대단한 걱정이야. 정 겁나면 형이 먼저 꽂으면 되잖아."

"하긴 뭐…… 아무튼 감쪽같이 끝내야 해…… 그런데 그년은 왜 하필 빨간색을 그렇게 좋아한다니?"

"정열적이고 좋은데, 왜?"

"두어 가지 의미가 있지. 열정뿐만 아니라 피와 살인……."

"걱정 마. 벗겨 놓으면 하얀 알몸뚱이가 한결 요염할 테니까."

청운은 귀를 곤두세웠다. 놈들이 공모해서 무슨 나쁜 짓을 저지르려는 성싶었기 때문이었다. 그것도 어떤 여인을 해치거나 죽이는…….

그때 주방장이 슬그머니 다가서더니 날카로운 회칼을 마치 서부영화의 주인공이 권총을 돌리는 듯 휘리릭 내돌린 후 청운의 복부에 갖다 댔다.

"만약 좀 전에 한마디라도 들은 말이 있다면 잊어버리고, 없다면 아예 상상하지도 마. 까딱 씨부렸다간 확 쑤셔 버릴 테니까."

놈은 눈알을 부라리며 입술로만 히죽 웃었다. 청운은 한숨을 쉬곤 보일 듯 말 듯 고개를 끄덕였다. 음식을 조리하는 곳에서 소란을 피우고 싶진 않았던 것이다. 기도 녀석과 주방장 놈은 미군들에겐 슬슬 기면서도 클럽의 동족인 종업원이나 여자들에겐 은근히 위세를 떨었는데, 그건 그들이 지배인의 조종을 받는 똘마니 정보원이기 때문이었다.

디스크자키의 영업 종료 방송에 이어 작별의 멜로디가 흘러나왔다. 잠시 후 기도 놈이 휘파람을 불며 주방 안으로 들어갔다.

청운은 재빨리 청소를 하는 한편 신경을 곤두세워 주방 쪽에 주의를 집중했다. 빈 접시와 컵을 들고 가 작은 구멍으로 밀어 넣으면서 슬쩍 주방 안쪽을 살펴보니 두 놈은 노란 양주를 마시며 키득거리고 있었다. 잠시 후 놈들이 뭔지 쑥덕거리며 홀로 나오더니 바람처럼 재빨리 사라졌다. 청운은 하던 일을 놓아두곤 곧장 뒤쫓았다. 며칠 전에 들어온 상철이란 애한테 미안하다는 듯 손을 흔들곤…….

청운은 길가로 나서서 두리번거렸다. 이미 자정을 넘어 네온사인이 거의 다 꺼져 버린 거리는 어둠에 묻혀 있었다.

청운은 문득 가만히 눈을 감곤 귀를 기울였다. 북파공작원 훈련 시절에 익힌 감청 비법을 사용해 보기 위해서였다. 일반 군인보다 십 배 이상 더 능력을 향상시키기 위한 혹독한 훈련…….

국가 정보부에서 파견된 물색관에 속아 훈련소에 들어갔을 때, 붉은 모자를 쓴 조교들은 옷을 모조리 벗겨 놓곤 몽둥이 타작을 시작했다. 그리고 사흘 동안 밥을 전혀 주지 않았다. 사회에서 찐 헛살을 뺀다는 명분이었다. 하루 이틀이 지나자 몰골 처연한 대원들의 눈에 문득 파란 불이 켜졌다. 훈련 도중 주어진 시간 안에 험한 산속을 헤매며 풀뿌리를 캐 먹고 뱀을 잡아먹었다. 배가 지나치게 고프면 인육이라도 먹고 싶어질 터였다. 사흘째 되던 날, 기진맥진해 쓰러진 동료의 허벅지를 베어 먹은 광란자 한 명이 총살되었다. 그건 헛살을 뺀다는 명분하에 사실상 인간성을 벗어난 독종 괴물을 만들기 위함이 아니었을까.

청운은 양쪽 귀를 한번 매만지고 나서 어두운 거리를 박쥐처럼 내달렸다. 가뭇가뭇 들려오는 구둣발 소리를 감지한 것이다. 골목길을 이리 돌고 저리 돈 끝에 이윽고 놈들의 모습을 포착했다. 두 놈은 어느 여관 문을 들어서고 있었다. 청운은 슬금슬금 다가갔다. 놈들은 카운터에 앉은 뚱뚱한 아줌마와 얘기를 나누더니 돈을 지불하곤 이 층으로 통하는 계단을 올라갔다. 청운은 급히 주머니에 손을 넣어 돈을 찾았다. 하지만 한 푼도 없었다.

'어떡한다? 곧장 들어가서 놈들과 동행이라고 말해 볼까? 아냐, 괜히 긁어 부스럼 만들 건 없지. 저 뚱보 아줌마의 눈이 게슴츠레한 걸 보면 자다가 깬 게 틀림없어. 잠시만 기다려 보자.'

청운은 잔뜩 긴장한 채 생각했다. 그러곤 행인 흉내를 내며 이리저리 슬슬 거닐었다. 얼마나 지났을까, 마침내 뚱보 여자는 의자에 푹 기댄 채 고개를 떨구곤 졸기 시작했다.

청운은 삐걱거리는 출입문을 조심스레 열고 안으로 스며들었다. 그는 숙박부 옆에 놓인 볼펜을 슬쩍 집어 들곤 발소리를 죽여 재빨리 계단을 뛰어올랐다. 복도 양쪽으로 방이 많았다. 놈들은 어디로 감쪽같이 사라져 버렸는지 흔적도 없었다.

청운은 다시 한번 귀를 잔뜩 곤두세운 채 방문 안쪽에 신경을 집중시켰다. 여러 가지 소리가 청각을 자극했다. 할딱거리는 소리, 쾌락에 겨운 신음 소리, 기침 소리, 웃는 소리, 우는 소리…… 고통을 못 이겨 자지러지는 여자의 신음 소리가 흘러나오는 방문을 벌컥 연 청운은 곧 닫고 말았다. 대머리 노인이 비디오 화면 속의 수간獸姦 당하는 여인을 보며 히득거리고 있었던 것이다. 청운은 맨 구석에 붙은 방문에 귀를 갖다 댔다. 분명하진 않았지만 굵은 남자 목소리가 새어 나왔다. 청신경을 집중하자 좀 더 선명해졌다.

"까불지 말고 곱게 있어. 만일 지랄하면 이 시퍼런 칼날로 고운 얼굴을 난도질하고 아예 춤을 못 추도록 발목 인대를 끊어 버릴 테니까. 흐흐……."

“아······.”

“입주둥일 틀어막을 수도 있지만, 이런 여관에서 비명 소리가 난들 누가 관심이나 갖겠어.”

“흐윽······.”

“입을 다문 채 노려보니 더 매력적이구먼. 흐흣······ 어차피 몸 팔아먹고 사는 처지에 너무 새침 떨 건 없잖아? 좋은 게 좋지. 만약 여기서 반항하거나 차후에라도 어디 가서 개소릴 지껄였다간 병신 꼴로 이 바닥을 떠야 할 거야. 흐흐흐······.”

“붉은색 옷을 입고 춤출 때도 섹시했지만, 이렇게 새하얀 순백의 잠옷을 걸치고 있으니 한결 더 매혹적이야. 안 그래?”

“흐흥, 그렇군여. 형, 너무 흥분하진 마.”

“난 이런 순간엔 목숨까지도 내걸고 싶으니까.”

“근데 요 쌍년이 어떤 양키 장교 놈과 동거한다는 소문이 돌더만, 이제 보니 순 거짓말을 뿌려 놓았던가 보군.”

“아니, 그건 왜?”

“그렇게 연막을 쳐놓으면 시러베 잡놈들이 쉬 넘겨보질 않거든. 여긴 양공주나 콜걸의 방이 아니라 마치 처녀 수녀님의 방 같지 않수? 이런 여관 구석 밀실에 살다니······ 혹시 이년은 마타하리 같은 스파이가 아닐까 몰라.”

“북한에서 내려온 여간첩?”

“응.”

"그럼 더 재미나겠군. 일단 알몸뚱이로 만들어 놓고 음부 속을 탐색해 보면 서서히 정체가 드러날 수도 있겠지. 여자는 몸으로 말한다는 영화 대사도 있잖아. 흐흐……."

잠깐 짧게 여자의 비명이 흘러나오다가 멎었다.

청운은 좀 전부터 볼펜 뚜껑을 열고 스프링을 꺼낸 후 길게 늘여서는 다시 두 겹으로 접어 살살 매만지고 있었다. 그걸 열쇠 구멍 속에 넣어 조심스레 이리저리 돌렸다. 몇 번의 시도 끝에 이윽고 딸깍 소리와 함께 문이 열렸다. 좁은 틈새로 들여다보니 놈들은 여자를 강간하려고 잔뜩 열을 올리고 있었다. 여자의 허연 몸뚱이 위로 주방장 놈이 올라타는 중이었다. 여자가 고개를 비틀자 기도 놈이 잭나이프 칼날을 얼굴에 대곤 위협했다. 순간 청운은 흠칫 놀랐다.

'역시 그녀였군. 위기 상황에 자꾸 얽혀서 나서는 건 별로 좋지 않은 걸……. 늘 완전히 보호해 주지 못할 바엔 아예 이쯤에서 그만 물러서는 게 낫지 않을까? 하지만 일단 저런 상황을 눈앞에 보고도 외면할 순 없지. 복면이라도 하나 만들어 올 걸 그랬군. 하긴 그럴 만한 틈도 없었지만…… 혹시 저 아가씨에게 내 얼굴을 보여 주어…… 정의의 기사로서 그녀의 존경과 사랑을 받고 싶은 흑심은 없는 걸까?'

그러나 생각을 계속할 여유는 없었다. 새된 비명을 들음과 동시에 청운의 몸은 이미 방 한가운데 서 있었다. 기도 녀석도 보통내기는 아닌 듯 즉시 몸을 돌려 자세를 잡곤 시퍼런 칼을 내뻗었다.

"아니, 이게 누구야? 니가 여기 왜 왔어, 응?"

“긴말 할 것 없고, 그냥 여기서 나가라.”

“후훗, 너 미친 게 아냐? 하룻강아지 사자 무서운 줄 모른다더니…….”

“좋게 말할 때 꺼져.”

청운의 음성은 점점 더 나직해졌다.

“씨펄 넘이 죽으려고 환장했나 보군. 흐훗, 각을 떠 버리겠어.”

기도는 속에 숨겨두었던 악의를 드러내며 잭나이프를 지그재그로 날렵히 휘둘러 청운을 옥죄어 왔다. 청운은 방구석으로 조금씩 밀렸다. 한순간 이마에 핏방울이 돋았다. 청운은 그 좁은 공간에서 갑자기 몸을 구부리는가 싶더니 순식간에 공중제비를 한 다음 놈의 턱을 걸어찼다. 기도 녀석은 풀썩 쓰러진 채 무척 억울하다는 표정으로 씨근거렸다. 청운이 자세를 바로잡곤 숨을 돌리는 순간 주방장이 벌겋게 충혈된 눈으로 소리쳤다.

“꼼짝 마라! 까불면 이년을 죽이겠다.”

놈은 좀 전까지 기도가 쥐고 있던 칼을 꽉 잡은 채 여자의 목을 겨누었다. 일부러 던져 준 건 아니고 아마 뒤로 쓰러지면서 놓친 칼이 공교롭게 그쪽으로 날아간 모양이었다. 놈은 자기 수하로 부리던 청운이 도깨비처럼 불쑥 나타난 것도 괘씸하거니와 여자 정복의 위대한 목표를 훼방당한 나머지 이빨을 부드득 갈았다. 분을 못 참아 곧장 여자의 하얀 목에 칼을 꽂을 듯 부르르 떨었다. 일촉즉발의 순간이었다. 청운은 히힛 하고 미친놈처럼 웃으며 목을 매만졌다. 갑자기 그의 손끝에서 뭔가 반짝하고 튕겨 날아간 찰나 주방장은 짧은 비명과 함께 손으로 눈을 감쌌다.

그건 청운이 안에 받쳐 입은 셔츠에서 뜯어낸 작고 둥근 단추였다. 실명할 정도는 아니지만 섬광처럼 빠른 타격으로 상대를 혼비백산케 할 위력은 있었다. 악마산에서 북파공작원 훈련을 받을 당시 대원들은 콩알이나 쌀알 또는 작은 돌멩이를 손가락으로 튕겨 표적의 눈알을 맞히는 수련도 자주 했었다.

청운은 즉시 침대 쪽으로 접근하여 주방장의 손에서 칼을 빼앗았다. 그리고 방바닥에 검은 뱀 허물처럼 벗어둔 놈의 바지에서 허리띠를 빼내 손목을 묶었다. 기도 녀석은 뭔 개멋인지 혁대를 아예 차지 않아 신고 있던 캐주얼화 끈을 풀어 같은 조치를 했다. 그런 다음 놈들을 침대에서 밀어 떨어뜨리곤 꿇어앉으라고 명령했다. 졸지에 개차반 신세가 된 일종의 클럽 권력자들은 한숨을 쉬고 이빨을 으드득 갈았다. 그사이에 여자는 벽에 걸린 옷을 내려 알몸을 가린 뒤 헝클어진 머리칼을 대충 가다듬었다.

"이렇게 된 이상, 짐승 같은 네놈들의 목을 따서 뒷산에 파묻어 버리고 싶지만…… 만약 개과천선해 앞으로는 여자들을 괴롭히지 않고, 또 오늘 너희들이 저지른 일을 가지고 적반하장 격으로 엉터리 거짓말을 만들어 괴소문을 퍼뜨리지 않는다면…… 그냥 돌려보내 주겠다. 면도날이 혀 위에 있는 것처럼 잘 생각하고 진실을 말해. 그렇잖으면 네놈들을 죽인 후 나도 지옥으로 잠적하련다."

"알았어. 알았으니까 이제 풀어 줘."

주방장이 비굴스러운 미소를 흘리며 말했다.

"에잇 씨팔, 오늘 재수 옴 붙었네! 풀어 주든 말든 잘 알아서 해."

기도 녀석은 짜증을 부렸다.

"그럼 죽어도 좋단 얘기군. 너 같은 놈은 죽이기보다 반병신을 만들어 버리는 게 좋겠어. 그래야 인생의 설움을 느끼고 남들도 사람이란 사실을 알게 되겠지."

청운은 놈에게 가까이 다가가 가만히 내려다보았다. 기도 녀석은 독사처럼 고개를 빳빳이 든 채 냉혹하게 노려보았다.

"잘 들어둬. 내 방식은 너희들 같은 폭력배완 달라. 겉으론 멀쩡해 뵈는데 속으로 끙끙 앓으며 힘을 못 쓰는 거야. 알겠어? 우선 맛보기로 팔하나를 잠시 만져 볼까."

청운은 쭈그려 앉으며 녀석의 어깻죽지를 슬슬 매만졌다. 놈은 묵묵부답인데 옆에 앉은 주방장이 도리어 애가 닳아 안절부절못해 주절거렸다.

"아니, 이런 일로 꼭 두 대장부가 서로 목숨을 걸어야 쓰겠어? 아무리 잘났다 쳐도 용쟁호투를 하게 되면 결국 한 사람은 죽게 돼. 가만 보니까 우리 청운 아우님도 무술 도장깨나 다니며 상당히 무공을 쌓았고 또한 이소룡 영화에도 제법 조예가 깊은 듯한데 사실상 얘도 소룡이 광팬에다가 꿈이 무술가이걸랑…… 나도 물론 소림사 주방장을 본 후 마음속에 깊이 간직한 채 되새기고 있지만……."

"개소리 집어치워! 무협영화 팬이 이런 개 같은 짓을 한단 말야?"

"그건 말이지…… 사실 무협지에도 정파와 흑파가 있지만, 마치 요즘 정치판처럼 정통파라고 자처하는 것들이 오히려 은근슬쩍 더 사악한 짓을 벌이고 국민을 속이는 걸 개미 좆 빨 듯하고 있잖아. 요런 현실이다

보니 애는 정파보다는 차라리 흑파 속에 몸 담그고 살면서 진실적으로는 정파의 대의를 이 세상에 펼치려는 거지.”

“개미 좆은 너희들이 빨면서 뭘 그래, 응?”

청운은 어이가 없다는 듯 웃음을 흘렸다.

그 무렵은 이소룡李小龍의 시대이기도 했다. 청소년들은 극장 밖으로 나와서도 큰길 바닥에서 이소룡처럼 괴성을 내지르며 그 화려 무비한 액션을 흉내 내곤 했다.

청운은 정무문精武門을 본 게 전부였다. 이름도 그렇거니와 생김새도 낯설지 않아 처음엔 한국 사람인 줄 알았다. 일본군에 참살당한 사부의 원한을 복수하고 연인을 위기에서 구출하는 그의 무술은 눈부실 만큼 현란했다. 더구나 그게 가공의 연기가 아니라 실제적인 무예라는 데 여느 관객과 함께 빠져들었다. 하지만 청운은 장면 장면 이어지는 이소룡의 무술 액션에는 감탄하면서도 실제 상황에서는 불가능하지 않을까 하고 은근히 웃었다. 일반인이 아닌 깡패나 고수급 악적 수십 명을 영상 속에서 일거에 제압하는 건 통쾌한 모습이지만, 만약 공작원 훈련소에서라면 몇 초 내에 결정타를 맞고 연병장에 뻗지 않았을까? 그래도 제도적인 도장 무술을 초월한 파격미엔 저도 모르게 홀려들었다. 특히 자신의 정욕을 초월해 어여쁜 연인을 구해 준 후 큰일을 위해 훌훌 떠나는 애절한 장면은 오래도록 마음속에 남았다.

“미꾸라지 주제에 용을 들먹이다니 참으로 가소롭지만, 이소룡과 소림사 주방장을 생각해 한번 속아 주겠다. 두 번 다시 여기에 검은 고양이처럼 얼씬거렸다간, 보이지 않게 혈도만 찍어서 병신으로 만들어 버릴 거야. 알았으면 썩 꺼져!”

놈들은 아닌 밤중에 별 횡액을 다 당했다는 표정으로 뭐라고 구시렁거리며 사라졌다.

“두 번째 도와주시는군요. 지난번 일은 인사도 못 했는데, 오늘 함께 모아서 정말 감사드려요.”

여자가 창백한 얼굴로 말했다.

“뭘요, 나도 큰 도움을 받았는걸요.”

청운이 대꾸했다.

“네? 언제요?”

“하하, 아마 기억하지 못할 거예요. 내가 처음 블루문을 찾을 때 길 안내를 해주셨죠.”

“음, 그런 일이 있었군. 난 댁의 얼굴은 알고 있어도, 그때 일은 잊어버렸었죠. 내가 길을 가리켜 준다는 그런 생각이 전연 없었으니까 말예요. 호호…….”

“그랬군요.”

“커피 한잔 하실래요? 아님 술을?”

“난 커핀 잘 못 마셔요.”

“어머, 왜요?”

“커피 하면 미국이 떠오르지만…… 그것 때문은 아니고…… 커피 재료 자체는 저 머나먼 아프리카의 에티오피아 등지에서 가난한 농부들이

한 알 두 알 따 모은 것이라더군요. 뙤약볕 아래 빼빼 말라 굶어 죽는 사람들과 포식자들이 킬킬대며 홀짝거리는 모습…….”

“그럼 위스키는 괜찮겠죠?”

“한잔 주세요.”

여자가 화장대 밑에 붙은 서랍장에서 술병을 찾고 있을 때에야 청운은 방을 슬쩍 둘러보았다. 놈들의 말처럼 ‘수녀의 성당’ 같지는 않았지만 클럽 댄서의 방 같지 않게 수수한 건 사실이었다.

“돈을 꽤 벌 텐데 왜 이런 곳에서 살죠?”

여자가 따라 준 술로 입술을 축이고 나서 청운이 물었다. 여자는 자신의 술잔을 하얀 손가락으로 만지작거렸다.

“미군들이 환호성을 칠 땐 인기 댄서니까 돈을 많이 벌 것 같죠? 하지만 그건 거품일 뿐이에요. 더군다나 우린 상납할 데가 많아요. 여기저기 떼 주고 나면 남는 게 별로 없지요. 그리구 고향 집에도 다달이 송금해야 하구…….”

여자는 술잔을 들어 홀짝 마셨다.

“노래도 잘 부르시던데…… 본격적으로 가수 활동을 해보지 그래요?”

“호홋…… 댁은 싸움을 잘하는지 모르지만, 인생판에 대해서는 숙맥이로군요.”

“물론 나도 들어서 조금은 알고 있어요.”

여자는 시니컬하게 웃었다.

“남의 얘기 듣고 뭘 얼마나 알겠어요. 그런 면에서 댁은 아직 어린애라고 할 수 있겠어요."

"뭐라구요, 나도……."

하지만 청운은 더 말을 잇지 못하고 입술을 깨물었다. 부대를 나서기 전 지장을 찍은 서약서의 '비밀엄수' 구절이 떠올랐기 때문이었다.

"호호홋, 화난 모양이네. 조금쯤 귀여운 구석이 없잖아 있군. 자긴 몇 살이야?"

청운은 묵묵히 눈썹을 찌푸렸다.

"더 화났나 봐. 호홋, 남자들은 왜 어리다고 하면 싫어할까. 그냥 어린 애처럼 살아가 봐도 좋을 텐데……."

청운은 어느새 채워져 있는 잔을 들어 쭉 들이켰다.

"흐흥, 난 당신이 상상도 할 수 없는 삶을 어릴 때부터 겪었고…… 또 댁이 전혀 꿈도 꿀 수가 없는 곳엘 갔다 왔다구."

"머나먼 아프리카 정글에라도 다녀오셨나요?"

말끝에 여자는 해죽해죽 웃었다.

"더 먼 곳…… 가까우면서도 더 먼 비밀왕국……."

"세계일주?"

"당신 마음속을 여행해 볼까……."

"쳇, 농담도 잘하는군."

"정말이야. 처음 봤을 때부터…… 대체 어떤 여인일까 하고 궁금했으니까."

말한 후 청운은 독한 술을 쭉 들이켰다.

"그래, 어떤 여자인 것 같아?"

여자는 청운의 눈을 빤히 바라보면서 물었다. 앞에 앉은 사내가 과연 어떤 인간 족속인지 꿰뚫어 보려는 듯한 눈초리였다. 긴 속눈썹 때문인지 당돌하기보다 문득 그윽한 느낌을 주는 저 검은 눈동자…… 청운은 저도 모르게 가만히 마주 쳐다보고 있었다. 두 남녀의 눈은 잠시 시간을 잊은 듯 그렇게 서로 응시하고 있었다.

"대답 안 해줘? 내가 어떤 여자인지……."

그녀는 술병을 들어 두 개의 빈 잔을 채우며 말했다. 청운은 고개를 숙여 맑은 황갈색 액체를 내려다보았다.

"상상만 하다가 이제 겨우 여행을 시작해…… 첫 간이역에 내린 듯한 기분인걸."

"열차 좌석에 앉아 창밖 풍경을 바라보며 간이역을 쓱 스쳐 지나가는 게 좋을까, 아님 내려서 걸어 들어가 보는 게 나을까?"

그녀는 미소를 지으며 물었다.

"음…… 무슨 목적이 있다면 내려야겠지만……."

청운은 생각에 잠겨 대꾸했다.

"그냥 순수한 여행이야."

"그래도 만약…… 기찻길 옆에 아름다운 코스모스가 피어 하늘거리고 있거나…… 또는 왠지 모를 직감과 호기심에 끌려 간이역 구내를 나가 미지의 읍내를 보고 싶기도 하겠지."

"흥, 실망할 거야. 역에 내리지 말고, 그냥 차창 밖으로 스쳐 가는 풍경을 구경하는 게…… 오히려 아련한 추억으로 남을 수도 있어.”

“그건 너무 극단적이지 않을까? 내려서 읍내로 들어간다 하더라도 여행은 전혀 손상받지 않을 것 같아. 오히려 우연히 만난 낯선 고장의 풍물과 사람들로 인해 더욱 풍요로울 수도 있어.”

“쳇, 인생을 여행에다 비유하는 건 호사가들의 유흥일 뿐이야. 인생은 전쟁이야!”

“물론 그렇겠지. 하지만 자기가 좋아하는 일을 하게 되면…… 설령 적자생존의 전쟁이라 하더라도 좀 재미가 있지 않을까? 살아남든 죽든 흐뭇할 거야. 나야 이런 소리 할 자격도 없는 놈이지만…….”

“멍청이 같아. 멍청이란…… 자기가 하고 싶은 꿈을 남한테 떠맡겨 놓곤 히득거리는 남자의 별명이지…….”

“그래? 그렇다면 난 아직 멍청이야. 인정하지. 그런데 내 생각이지만…… 멍청이는 별로 나쁜 건 아닌 성싶어. 멍청이 상태로 할 수 있는 일도 많거든. 대체 자기가 뭔지…… 곤충인지 짐승인지 무지렁이인지 생각해 볼 생각은 가졌으니까. 마치 굼벵이처럼…… 어느 외진 밭고랑에서 뒹굴며 매미로 우화등선할 날을 기다리며…….”

“흥, 매미가 되면 나무 위로 기어 올라갈 순 있겠지만…… 사람들이 여름의 향연이라 부르는 그 소리도 매미 입장에선 그저 수액을 빨아 목숨을 부지하기 위한 일이라더군요. 그런데 며칠 동안이나마 편안히 노래를 부르며 살았으면 좋으련만…… 언제든지 까마귀나 딱따구리 따위의 부리에 쪼여 금세 생명을 잃을 판국이니, 그 찰나의 노래가 얼마나 아름다울 수 있겠어요?”

“매미라고 아무 생각이 없겠어요? 몇 년 동안 땅속의 어둠에서 살다가 나왔으니…… 삶과 죽음을 초월해 그런 애절한 노래를 부르는 게 아니겠어요?”

“몰라. 난 당신 같은 사람 만나러 여기 온 건 아닌데…….”

“그럼 뭣 하러?”

“돈 벌러…….”

“그럼 차라리 미8군으로 가지.”

“흥, 그게 아주 쉬운 일인 줄 아나 봐. 이봐요, 아저씨, 거긴 물이 달라요. 원한다고 다 갈 수 있는 데가 아니란 말야. 이를테면 연예계의 최상류라고 할 수 있지롱. 꺼벙이 아저씨, 알았어요?”

여자는 좀 맥이 빠진 듯했다. 눈초리가 게슴츠레 풀어진 채 살짝 떼를 쓰는 소녀처럼 고개를 흔들었다.

“어쨌든 아무리 힘들어도 한번 해볼 만한데 왜 그럴까. 일단 해보고 안 되면 땡이지 뭘.”

하지만 여자는 계속 머리를 흔들었다. 이제 소녀 같지 않고 노파처럼 외로워 보였다. 그러다가 낡은 소파 위로 푹 쓰러져 버렸다. 청운도 이제 청년 같지 않고 노인네처럼 고독하고 무망해 보였다. 그는 겨우 여자 쪽으로 기어가 그녀의 머리카락을 한쪽 손으로 살살 쓰다듬으며 얼굴을 바라보고 있더니 볼에 입술을 대었다. 그러고는 곧 쓰러져 버렸다. 고요한 방에 타인인 두 남녀가 볼을 맞댄 채 인사불성이 되어 있었다.

언덕 위의 하얀 감옥,
몽키하우스

찬 바람이 불어대는 매서운 날씨였다. 그래도 하늘은 푸른 유리처럼 청명했다. 까마귀 몇 마리가 아득한 천공에서 마치 검은 연처럼 날아다니고 있었다. 까마귀가 그토록 높이 날 수 있다니 놀라웠다.

청운이 탄 승합차는 동두천 시가지를 벗어나 좁은 둑길로 접어들었다. 벼의 그루터기만 남은 회갈색 논바닥엔 며칠 전에 내린 눈이 희끄무레했다.

차가 평지를 뒤에 남기곤 울퉁불퉁한 험로로 들어서자 여자들이 새된 비명을 질렀다.

"아이 씨발, 감씨 공알까지 다 빠지겠네."

"아, 고향 땅의 정다운 오빠를 버리고 삼수갑산으로 가네……."

"참 너무 억울해. 리차드 놈이 앙심을 품고 찍은 것 같아."

그녀들은 미군의 컨택에 걸려 낙검자落檢者 강제수용소인 몽키하우스로 이송되는 중이었다.

　미군 사령부 소속의 헌병들은 자국 군인들을 성병균으로부터 보호하기 위한 조치의 하나로 갑작스레 클럽에 들이닥쳐 '양색시'들에 대한 불심검문을 실시하곤 했다. 클럽 여자들은 그걸 '토벌'이라고 불렀다. 여기서 꼭 필요한 건 주민등록증보다는 성병 검진증이었다. 규정에 의해 클럽 여자들은 일주일에 두 번씩 공립 보건소에서 검진을 받아야 했는데, 그 결과는 검진증에 기록되고 붉은 도장이 찍혔다. 클럽 기도의 임무는 불량배나 행상인 따위를 막는 것뿐 아니라 검진증을 조사하는 게 더욱 중요했다. 불합격자나 검진증을 지니지 않은 여자는 클럽 입장이 거부되었다. 물론 돈이나 몸을 기도 놈에게 먹이면 통과될 수도 있었지만…….

　하지만 일단 미군의 단속에 걸렸을 경우 여자는 낙검자 수용소로 끌려가야 했고 해당 클럽은 일주일 내지 한 달 동안 영업정지를 당해야 했다. 이른바 토벌이 시작되면 완전무장한 헌병 50여 명이 기습적으로 진입하여 클럽의 모든 문을 봉쇄하곤 마치 전쟁기의 군사작전인 양 엄숙히 거드름을 피우며 여자들을 짐승처럼 닦달했다. 엊그제 자기가 놀러 왔을 땐 욕망 가득한 눈으로 희희낙락하며 주지육림 속에서 춤추던 놈들이…….

　무엇보다 여자들 입장에서 황당스러운 건 '컨택'이란 것이었다. 미군 병사가 성병에 감염된 사실이 드러나거나 스스로 고백할 때, 미군 당국은 병원균을 원천적으로 차단키 위해 그와 섹스한 그녀를 찾았다. 그런데 그 방법이 꽤 기이했다. 미군부대 의무과엔 클럽 여성들의 확대 사진과 신상을 기록한 카드 목록이 비치돼 있었다. 성병 보균자인 미군 사병은 그중에서 자신을 괴롭힌 여자를 찍고, 그 후 헌병이 가서 위대한 미군에게 더러운 병을 옮긴 마녀를 잡아 수용소로 보내는 것이었다. 그런 조처 과정은 미국 사람답지 않게 조잡스레 진행되고, 아직 감염되지 않은 건강한 여인이 참혹한 짓을 겪어야 하기도 했다. 실수로 잘못 찍을 수도 있겠지만, 만약 어떤 껄렁한 놈이 예쁜 여자에게 거절당해 앙심을 품고 사진을 지목한다면 그녀는 설령 깨끗한 몸이라 하더라도 꼼짝없이 당할 따름이었다.

승합차는 산기슭을 따라 난 좁은 길로 들어섰다. 황토가 드러나도록 헐벗은 채 소나무와 참나무가 드문드문 늘어서서 늦겨울 바람에 떨고 있는 소요산逍遙山은 오랜 옛날부터 동두천 토박이 농부들에겐 든든한 뒷동산이자 마음의 벗이었다.

청운은 착잡한 심정이었다.

'저 위에 과연 무엇이 있기에 난 지금 이 여자들과 함께 가고 있는 걸까?'

청운은 고개를 돌려 차라리 아래쪽을 내려다보았다. 저 멀리 변질돼버린 마을 너머로 잿빛 리본 같은 강이 이따금 눈물처럼 반짝이며 어디론가 흘러가고 있었다.

'흘러가는 대로 가보는 수밖에……'

청운은 속으로 중얼거렸다. 문득문득 황당스러운 느낌이 들기도 했다.

그날 밤, 붉은 옷의 댄서와 함께 지샌 그는 정오가 넘어서야 눈을 떴다. 소파에서 굴러떨어져 방바닥에 누운 그에게 여자가 물 한 컵을 들고 와 건넸다. 그건 마치 선녀궁의 감로수인 양 술 취한 정신을 깨워 주었다. 한순간 하늘 궁전에 있다가 떨어진 느낌이었다.

"이봐요, 꺼벙 씨…… 우리가 밤새도록 함께 있었는데도 아무 일 없었다고 하면 아마 거짓말이라고 하겠죠?"

"글쎄요…… 하지만 뭐 사실인 것 같은데요."

"확신할 수 있겠어요?"

"글쎄…… 술에 너무 취해, 지금도 비몽사몽이라 확신까진 할 수 없지만…… 혹시 뽀뽀를 했는지도 몰라. 꿈 같기도 하고…….."

청운은 머리를 긁적였다.

"만일 꿈이 아니라 사실이라면 어쩌겠어요?"

여자는 보일락 말락 미소 지었다.

"그럼 또 무슨 다른 일이……?"

"호호홋, 궁금해요? 그럼 이리 와 봐요. 가르쳐 줄 테니……."

청운이 어리둥절한 채 어떤 동작을 취하기도 전에 여자가 먼저 청운 곁으로 다가앉아 차가운 손으로 그의 볼을 감싸더니 지그시 눈을 들여다보았다. 반짝거리는 신비스러운 눈동자를 채 보기도 전에 그녀는 긴 속눈썹을 덮곤 청운의 입술을 빨기 시작했다. 그가 혀를 그녀의 입속으로 진입시키려 하자 그녀는 살짝 눈을 흘기더니 입술을 옮겨 그의 턱과 목과 귀 그리고 다시 입술을 빨았다. 청운은 그녀의 머리카락을 매만지면서 그녀가 하는 대로 내버려두었다. 그러다가 한순간 틈이 생기자 살며시 혀끝을 입속으로 밀어 넣었다. 그녀는 잠시 멈칫하며 숨결을 고르더니 입술을 열곤 부드러운 혀로 맞이했다. 그리고 문득 긴 속눈썹을 들어 그윽한 눈으로 청운을 쳐다보았다. 그때부터 그는 좀 더 적극적으로 변했다. 입술은 입술로부터 그녀의 매끄러운 목을 지나 실크 가운을 헤치고 백설처럼 하얀 젖가슴으로 내려갔다. 브래지어를 벗겨내자 아담하면서 핑크빛 젖꼭지가 살짝 위쪽을 향해 쳐들린 도발적인 유방이 나타났다. 청운은 황홀한 심정으로 한동안 바라보다가 유두를 빨기 시작했다. 여자가 상체를 비틀며 신음 소리를 흘렸다. 그러면서 그의 머리를 쓰다듬던 손 중 하나를 살며시 내려뜨려 바지 지퍼를 열었다. 부드러운 손가락들이 남자의 심벌을 살살 매만졌다. 청운이 더 참지 못하고 그녀의 팬티를 벗겨낸 순간 불현듯 출입문을 두드리는 소리가 났다. 둘은 동작을 멈춘 채 숨소리를 죽였다. 화장대의 거울에 그런 모습이 고스란히 비치고 있었다. 노크 소리는 더 거세어졌다.

"저건 상철이 녀석 같은데……."

대꾸하려는 청운의 입을 그녀가 검지손가락을 세워 막았다. 그런 모습은 거울을 통해 보니 언젠가 꾸었던 꿈이나 영화의 한 장면처럼 느껴지기도 했다.

"제기랄! 여기 있다는 것 알고 왔으니 문 좀 열어 봐요!"

여자는 조용히 일어나 문 앞으로 걸어갔다.

"뭐야?"

"빨갱이 누나 맞지? 있으면서 왜 대답을 안 해요?"

"빨갱이라니, 너 그게 무슨 뜻인지나 알고 까불어?"

"빨간 옷 입으니까 빨갱이지 뭐, 히히히……."

"미친 자식! 어서 가서 청소나 깨끗이 해!"

"히히, 운이 형 있다는 걸 알고 왔어요. 맞죠, 누나?"

"운이가 누구야, 엉?"

"에잇 참…… 그 형이 누날 은근히 좋아하는 것 같던데…… 아직 눈치 못 챘어요?"

"꺼져!"

"히히, 알았어요. 아무튼 여기 있다는 걸 아니까 빨리 오란다고 전해 줘요!"

"상철아, 니가 찾는 그 꺼벙인지 멍청인지 모를 형님은 이미 벌써 새벽에 갔어. 그러니 빨리 딴데루 가서 찾아봐. 어이구, 미친놈들 땜에 신경질 나네!"

여자는 상철이를 속이려고 그런 연극을 했으나 일단 대사를 내뱉고 보니 정말 신경질이 난 듯 뾰로통한 표정이었다. 그녀는 화장대 앞으로 가서 앉아 머리칼을 쓰다듬었다.

"이제 그만 가봐."

"그래야겠지. 하지만 아직 시간은 있어."

"아냐, 나도 준비하고 나가 봐야지. 우리가 함께 있었다는 사실이 알려지면 큰일이니 조심하라구."

"알았어. 여자들…… 아니, 그대는 분위기에 예민하면서도 무척 냉정한 얼음 인형 같아."

"호홋…… 세상이 그렇게 만들었는걸 뭐."

"얼음 인형이 아니라 백설 인형이 좋겠어."

"흥, 백설 공주는 안 된다 이거지?"

"그건 너무 때가 묻은 말이라 싫어."

"혹시 양공주가 떠올라서 그런 건 아니구……?"

"그런 건 아냐. 그대는 접대부가 아닌 가수면서……."

"스트립쇼 걸이라고 하는 게 더 사실에 가깝겠지. 알몸을 파는……."

"그건 뭐…… 어떤 양키 놈은 예술이라고도 하던걸."

"웃기는 얘기지. 흥, 백인이든 흑인이든 그놈들에게 한국 여자는 어쨌든 한갓 암컷밖에 안 돼."

"……."

"이젠 어서 가봐."

"응……."

청운은 들릴락 말락 짧게 대꾸하곤 그림자처럼 문밖으로 나섰다. 차가운 바람이 얼굴을 긁었다. 그는 고개를 숙이곤 바지 주머니에 두 손을 찔러 넣은 채 걸음을 옮겼다. 황량한 겨울 벌판 저 멀리 강둑길 위로 달려가면 그녀를 다시 만날 수 있을까? 그는 계속 걸었다. 하지만 환상 속의 풍경은 한 발짝 한 발짝 다가갈수록 평범한 현실로 바뀌었다.

청운은 홀 입구에 앉아 있는 기도 녀석을 슬쩍 쏘아보곤 안으로 들어갔다. 청소를 시작하려는데 지배인이 불렀다.

"이 새끼, 여기가 너 따위 송사리 놈이 장난치는 어항인 줄 아나, 응? 여긴 엄연한 군부대의 일부라는 사실을 내가 늘 강조했잖아! 내가 야전 사령관이라면 넌 이제 겨우 훈련병 딱지를 뗀 쫄병이란 말야! 이곳에선 상명하복의 엄정한 군율이 항시 지켜져야 하며 직속상관에 대한 항명은 총살, 즉 퇴출이란 말이다! 그런데도 넌 무단히 탈영했을 뿐만 아니라 각종 풍기문란죄를 저질렀다. 그래도 내가 정상참작이나마 하려고 부관을 보내 즉시 귀대 명령을 내렸건만, 일개 양공주의 거처에서 일탈적인 희롱에 빠져 군령을 무시했어. 귀관의 죄악상을 인정하는가?"

"제가 그곳에 간 원인은……."

"닥쳐! 현대전술에서는 원인보다 결과가 더 중요하다. 우리와 같은 특수 지역 부대에선 그건 지상명령이야!"

"그래도 그 과정엔……."

"그따위 개소리 같은 변명은 집어치워! 만약 개과천선하고 싶다면 당장 꿇어앉아 석고대죄해. 그리고 앞으론 묘령의 여인을 개가 닭 보듯 할 것이며, 무슨 일이 있든 일체 간섭하지 않겠다고 이 자리에서 맹세해. 그럼 이번 한 번만 용서해 주마."

지배인은 검고 두꺼운 낯가죽을 씰룩거리며 잇새로 음흉스러운 미소를 흘렸다. 청운은 선택의 기로에 선 채 숨을 몰아쉬었다.

"하지만……."

"개소린 집어치우라니까! 흠, 상관의 명령에 불복하겠단 수작이로군. 참고로 한 가지 알아둬. 근래에 우리 권역에 마타하리 같은 미모의 스파이가 숨어들어 암약하고 있다는 첩보가 있어. 특정인을 스파이라고 지목하고 싶진 않지만 조심해야 된다는 얘기야. 무슨 말인지 알겠나?"

"예."

"흠, 그럼 꿇어앉아. 그리고 '김일성 개새끼!'라고 세 번 복창하곤 침을 한번 튓 뱉어."

"그건…… 싫습니다."

"왜?"

"그런 인간은 생각하기도 싫습니다. 침을 뱉으면 그에게 가나요?"

"이 새끼가 감히 뉘 앞에서 개소릴 좆알거려, 앙!"

호통과 동시에 구둣발이 날아와 조인트를 깠다.

"너 이 자식…… 북괴에서 내려보낸 간첩이지?"

그 순간 갑자기 청운의 미간이 잔뜩 찌푸려지더니 두 눈에 불길이 있었다. 당황한 지배인을 노려보던 청운은 그의 얼굴에 침을 뱉어 주곤 곧 발길을 돌렸다.

그 후 며칠 동안 동두천 바닥을 외로운 하이에나처럼 떠돌던 청운은 삐에로 형의 소개로 갑자기 몽키하우스로 가게 되었던 것이었다.

승합차는 호랑이 목청 같은 엔진 소리를 내고 있었다. 산길로 접어들어 한동안 가자 저 멀리 숲속에 문득 하얀 이 층 건물이 나타났다. 소요산 기슭을 황토가 드러나도록 깎아서 지어 놓은 저 건물은 대체 뭘까? 혹시 귀신이 사는 신전이 아닐까?

그건 클럽 여성들의 성병 치료와 교화를 명목으로 내세우고 있는 무시무시한 강제수용소였다. 여자들은 그 건물을 '언덕 위의 하얀 집'이란 낭만적인 이름으로 불렀다. 혹시 마음속의 공포감을 중화시키거나, 미군에 예속된 폭압적인 국가 공권력을 조롱키 위한 의도로 그러진 않았을까. 또는 현실의 지옥 같은 구렁텅을 넘어 꿈의 나라인 미국으로 날아가고픈 소망이 그런 소녀 취향의 이름을 붙였을까.

보건소의 성병 검사에 떨어진 양공주들을 관리하는 이른바 낙검자 수용소는 동두천뿐만 아니라 미군 기지촌이 자리 잡은 곳엔 전국 어디에나 다 있었다. 미군 사령부와 한국 정부가 주둔군 위안부의 필요성에 적극적으로 공감하고 공문서상으로 위안부 관리에 관한 합의에 서명한 1970년대 초부터 단속과 관리는 한층 더 삼엄해졌다. 동두천 수용소인 몽키 하우스는 그중 규모가 크고 악명이 높았다.[*]

승합차가 건물 입구로 다가가자 검문소 보초가 운전수를 알아보곤 육중한 철문을 열었다. 차는 부르릉거리며 수용소 앞마당으로 진입하더니 숨을 헐떡이다가 멈췄다. 새소리마저 사라지자 산속엔 일순 기괴한 침묵이 흘렀다.

하지만 그것도 잠깐, 성병 보균자로 낙인찍힌 여자들이 밖으로 나서자 다시 소란스러워졌다. 두툼한 군용 외투를 걸쳤지만 어딘지 퇴역한 하급

---

[*] 기지촌이 밀집한 경기도 지역과 부산 · 대구 등지에서는 2000년대 초까지도 강제수용소가 존재했다고 한다. – 지은이 주

관리 티가 나는 중늙은이가 나타나 여자들을 넘겨받곤 짐짓 엄격히 인솔해 건물 안으로 갔다.

갑자기 하얀 건물의 작은 창문들이 하나 둘 열리기 시작했다. 그리고 창백한 여자들의 얼굴이 여기저기 유리창에 나타나 빠짝 달라붙었다. 하지만 창엔 굵고 검은 쇠창살이 박혀 있어 그녀들의 모습은 갇힌 모종의 짐승처럼 느껴지기도 했다. 몽키하우스란 별칭이 왜 붙었는지 불분명하지만, 쇠창살을 붙잡은 채 바깥을 향해 울부짖는 그녀들의 모습이 일견 원숭이 같다고 어느 미군 헌병이 비아냥거린 말에서 비롯됐다는 설도 있었다.

녹슨 쇠창살이 여자들의 얼굴을 재단하고 있다. 창살은 모두가 ×자였다. 작은 부분들의 ×자가 모여 큰 전체의 ×자형 창틀을 만들어 놓고 있었다.

'이왕이면 원형으로 디자인할걸. 그걸 통해 세상을 내다보며 작은 희망이나마 갖게끔 말야. 수많은 ×자보다 보름달 닮은 동심원의 ○형을 본다면 조금쯤은 갇힌 공포심이 덜하지 않았을까? 하지만 그 당시는 장미꽃을 폭행하던 총칼 독재의 시대…… 바깥에서 안쪽의 여자들을 부정하기 위해, 양갈보 양공주라고 지탄하기 위해, 너희들은 사라져야 할 존재라고 인식시키기 위해, 수용소 전체의 창문을 ×자형으로 디자인해 놓았는지 몰라. 갇힌 양공주 여자들은 하늘마저 갈가리 찢어 놓는 창살 안에서 자살과 같은 자기 부정을 하지 않을까?'

청운은 생각에 잠겼다.

몽키하우스는 미군부대가 직접 관할했다. 미국 본토에서 성병 검사 기구와 의약품 등을 들여왔다. 미군 소속 군의관이 진료와 제반 관리를 하고 한국인 의사나 간호원은 보조역을 맡아 일했다. 애초에 미군 당국은 관리만 자기네들이 하고 실무는 한국인에게 맡겼으나, 의료기구나 약제품 따위가 사라지는 일이 잦다 보니 직접적으로 통제 운영하게 된 것이었다.

여자들이 하얀 건물 속으로 다 들어가 버리자 창살에 달라붙어 있던 이른바 '몽키'들의 모습도 하나 둘 사라졌다.

청운은 마당 가운데 홀로 우두커니 선 채 으스스한 기운을 느꼈다. 외딴 산속에 들어선 하얀 서양식 건물도 기이했지만, 높다란 담벼락과 철조망으로 둘러싸인 그곳엔 수많은 여자들이 갇혀 인격을 빼앗긴 짐승처럼 살고 있다는 사실이 더 괴기스러웠다. 그의 머릿속엔 불현듯 저 멀리 선감도의 참혹한 수용소가 떠올랐다. 얼마나 많은 어린 생명들이 굶주림과 폭력에 의해 죽어갔던가. 그리고 북파공작원 훈련을 받던 지옥산 벼랑이나 골짜기에서는 또 얼마나 야수만큼 독하지 못한 청소년들의 목숨이 꽃잎인 양 떨어져 내려야 했던가.

문득 산새 소리에 정신을 차린 청운은 머리를 흔들곤 하얀 건물 입구로 들어섰다. '사무실office'이란 팻말이 붙은 문을 두드린 후 안으로 발을 들여놓자 황달에 걸린 듯한 중년 남자가 힐끗 쳐다보았다.

"저…… 잡역부로 오게 된…….”

청운이 말을 꺼내자 중년 사내는 코를 킁킁거리며 쏘아보더니 불만스레 뇌까렸다.

“지금 여기 놀러 온 거야? 호송차 도착한 지가 언젠데 왜 지금 슬슬 나타나냐구?”

“갑자기 바쁜 상황일 것 같아서 좀 천천히 왔습니다만…….”

“뭐? 설령 그렇더래두 일단 낯짝이나 보이고 나서 한쪽에 가만히 대기하고 있어야 할 것 아냐!”

“죄송합니다.”

“흠, 그래…… 추천인인 클리프 중위와는 잘 아는 사인가?”

“아, 예…… 그저 좀…….”

“그래, 요즘 세상에 미군 장교를 알고 있다는 건 하느님이나 신을 믿는 것보다 더 대단한 빽이라구. 잘 사귀어 두면 앞으로 큰 도움이 될 거야. 하핫, 그땐 내 부탁도 좀 들어 줘.”

“아니, 전 다른 누군가를 통해 한 다리 건너서…….”

“한 다리든 두 다리든 무슨 상관이야. 건너간다는 게 중요한 거지 뭐. 그런 관계망이 중요한 이유는…… 우리 사회가 모조리 그런 인맥을 통해 활성화되고 있기 때문이야.”

“예.”

“여기도 다 사람 사는 세상이니 너무 쫄 건 없어. 규정에 너무 얽매이지 말고 그냥 평상시대로 하면 돼. 혹시 맘에 드는 년이 있으면 슬쩍 찝어 요령껏 먹기도 하고 말야. 대신 양치질은 제대로 해야 돼.”

“예? 뭐라구요?”

“하핫, 고지식하긴. 농담이니 이제 그만 가봐.”

“예.”

“영선과로 가면 실무자들을 만날 수 있을 거야. 가능하면 빨리 일에 익숙해지는 게 좋겠지.”

“예.”

청운은 돌아서서 사무실을 나왔다.

‘이제부터 또 새로운 생활의 시작이다! 헛된 몽상이나 욕망 따위는 접고 우선 주어진 현실에 충실하자! 그다지 힘든 일은 없다지만 처음부터 마음이 풀어지면 좋을 게 없어. 오히려 나중에 힘들어지지. 이런 곳에서는 슬슬 농땡이를 피우며 대충대충 하고 넘어가도 큰 표가 나진 않겠지만…… 그러다간 식충이에 사기꾼밖에 되지 못한단 말야. 일단 충실히 하다 보면 차츰 요령이 생겨 좀 여유로워지겠지. 그러면 그동안 미뤄뒀던 검정고시 공부를 다시 시작해 보자구.’

밖으로 나온 청운은 차가운 산바람을 들이마시며 가슴을 쭉 폈다. 눈이 시릴 만큼 파아란 하늘, 해맑은 새소리…… 그래도 뭔가 계속 머릿속에 걸리는 게 있었다. 그는 생각에 잠겼다.

‘솔직히 호기심이 들긴 했어. 여자…… 수용소…… 성병…… 강제…… 깊은 산속…… 몽키하우스…… 억울하게 죽은 귀신 울음소리도 들린다는 곳…… 나도 모르게 끌려온 것만 같아. 왠지…… 이곳 여자들과 북파 공작원들은…… 후훗, 어딘지 닮은 데가 있는 것 같아.’

청운은 눈길을 돌려 하얀 건물의 쇠창살을 바라보다가 씁쓸히 미소 지었다.

제3부

선인장꽃

다음 날부터 청운은 잡부로서 일을 시작했다.

그가 맡은 일은 그곳에서 최하급이었다. 변소 청소, 복도에 내놓은 쓰레기통을 비워 한데 모아 불태우는 것 따위였다.

청운은 언젠가 작은 암자庵子의 불목하니로 일할 때 주지승의 책장에서 우연히 화엄경華嚴經을 대충 훑어본 적이 있었다. 고아인 선재 동자가 구도행각을 하며 온갖 어려움을 이겨내고 더 큰 곤란을 스스로 찾아가는 모습을 보면서 동정을 느꼈었다. 어려움을 하나씩 이겨내고 차츰차츰 진실을 향해 나아가는 그런 삶을 살아보고 싶었다.

'하지만…… 썩은 시체를 치우고…… 제 눈을 찔러 애꾸로 만든 자를…… 과연 선재는 어떻게 용서할 수 있었을까?'

청운은 자신의 질문에 대답하지 못한 채 열심히 일을 했다. 몽키하우스 내의 일이 다 끝나면 슬슬 산 뒤로 올라가 겨울새들과 내심 대화를 나눴다.

'인간이 만물의 영장이란 소리는 사람이 제 좋을 대로 갖다 붙인 망언인 것 같다. 내 생각엔 오히려 너희들이 참다운 영혼을 지닌 듯싶은데 말야. 너희들의 고향이자 천국인 산속까지 밀고 올라와 겉만 하얀 시멘트 건물을 지어 놓고…… 그 속엔 같은 인간을 가둔 채 원숭이라 부르며 괴롭히고 있는 존재가 과연 만물의 영장일까? 흐흐, 하느님이 웃겠다. 신께서도 웃겠다…… 인간 족속은 자기들을 닮은 모습으로 신을 만들어 놓고 어려울 때마다 기도하면서…… 왜 자기에게 이런 억울한 환란을 주느냐고 울부짖지. 그리고 진리와 정의의 심판자이신 신께서 왜 악과 불의를 그냥 놔두느냐고 생떼를 쓰는데…… 정말 너희들이 봤을 땐 웃음이 저절로 나오지 않을까 싶어. 미안해…….'

그러고는 고목 가지나 가리비 따위를 주워 모아 지게에 얹어서는 땅거미를 밟으며 터덜터덜 몽키하우스로 돌아오는 것이었다. 검정고시 책을 보며 내려오다가 눈길에 미끄러져 굴러떨어진 적도 있었다.

동두천은 한국 최대의 기지촌 중 하나였기에 낙검자 강제수용소도 가장 크고 악랄하기로 유명했다. 전국 각지에 120여 곳 암세포처럼 분포돼 있는 성병 치료감호소 가운데 몽키하우스라고 하면 곧 동두천 수용소를 의미할 정도였다.

쿠데타로 집권한 박정희 정권은 국내적으로 미흡한 군사정부의 정통성을 미국의 인정을 통해 확보하려 했기 때문에 점점 더 친미적으로 되어 갔다.

일본군이 물러가자마자 성조기를 중앙청에 펄럭이며 들어선 미국 군······ 신생 대한민국은 미국의 식민지는 아니었지만 똘마니와 비슷한 신세가 되었다. 리틀 아메리카. 원조를 해주는 척하던 미국은 1970년대 들어 한국 경제가 좀 성장하자 기다렸다는 듯 마치 키운 약병아리를 잡아먹듯 악독한 일본과는 달리 꽤나 신사적으로 우려먹기 시작했다. 한국 땅을 동아시아에서의 군사적 거점으로 활용(특히 중국 견제)하고 나아가 미국 무기와 상품을 팔아먹는 현재와 미래의 영구적인 시장으로 마스터플랜을 짜게 된 것이었다.*

1945년 중앙청에 성조기가 나부낀 이후부터 1950년의 6.25전쟁을 거쳐 1960년대까지 미국 정부는 사랑과 평화의 이름으로 계획적인 많은 원조를 했다. 하지만 진짜 원조는 맛보기였고 실제로는 빌려주는 돈이 훨씬 더 많았다.(지금도 미국은 빚쟁이 행세를 하고 있다.) 그 가난한 시절에 미군들이 아이들에게 던져 준 초콜릿이나 껌은 과연 사랑과 애처로움의 표현이었을까? 운 좋은 강아지처럼 달콤한 캐러멜이나 사탕을 주워 먹은 아이들은 평생토록 아름다운 추억 혹은 고마움으로 생각할 수도 있겠지만, 실상 미군은 한국 파병 전의 교육에서 그런 '초콜릿 던지기'를 임무수칙으로 하

---

* 헤리티지 재단은 '2017년 미국 군사력 보고서'에서 "한국 정부는 주한미군 주둔 비용을 분담하기 위해 상당한 자원을 제공하고 있다. 직접적인 자금 제공과 인건비 분담, 병참 지원, 시설개선비 등의 현물 지원을 통해 연간 약 9억 달러(약 1조 566억 원)를 내고 있다"라고 지적했다.
또한 아메리칸 액션포럼(AAF)은 "미군을 미국 본토보다 한국에 주둔하도록 함으로써 미국이 실제로 비용을 절약하고 있다."라고 밝혔다. – 지은이 주

달받았던 것이었다. 물론 진정한 인류애를 발휘해 고아들을 도운 미군도 없진 않았으나, 그런 선행 또한 미국 정부의 궁극적인 마스터플랜에 다 포함됐다. 미국은 과연 우리에게 무엇인가? 미국. 아메리카. U.S.A……미국은 정녕 아름다운 나라인가? 아메리카를 미국이라고 불러 주는 나라는 이 지구상에 한국밖에 없다. 일본마저도 그냥 쌀을 많이 생산한다는 사실적 관점에서 미국米國이라 부를 뿐이다. 일설에 의하면 미국의 도움으로 대학 공부를 마치고 활동하다가 그들의 원호로 대통령이 된 이승만이 일본보다 더 친미적임을 강조키 위해 그런 명칭을 쓰도록 언론에 지시했다고도 한다.

아무튼 미국의 그런 장기적인 플랜에 입각해 몇십 년 동안 서서히 미국식으로 정치, 군사, 경제, 사회, 교육, 법률, 문화, 언론, 출판, 연예, 스포츠 등등 모든 면에서 아름답게 종속돼 버린 한국을 미국의 똘마니나 꼭두각시라고 부르는 사람도 있을 정도였다. 국내의 반체제 인사뿐 아니라 프랑스, 영국, 일본, 심지어 미국 내의 정직한 지식인들마저 그렇게 생각했다. 오직 한국의 정치 지도자라는 사람들과 그들의 혀끝에 속은 일부 국민들만이 태평성대라며 놀아났다. 어쨌거나 이제 한국인들은 미국이 없으면 못 살 정도로 정신적이든 육체적이든 세뇌돼 버렸다. 수십 년이 흐르는 동안 마침내 미국 정부가 기획했던 대로 새로운 방식의 쾌락 식민지가 시작된 것이었다. 주한미군의 존재는 꼭 필요한 것으로 인식되었다. 지금이야 전문가뿐만 아니라 일반 국민들도 미군이 미국의 이익을 위해 한반도에 주둔한다는 사실을 알게 되었지만, 그 당시엔 정부의 세뇌교육까지 곁들여져서 미국과 미군은 세계에서 가장 아름답고 자애로운 수호신으로 인식되었다. 주한미군 사령관은 한국 대통령의 머릿속까지 지배할 수 있었다.

미군은 한반도의 신성한 평화 수호군이라고 선전되었다. 영화관의 '대한뉴스'에까지 나올 정도였다. 영화 앞부분에 꼭 한미동맹은 혈맹처럼 굳건하다느니, 반공 방첩을 국시로 하여 북한 괴뢰도당과 무장간첩을 쳐부숴야 한다는 등 엄숙한 어조로 판결문을 읽어대곤 했다. 동족을 원수나 악마라고 욕한다면 우리 자신은 얼마나 고결한 천사일까? 아니, 미국은 정녕 우리의 수호신이고 천사일까? 옛날엔 그랬다 쳐도 지금까지 그래야 하는가? 아무튼, 혈기 왕성한 미군 청년들의 성욕은 편리하고 안전한 방법으로 처리돼야만 했다. 미군 당국은 강력히 요청했으며 박정희 정부는 적극적으로 호응했다. 한미 양측은 기지촌의 양공주, 이른바 미군 위안부들이 미군 장병들의 사기를 높일 뿐만 아니라 나아가 한국에 대한 이미지를 긍정적으로 개선할 수 있다는 데 공감했다.*

그리하여 청와대 직속 기지촌 정화위원회가 박정희 대통령의 지시로 설치돼 국법으로 미군 위안부들을 한층 체계적으로 관리하고 친미적인 응대교육을 시키기 시작했다. 한미친선협회와 같은 관변 단체의 요청을

---

* 한국인들이 일본군 위안부 문제에 대해서는 흥분하면서도 미국군 위안부에 대해서는 양공주니 양갈보니 하면서 은근히 미소 짓는 것을 보면 왠지 이상스러운 생각이 든다. '미국 위안부'라는 말은 정부에서 사용한 공문서에 꾸준히 언급되고 있다. 일본군 위안부와 미국군 위안부의 차이점은 드러난 강제와 숨겨진 반강제에 있을 뿐 그 본질은 같다. - 지은이 주

받고 나온 강사는 공회관에 가득 들어차 있는 양공주들을 향해 거들먹거리며 강연을 하곤 했다.

"어둠 속에서 빛을 내 활동하는 진정한 애국 아가씨 여러분! 여러분들이 존재하기에 대한민국의 대낮은 더욱 밝은 것입니다. 무지한 인간들이 위선적인 순결을 주장할 때 여러분은 과감히 자유와 사랑과 희망을 속마음으로 외치며 애국전선에 나섰습니다. 일석이조란 고사성어가 있지마는, 여러분은 일석삼조를 넘어 한 몸으로 열 마리의 파랑새를 우리 조국에 선사하고 있는 애국 여성입니다! 즉 일석 십조의 보배로운 존재라는 말이죠. 여러분은 머나먼 이역만리 길을 떠나와 이 땅의 평화를 수호하는 미군 장병들의 향수병을 포근한 가슴으로 품어 달래 줄 뿐만 아니라 억눌린 청춘의 욕구를 풀어 주는 천사인 것입니다!······ 여러분들은 한미 관계를 한 차원 높게 우애롭게 하며, 나아가 외화를 획득해 경제 발전을 이끌고, 또한 미군 장병들의 거친 욕망을 해소시켜 처녀와 소녀에 대한 성범죄를 미연에 방지함으로써 우리 사회와 가정을 평온케 유지시키는 숭고한 선행을 마다 않고 있는 셈입니다. ······ 여러분, 만약 미군 장병이 없다면 북한 괴뢰군은 더 많은 무장공비를 남파시켜 살인과 강간을 일삼다가 마침내 6.25 전쟁 때처럼 밀고 내려올 것입니다. 우리 조국을 지켜 주는 미군 장병들을 연인처럼 사랑해 주는 그대 천사들이 있기에 한국 사람들은 오늘도 즐겁게 살아갈 수가 있는 것입니다!······ 대한민국은 여러분의 성스러운 노고와 아름다운 희생정신을 결코 잊지 않으리라 확신해도 좋을 터입니다. 여러분의 노후는 정부에서 모두 책임질 테니 지금은 오직 애국 행위에만 전념해 주시기 바랍니다……."

대통령 특별법에 의거해 전국 각지에 산재한 미군 기지촌 1백여 곳이 특별 매춘지역으로 지정되었다. 서울 이태원과 경기도 동두천, 의정부, 파주를 비롯해 제주도까지 전 국토의 요소요소에 붉은 암종 같은 기지촌 미군 위안부 공창이 불야성을 이루었다. 그 당시 종로 3가나 청량리 588 등 내국인 대상 사창가는 엄격히 단속하면서도 기지촌 공창엔 특혜를 주었다는 사실은 곧 국가가 나서서 미군 위안부를 만들어 관리 감독했다는 것을 뜻한다. 주무부서에서 위안부 명부를 작성해 소정의 향응 교육을 받아야만 클럽에 드나들 수 있었으며, 지역 경찰과 보건소에 막강한 권한을 주어 위안부를 관할케 했고, 만연하는 성병 문제를 해결한다는 구실로 마침내 몽키하우스를 설립해 성병 보균 여성을 강제 수용했던 것이었다.

수많은 농촌 처녀들과 도시 빈민 여성들이 돈을 벌기 위한 목적으로 기지촌에 들어가 양색시가 되었다. 그중엔 소개소의 감언이설에 속아선 온 여자도 있었고, 서울역 등지에서 폭력 조직에 납치돼 처녀성을 잃은 후 강제로 팔려 간 경우도 많았다. 일단 한번 그 굴속에 들어가면 마치 덫에 걸린 짐승처럼 쉽사리 빠져나오기가 어려웠다.

청운은 언젠가 신문이나 선데이 서울 같은 주간지에서 그런 광고를 본 기억이 있었다.

미군홀 · 장교클럽 여급 모집
초보환영 학력불문 19~27세

선불 가능 침식 제공
월수 50만 원 보장
조용히 자립하실 분
홀복 줌
주인 직접/ 당일 면접 채용
72 - 0000
텍사스홀

　여자들은 서울에 대한 꿈을 안고 상경하지만, 이런저런 점조직 루트를 통해 인계돼 결국 도착한 곳이 황량스러운 시골 속의 야릇한 요지경임을 알곤 놀라게 된다. 그녀들은 서울이나 고향으로 되돌아가고 싶어도 이제 올가미에 걸린 토끼보다 더 가망이 없다. 포주는 건달을 시켜 아가씨의 영육을 유린케 해 희망을 끊어 놓는다. 또한 아가씨의 몸을 어느 인계자에게 큰돈을 들여 산 듯이 속이며, 떠나려면 당장 갚으라고 윽박지르는 한편 달콤한 말로 회유해 끝내 그 구렁텅에 주저앉게 만드는 것이었다.

　미군 클럽 업주들은 돈을 미끼와 고삐로 해 기지촌 위안부가 된 여성들을 자기네의 인육시장 말뚝에 꽉 매어 놓았다. 초짜 위안부들은 포주로부터 돈을 빌려 영업을 시작할 수밖에 없었다. 화려한 옷과 화장품은 필수품이라며 강제적으로 들이밀고는 몇십 배 비싼 가격으로 부풀려 장부에 달아 놓았다. 숙식비 또한 그러했고, 침대, 티브이, 전축 따위도 굳이 돈까지 빌려주며 구매토록 강요하고는 빚의 굴레를 씌워 조종했다. 미군 위안부는 일본군 위안부와 별다름 없이 죽자사자 몸을 팔아야만 했다. 포주들은 '꽁알'이라고 불리는 환각제 세코날을 매일 나눠 주며 꼭 먹도록 했다. 그러고 나면 정신이 몽롱해지면서 현실에 대한 두려움과 부끄러움이 사라져 하루에 수십 명의 거대한 미군 몸뚱이를 받아들일 수가 있었다. 하지만 꽁알은 중독성이 아주 강해 복용량을 계속 늘려야만 몽상도 지속되었다. 한두 알에서 시작한 것이 5알, 10알, 20알, 30알…… 얼마 지나지 않아 점점 증폭돼 심신을 파먹었다. 그 꽁알 값 또한 업주들의 장부에 빚으로 기입됐다. 모든 빚엔 이자가 기하급수적으로 붙어 얼마 후엔 배보다 배꼽이 더 큰 꼴이 났다. 부모 형제 또는 아이가 아파 급전이 필요할 경우엔 인당수에 제 몸을 던지는 심청이 신세였다. 대부분의 기지촌 위안부는 박정희 정부에서 마련한 사육장에 기르는 암컷 짐승일 뿐이었다. 그녀들의 몸엔 관리 번호가 낙인찍혀 있었으며, 성병에 걸리거나 걸렸다고 미군이 찍으면 몽키하우스에 강제수용되는 것이었다.

여자들의 처녀답고 건강하던 몸과 마음은 어느새 하이에나에게 물어뜯기고 피 빨려 해골만 남은 비참한 형상이 되곤 했다. 즉, 순박한 아가씨들을 이용해 미군은 쾌락을, 포주들은 돈을 벌었던 것이다. 아니, 하나가 더 있다. 어용 강사도 인정했듯, 미군 위안부들은 한국의 총수출액에 버금갈 정도로 엄청난 달러를 벌어들였다. 즉, 그녀들의 아랫도리는 달러박스였던 셈이다. 이런저런 이유로 포주들과 군사정부는 주한미군이 계속 이 땅에 남아 있길 바랐다. 그리하여 미국 정부의 입맛에 맞게 반공 방첩을 국시로 내세운 채 미군이 그어 놓은 삼팔선 이북의 동족을 악마 새끼로 지탄하면서 유사시엔 북풍 공작의 재료로 활용하곤 했다. 북괴군 또 남침, 한미혈맹, 부국강병이니 하는 단어는 무슨 신기로운 부적처럼 중요한 선거철이나 위기 국면마다 등장해 국민들을 재차 삼차 세뇌시켰다. 결국 스토리는 정부 여당에 유리하게 반전되어 추악스러운 허위나 포악한 인권 유린을 일거에 무마시키곤 했다.*

어쨌든 양갈보라고 괄시받는 미군 위안부들이 번 돈은 대부분 업자의 손아귀로 들어갔으며, 그것은 미국의 요청을 받아 군사정부가 베트남에 파병한 국군 장병들이 목숨을 걸고 번 달러와 함께 국민총생산액에 포함돼 '부국강병의 반인반신半人半神' 박정희 우상화에 이용되었다.

하지만…… 설령 그가 영웅 인신이라 미색을 좀 꽤 밝히긴 했으되, 금전 관계엔 결백했다 하더라도…… 사이비 교주 최태민을 비롯해 측근들은 국정을 농락하고 수만금을 횡령해 호의호식하며 국고를 물 쓰듯 거덜을 냈으니 그 죄를 누가 어찌 판결하랴?

청운은 몽키하우스가 어떤 곳인지 아직 잘 몰랐다. 또한 그곳에 수용된 '양공주'라는 이름의 여인들에 대해서도…….

이왕 여기까지 온 바에야 선입견 따윌 버리고 가능하면 진실상을 보아야 한다고 생각했다. 세상에 떠도는 괴상스러운 풍문을 벗어나 사실에

---

* 그 당시엔 그랬다 쳐도 오늘날까지 계속 뻔한 북풍 공작이 먹혀든다는 건 괴상스러운 일이 아닐 수 없다. - 지은이 주

다가서기 위해선 우선 텅 빈 무심한 마음으로 부대껴 보아야 할 듯싶었다. 적어도 한국 사람들의 일반적인 편견과 색안경을 낀 고정관념은 넘어서고 싶었다.

인두겁을 썼지만 사람 같지 않고 십 년 묵은 백여우 같은 년들…… 양귀(양키)들에게 자궁을 열어 주고 그들의 커다란 말좆을 빨아 준 짐승보다 못한 년들…… 동족을 그렇게 비하시키는 건 자신은 인간이라는 자부심이 강했기 때문일 텐데…… 한국인들은 얼마 전 미국 대사가 "한국 사람들은 어딘지 들쥐 같은 데가 있다……."라고 말한 금언金言에 대해서는 히히 웃고 말았다. 혹시 스스로 속에 지닌 냄비 근성이 부끄러웠기 때문일까? 혹은 미친 친미 근성 때문일까? 도무지 알 길 없는 노릇이었다.

미군 위안부는 양갈보 혹은 똥치라고 경멸하면서 미국을 좋아하는 양가감정은 과연 무엇 때문일까. 동족을 전혀 사랑하지 못하게 된 이기심 때문일까? 처절한 전쟁의 약육강식과 생존경쟁을 거쳐 오는 동안 한국인의 마음속엔 어떤 변화가 있었던 걸까? 냉소와 비웃음, 허위의식, 가부장적인 독재…… 공자의 유교를 잘못 비틀어 해석해 현실에 마구 적용한 여성 비하…… 몸과 정신이 같다는 동양 사상에 따르자면 육신이 더럽혀질 때 정신도 타락하는 게 된다. 만일 여자들의 몸이 사바세계의 구렁텅 속에 빠져 있더라도 마음이 청정하다면 한 송이 연꽃을 피울 수 있다는 일말의 가능성은 아예 무시되었다. 반면 남자들은 육체가 타락하면 가짜 마음(정신) 속에 숨고, 정신이 타락하면 몸을 번드레하게 살찌우고 닦아 위선적인 가면으로 껄껄댔다. 다만 정신이 훼손돼 미친 사람일 경우엔 그가 영육靈肉 사이에서 고뇌한 자취인 핏방울을 짓밟고 인격 전체를 말살해 버렸다. 그리하여 건강한 남자와 여자들의 마음은 가면 속에 숨은 채 저도 모르게 점점 짐승같이 변해 간 게 아닐까.

청량리나 종삼(또는 부산 완월동이나 대구 자갈마당) 등지의 국내파 창녀들에겐 좀 너그러운 척하면서 기지촌 양색시에게 가래침을 뱉는 건, 혹시 한국인들이 미국을 좋아하는 척하지만 잠재의식 속에선 왜놈에 이어 한반도를 침탈하고 여자들까지 유린하는 미군에 대한 극심한 증오가 시큼 떨떠름하게 발효해 양공주라는 이름 속에 투사된 건 아닐까? 또한 거기에 거대한 아메리카에 관한 왜소 콤플렉스까지 가미돼 질투 혹은 일종의 의처증 같은 질환을 속으로 끙끙 앓는 게 아닌지 의심스럽기조차 했다. 육신은 곧 정신이라는 동양의 심오한 사상이 사이비 유교에 의해 변질된 나머지 수많은 비극이 벌어졌다.

예로부터 나라를 빼앗기면 외국군에게 유린당한 여성들은 스스로 목숨을 끊어 치욕스러운 삶을 마감하곤 했다. 미국이나 프랑스 여자라고 해서 성폭행당한 후 번민을 못 이겨 자살하는 경우가 없진 않겠으나 이 땅의 여인들은 특히 심했다. 성을 터부시하면서도 자신들은 온갖 해괴스러운 성 유희를 즐긴 왕과 고관대작들 때문에 국력이 쇠락해 침탈당한 나라에서 여성들은 한갓 인형 노리개일 뿐이었다. 몽고군에 끌려갔다가 겨우 목숨만 붙어 돌아온 환향녀還鄕女들은 이후 화냥년으로 평생토록 손가락질을 받았다. 중국군과 일본군 위안부를 거쳐 또다시 미군 기지촌의 양갈보로 전락한 여인들은 과연 옛 그녀들과 어떤 차이가 있는 것일까?

정조 관념 없는 헤픈 쌍년…… 정신 빠진 미국병 환자…… 허랑방탕한 낭비쟁이 공주…… 될 대로 되라며 나태하고 부정적인 악마에 빠진 똥치들…… 지독한 양키 성병균을 음부 속에 지닌 암캐 년들…… 그런 것이 미국 위안부에 대한 일반적인 인식이었다. 더구나 일본군 위안부와 달리 자발적으로 돈과 쾌락을 찾아 나선 매춘부라는 점에서 일말의 동정심도 보이지 않았다. 하지만 과연 그럴까? 청운은 그 지점에서 가장 안타까웠다.

'물론 그런 여자들이 전혀 없진 않겠지. 하지만 자기 스스로 사악해서 한국 남자를 무시하고 미군 놈들에게 뽕 가버린 여자는 별로 없는 것 같아. 한국 놈들에게 완전히 질린 나머지 반사적으로 그런 척하는 게 아닐까 싶기도 하거든. 특히 인신매매단에 납치돼 잔악스러운 돌림빵을 당한 처녀나 의붓아비와 오라비에게 성폭행당한 어리고 가난한 소녀들은…… 활로를 찾지 못해 자포자기한 정신상태로 자기 자신과 모든 한국 놈들을 다 죽이고 싶었는지도 몰라. 혹시 그녀들은 미군의 몸뚱이 밑에 깔린 채 거대한 성기를 겨우 받아들이며 자신과 함께 한국 놈들을 씹어 죽이고 있진 않았을까?'

청운은 한숨을 쉬었다.

'그러다 보면 하루빨리 달러를 벌어 뭔가 복수하고픈 마음에…… 아니, 사람처럼 살고 싶은 생각에 점점 악착같이 변해 가지 않았을까? 결과만 보고 단죄하는 건 인간, 특히 한국인의 큰 결점 중 하나가 아닌가 싶어. 기지촌이란 건 구렁텅이거나 쥐덫…… 일단 갇히면 끝이야. 자발적이니 강제니 하는 건 좀 여유로운 얘기지. 포주의 폭행, 눈더미처럼 불어난 빚 독촉과 엄포, 정신을 몽롱하게 변질시키는 세코날…… 그러다 보면 강제는 사라지고 자발만 남는다. 누군가 감아 넣은 태엽에 의해 움직이는 자동인형…… 기지촌에서는 강제와 반강제 그리고 자발적 행동이 잘 구별되지 않는다. 자발적이거나 반자발적인 경우보다 반강제적이거나 강제적인 상황에 처해 발버둥을 치는 여자들의 지옥이 바로 이런 기지촌 아닐까?'

청운은 고개를 들어 하얀 건물을 쳐다보았다. 외관은 깔끔해 보였지만 그 속의 수많은 누추한 방엔 인간 아닌 원숭이로 취급받는 여자들이 애먼 죄의 굴레를 쓴 채 간혀 신음하고 있을 터였다. 그녀들은 한번 주어진 인생을 잘못 사용한다는 죄목으로 비난받고 있었다. 만일 좀 더 좋은 조건이 주어졌다면 그녀들은 더 나은 길을 택해 갈 수 있었을까. 하지만 그 시대엔 '위안부'라는 존재가 꼭 필요했다. 미국 정부가 요구했고 한국 정부는 권력을 동원해 대대적으로 실행했기 때문이었다. 그녀들이 아니라면 또 다른 여자들이 위안부 역할을 맡아야만 했다.(그 무렵에 수많은 처녀들이 정부의 중공업 정책으로 농촌에서 쫓겨나 도시의 여직공이나 여차장 또는 호스티스나 매춘부로 전락했다.) 이 땅은 과연 중국을 숭모하고 일본에 침탈당했던 시대와 비교해 얼마나 다른가? 화냥년이나 왜놈 위안부 그리고 미군을 상대한 양갈보는 국력이 약해 희생당한 존재였다. 어찌 보면 대통령을 비롯해 잘 먹고 잘 산 남자들이야말로 양갈보가 아니었을까?

청운이 겪어 본 바에 의하면, 정조 관념이 없는 추악한 암캐라거나 미국식 허영에 빠진 게으름뱅이 암여우라는 따위의 비난은 대부분 여자들이 사냥꾼의 덫에 걸려 기지촌 사육장에 입소한 후에 생겨난 것일 뿐 그 전부터 지닌 습성은 아니라는 점이었다. 누군들 그런 상황에 처하면 그리되지 않을까. 몽키하우스에서 차츰차츰 그녀들의 슬픈 인생을 알아 갈수록 청운은 그녀들이 귀신이나 도깨비가 아니라 가련한 누이 같은 느낌이 들었다.

그는 눈이 펄펄 내리는 산야山野를 망연히 바라보며 감상에 젖기도 했다.

'어느 크레타섬 사람이 말했다지. 모든 크레타섬 사람은 거짓말쟁이라고…… 하하, 꽤 장난스럽고도 심각한 얘기인 것 같아. 내 머리가 나빠서 그런지 상당히 헷갈려. 모든 크레타 사람이 거짓말쟁이라면 그런 말을 한 그 크레타 사람 자신도 역시 거짓말쟁이잖아. 그런 거짓말쟁이가 지껄인 말은 거짓말이니까 결국 모든 크레타 사람은 거짓말쟁이가 아니라는 뜻이 되고 말지. 그런데 그 말을 지껄인 사람 또한 크레타섬 사람이르로 거짓말쟁이가 아닌데…… 그가 모든 크레타섬 사람은 거짓말쟁이라고 했으니 결국은 또 모두 거짓말쟁이가 되는 셈이잖아. 뱀 몇 마리가 머리로 꼬리를 물고 빙글빙글 도는 듯 어지러워…… 그 말을 이렇게 바꾸면 어떻게 될까?…… 어느 한국인이 말했다. 모든 한국인은 거짓말쟁이다!…… 흐흐, 정말 웃기면서도 심각해…… 만약 미군 병사에게 강간당한 어느 예쁜 여고생이 복수를 위해 기지촌으로 숨어 들어와 고생 끝에 그놈을 죽였다면 과연 누가 나쁠까?…… 아니, 그 소녀가 이렇게 외쳤다면 어떨까? 모든 한국 사람은 정신 빠진 거짓말쟁이다!…… 후후, 혹은 이렇게 소리친다면?…… 모든 미국 놈은 사악하고 사랑스러운 거짓말쟁이야, 히히히…….'

청운은 눈송이들을 향해 입김을 후 내불었다. 정처 없이 어지러이 휘날리는 듯 보이면서도 불가시한 어떤 질서 속에서 순간순간 자기 길을 찾아가려는 무심하고 여린 존재…….

'만일 엄마가 사이비 종교에 빠져 어린 나를 서울 땅에 내버리지 않았다면…… 만약 천왕산 기슭 아늑한 고향에서 뛰놀며 자랐다면 난 지금 어떻게 살고 있을까?'

그는 눈송이들을 바라보며 생각에 잠겼다. 그건 추측만 해볼 수 있을 뿐 확인할 순 없는 일이었다.

'내가 선감도와 악마산에 들어간 건 자발적이었던가 강제적이었던가, 혹은 운명적이었을까? 그 지옥 속으로…… 끌려 들어갔지. 누명을 쓰고…… 만약 내가 목숨을 걸고 바다를 헤엄쳐 탈출하지 않았다면, 아마 그곳에서 맞아 죽었겠지. 삶과 죽음은 그래서인지 동일하게 느껴져. 선감도 수용소와 달리 악마산 훈련소엔 내 발로 걸어 들어갔지. 하지만 중앙정보부에서 나온 물색관들이 사기꾼처럼 허황스러운 말로 속인 건 사실이야. 물론 속은 나 같은 놈이 반푼이긴 하지만…… 청와대의 지시를 받고 비밀 암행어사처럼 행세하면서 자유와 돈을 약속했어. 흠, 만일 내게 그때 자유와 금전이 좀 있었다면, 그자가 진짜든 가짜든 속아 넘어가기보다 비웃어 줄 수도 있었겠지. 하지만 상황이 그렇지 못했어. 피를 팔아 하루하루를 살아야 하는 처지에, 도망자 신세이기에 늘 불안했지. 명동 거리의 군중 속에서 발을 밟히거나 뺨을 맞더라도 대거리할 수가 없었어. 설령 내가 피해자라 하더라도 도망자임이 발각돼 다시 선감도 지옥으로 끌려가는 건 싫었거든. 그런데…… 전과를 말소해 주고, 고향과 엄마를 찾아 주고, 수억 원까지 주겠다던 정부 앞잡이의 약속은 지켜지지 않았어. 모두 다 훈련 과정이나 북파공작 도중에 죽어 버렸으니까. 국가에서 그들의 가족을 찾아 보상해 주리라곤 믿어지지 않아. 겨우 살아 돌아온 나도 귀향 차비 몇 푼과 함께 내쳐 버렸으니까. 속은 녀석이 나쁜 걸까, 속인 놈이 나쁜 걸까? 아냐, 이런 식으로 나쁜 놈을 찾으려 해봤자, 역시 대가리로 꼬리를 물고 돌아가는 뱀 꼴일 뿐이야. 어차피 속은 멍청이인 내게도 일확천금의 욕망이 있었고, 속인 정부 앞잡이도 나름 국가를 위한다는 모종의 대의명분은 있었을 테니까. 다만 그 과정이 비인간적이었고…… 사람을 한낱 짐승이나 물건같이 다뤘지…… 국가 권력의 괴력을 내세워 사기를 치고도 당당히 무책임하다는 사실이야.'

청운은 눈을 듬뿍 맞아 눈사람처럼 된 모습으로 천천히 산길을 걸어 내리며 생각했다. 하얀 몽키하우스 건물 쪽에서 여자들의 재잘거림이 환상인 양 들려왔다.

'어쩌면…… 북파공작원과 기지촌 여자들은 닮은 데가 많은 것 같아. 자의 반 타의 반으로 속아서 입문해 그 후엔 반자발 반강제적으로 임무를 다하다가…… 뭔지 모르지만 나라를 위해 헌신한다는 일말의 느낌도 전혀 없진 않았건만…… 결국엔 허망스레 죽거나 겨우 살아남아도 간첩

이니 양갈보니 하는 이름으로 괴물시 당해…… 무슨 강시나 좀비처럼 연명해 나가야 하니까…….'

쇠창살 안쪽에서 청운을 바라보던 여자들이 '눈 괴물'이니 '스노우 몽키'니 하고 놀리며 까르르 깔깔 웃어댔다.

어떤 편지

몽키하우스의 내부는 군 내부반과 비슷했다.

복도 양쪽에 쭉 늘어선 각 방은 국화반, 난초반, 장미반 따위로 불렀다. 여성미를 북돋우려는 성싶었으나 안으로 들어서면 삭막한 느낌을 풍겼다. 좁은 통로를 사이에 두고 양옆으로 수십 개의 초라한 침상이 줄느런히 놓여 있었다. 여사감이 수용자들의 일상생활을 엄격히 감독했다. 한 번 찍히면 구금 시간이 연장될 위험도 있으므로 조심해야만 했다. 왜냐하면 몽키하우스는 성병 치료가 주목적이었지만 접대 행실 교육과 재활을 위한 기술 교육도 명목상으로나마 선별적으로 시행하고 있었기 때문이었다. 벌점을 받으면 좋을 게 하나도 없었다. 순화교육에 잘 따르지 않는 이른바 '꼴통'들은 좁은 감금실에 처넣어져 고통과 고독을 짓씹어야만 했다.

수용소에 처음 입소한 양색시(미군 위안부)들은 일단 진료소로 가서 검사를 받아야 했다. 그 안엔 쇠침대가 몇 개 놓였고 군용 매트 위에 하얀 시트가 씌워져 있었다. 여자들은 이름과 소속 클럽을 밝힌 후 매트에 누워 군의관들로부터 1차 관찰 검사를 받았다. 그런 다음 좀 더 은밀한 안쪽 방으로 들어가 심화 검사에 응해야 했다. 군의관이 건넨 유리관에 오줌을 받아 돌려줘야 하는 것이었다. 그러면 미군 군의관은 유리관을 스텐 플라스크에 꽂곤 빙글빙글 돌린 후 슬라이드 글라스 위에 한 방울 떨어뜨려 세밀검사를 했다.

여자들은 그 성병 검사를 별로 신뢰하지 않았다. 왜냐하면 설령 결과가 비보균자로 나오더라도 수용소에서 곧 내보내 주진 않았기 때문이었다. 물론 정상참작이야 있었겠지만, 일단 수용되면 일주일 동안 기본적으로 감금 상태로 지내야만 했다. 대체 왜 그랬을까? 미군들의 엉터리 컨택 (성병 보균자 지목)에 의해 억울하게 잡혀 온 위안부들도 꽤 많았는데 그녀들은 분노로 치를 떨며 한숨을 폭폭 내쉬곤 했다. 청춘의 낭만과 정욕을 이국의 여인과 함께 한번 풀다가 재수 없게 매독균에 걸린 미군도 물론 있었겠지만, 자기 뜻대로 갖고 놀며 지배하려다가 말을 잘 듣지 않는 여자들에게 복수하려고 컨택하는 비열스러운 잡놈도 무척 많았기에 불평이 들끓었다. 한 서린 소리도 흘러나왔다.

'아리랑 아라리~ 좆고개를 넘어가네…… 가다 못 가면 발목이 끊어져 죽는다네…….'

'내 살던 고향은 꽃 피는 산골…… 아, 하지만 이제…… 이 내 보진 내 것이 아니고 이 나라의 보지라네…….'

'헤이, 존…… 어서 와서 내 썩어 가는 보지를 빨아 줘. 박통 따까리들

도 함께…….'

그건 미군에게 비굴스러운 반식민지 상황에서 당한 설움뿐만 아니라 한국 군부독재 정부의 거짓말에 대한 야유이기도 했으리라.

수용녀들은 아침 6시에 일어나 저녁 9시쯤 잠들었다.

아침 점호와 청소, 세면 등을 하고 나면 식사 시간이 왔다. 꽁보리밥에 시래기 소금국 그리고 반찬은 콩잎절임, 무짠지, 새우젓 등 오래 둬도 잘 상하지 않는 음식이었다. 그래서 식상한 여자들은 푼돈을 각출하거나 또 다른 비밀스러운 방법으로 식재료를 조달해 스스로 음식을 만들어 먹었다. 이따금 빵과 우유가 나오기도 했지만 오히려 자유에 대한 향수로 인해 더 허기가 지는 모양이었다.

하루 일과는 칼같이 엄격히 정해져 있었다. 식사 후 잠시 휴식을 하고 나면 성병 검진과 치료, 그리고 시시콜콜한 관리 교육이 이어졌다. 빈약한 점심 식사 후에도 마찬가지였다. 규칙상 화장을 하지 않은 여자들의 얼굴은 수수할 정도가 아니라 영양실조로 인해 여위고 해쓱했다.

가끔 외출할 기회가 생기면 청운은 여자들의 부탁을 받곤 김치찌개나 된장찌개에 필요한 재료들을 슬쩍 사다 주었다. 그런 날 밤엔 은밀한 축제가 열렸다. 어디서 구했는지 조니워커 같은 양주도 한 순배 돌았다. 음주와 흡연은 엄격히 금지됐고, 만일 발각될 시엔 구금 기간이 두 배로 늘었다. 그런데도 여자들은 도둑고양이처럼 그런 스릴의 묘미를 즐겼다.

물론 그런 비밀 축제는 수용소에서 아주 희소했을 터였다. 캄캄한 밤

하늘에 문득 뜬 별 하나처럼, 청운은 블루문 클럽에서 알게 된 미애라는 위안부의 간곡한 부탁으로 서너 번 그런 역할을 맡았을 뿐이었다.(어쨌든 죄책감은 별로 들지 않았다. 청운 자신도 그 밤의 성찬에 초대받아 한두 번 느낀 적이 있었다.) 어느 날 미애라는 여자가 혀 꼬부라진 소리로 말했다.

"오빠, 아직도 희란 언닐 좋아해?"

"뭐? 그건 왜 물어?"

청운은 눈살을 살짝 찌푸렸다. 희란이란 붉은 옷을 입고 춤추는 댄서였다.

"혹시 그렇다면…… 이젠 그만 잊어야 할 거야."

미애는 게슴츠레한 눈으로 청운을 바라보며 짓궂게 미소 지었다.

"왜?"

"호호…… 오빠 얼굴이 하얗게 변하네…… 아이 참 재밌어."

미애는 소녀처럼 깔깔거렸다.

"장난치지 말고 빨리 말해 봐."

"흥, 누가 장난이래? 그 언니 이미 시집갔어."

"뭐?…… 어디로?"

"서울."

"서울 어디?"

청운은 겨우 말을 꺼내고 있었다.

"어디긴 어디겠어. 동두천 기지촌에서 용산 기지촌으로 간 거지 뭐. 혹시 꽃가마 타고 가회동이나 안국동 대갓집 며느리로 들어갔다고 공상하는 건 아니겠지, 응?”

“…….”

“오빠야, 너무 슬퍼하지 마. 나도 소문으로 들은 얘기니까 확실한 건 몰라. 미8군으로 전속돼 가는 어떤 캡틴을 따라갔다니까…… 만약 잘 되면 그 언니도 큰 무대에서 꿈을 이룰지도 모르잖어.”

“나도 그러길 바라.”

“흥, 바라긴 고양이 뿔을 바라. 그 언니가 성공하면 할수록 오빠한테서 더 멀어질 텐데도……?”

“나도 성공하면 되지 뭐. 기차 타고 가면서 바로 옆에 달리는 버스를 바라보는 재미도 괜찮잖아.”

“제발 꿈 깨셔! 뭘로 성공해서 특급열차를 탈 텐데, 응?”

청운은 대답이 궁해 슬쩍 홀로 밖으로 나왔다. 그리고 찬바람이 부는 산길을 거닐며 생각에 잠겼다.

‘그런 줄도 모르고 난 그녀가 여전히 가까운 곳…… 그녀로 인해 그리운 동두천에서 춤추고 있다고 착각했었군. 더 큰 착각은 거리가 아니라…… 여자의 현실적인 마음과 현재 처한 상황을 잘 모른 채…… 제대로 파악해 보려는 시도조차 마다코 그냥 몽상 속에서 그녀의 매혹적인 모습을 그리워하고 있었다는 사실이야. 물론 지난달에 동두천 읍내에서 만나 함께 영화를 보고 생맥주를 마시며 즐거운 시간을 보내기도 했었지. 난 쑥스러워 마음속의 그리움을 고백하지 못했건만…… 아, 혹시 그녀는 나를 애정이나 연정이 별로 없는 목각인형으로 착각해 버린 건 아

216

닐까? 이번 달 휴일에 다시 만나게 되면…… 용감하게 이 심정을 직접 고백하거나 편지라도 써볼까 고민 중이었는데…… 홀쩍 떠나가 버리다니…… 음, 아마 그녀는 애초부터 나를 연인이나 남자로 전혀 생각지 않았는지도 몰라…….'

청운은 노송老松 옆에 서서 한 손을 짚어 고단한 몸을 의지하며 한숨을 내쉬었다.

'난 사실 그녀가 성공하길 바라지 않아. 오히려 그녀가 더 추락하면 좋겠어. 미8군 무대에 서서 화려하게 각광을 받게 되면 축하보다는 되레 저주하고파. 왜냐하면 내게서 점점 더 멀리 떠나는 것 같으니까. 흐흐, 차라리 만신창이 신세가 되어 마음 하나만 지닌 채 내게 돌아온다면 폭 껴안아 주련만…….'

청운은 고개를 떨구며 고목 나무에 등을 기대었다. 야밤의 솔바람 소리에 산새들이 잠결에 내는 울음이 이따금 섞여 들곤 했다.

'그녀는 지금 서울 하늘 아래 어디서 뭘 하고 있을까? 미8군 쇼 무대에서 선녀처럼 춤추며 노래하고 있다면 그나마 좋을 텐데…… 이태원이나 삼각지 부근에서 내가 전혀 상상할 수조차 없는 삶을 살고 있는지도 모르지…….'

청운은 문득 서울 땅이 그리워졌다. 천국보다는 지옥에 더 가까운 땅…… 여덟 살 어린 나이에 엄마에게 버림받고 홀로 거지꼴로 헤매 다니던 청량리, 동대문, 청계천, 종로, 서울역, 남산, 남대문, 명동…… 그녀가 살고 있기에 더 그리운지도 몰랐다.

청운은 어둠 속에 묻힌 채 작게 휘파람을 불었다. 그러다가 콧소리로 바꾸어 애조 띤 곡조를 흥얼거리더니 음미하듯 눈을 감았다. 노래 가사는 아마 그의 마음속으로 떠돌고 있는지도 몰랐다.

소리 없이 흘러내리는
눈물 같은 이슬비
누가 울어 이 한밤
잊었던 추억인가
멀리 가 버린 내 사랑은
돌아올 길 없는데
피가 맺히게
그 누가 울어 울어
어둠을 적시나…….

얼마 후 청운은 허적허적 산길을 걸어 내려갔다.

숙소 쪽으로 발길을 옮기려는데 어디선가 여자의 흐느낌 소리와 억누른 귀곡성 같은 소리가 어렴풋이 들려왔다. 외딴 산속의 건물에 많은 여자들이 갇혔다는 사실을 이미 알고 있는데도 청운은 문득 섬찟한 느낌이 들었다. 귀신이니 유령이니 하는 것 때문은 아니었다…… 아니, 그럴 수도 있었다. 몽키하우스에 수용된 여자들은 대부분 한창 젊은 나이인데도 의외로 무슨 동백꽃이 지듯 목숨을 떨구곤 했다. 우선 페니실린 쇼크로 인한 갑작스러운 사망은 참 어이없고 억울한 참극이었다. 성병 고

치러 왔다가 주사 한번 잘못 맞아 고통 속에 생목숨을 잃어 가던 여자들의 심정은 어떠했을까? 혹시 자신의 인생이 원숭이보다 더 못하다고 생각하진 않았을까?

그런데 문제는 그런 짐승 같은 죽음이 무척 자주 발생한다는 사실이었다. 여자들 각자의 체질을 고려치 않고 일률적으로 투여한 약은 독이 되어 불현듯 목숨을 앗아 가곤 했다. 또 다른 경우는 탈출하려고 야밤에 이 층 건물 위에서 뛰어내리다가 뇌진탕으로 숨지고 마는 것이었다. 그런 여자들 중엔 성병에 감염되지도 않았는데 악의를 품은 미군의 컨택에 의해 억울하게 끌려온 경우가 많았다. 여자들의 시체는 상패동 공동묘지에 매장되기도 했지만 아마포에 둘둘 말아 외진 산속에 대충 묻어 버릴 때도 있었다. 그렇게 졸지에 원한 맺힌 망자가 된 양색시들의 혼백이 귀신으로 변해 서럽게 운다고 해서 이상스러운 일은 아니리라. 청운은 바짝 긴장해 귀곡성이 들려오는 곳으로 점점 다가갔다. 귀신에 대한 공포심은 곧 사람 걱정으로 바뀌었다. 흐느낌 소리는 아까 슬쩍 피해 나왔던 이 층 여숙사의 난초반 방 쪽에서 새어 나오고 있었던 것이다.

'또 누가 죽었나?'

청운은 바짝 긴장해 발걸음을 빨리했다. 문을 두드려 안으로 들어선 그는 일순 쓴웃음을 지었다. 여자들은 어떤 비극이 아니라 감동적인 드라마 때문에 코를 훌쩍이며 흐느끼고 있었던 것이다. 그녀들은 이미 방을 싹 정리한 후 드러눕거나 둘러앉아 미애가 읽는 편지에 귀를 기울이는 중이었다. 편지지는 다섯 장은 넘어 보였다. 그 구구절절한 사연을 미애는 제 나름대로 감정을 잔뜩 넣어 마치 성우처럼 낭독해 나갔다.

"······ 이곳 미국에 오고 나서야 내 조국 대한민국의 참모습이 보여. 아, 그리워 죽겠어. 내가 그토록 생지옥이라고 욕했던 그곳의 땅과 하늘이 늘 내 몸과 마음을 감싸 주었다는 걸 생각하면 안타깝고 미안스럽고 슬퍼져. 그곳에서 꿈꾸던 미국은 정작 여기 와서 보니 별로 아름다운 나라란 생각은 안 들어. 엄청 크고 넓은 땅에 거대한 빌딩도 많지만······ 난 왠지 고향의 박꽃 핀 초가집이 그립단다. 뭐 그렇다고 이곳이 꼭 실망스럽다는 얘긴 아냐. 인간적으로 너무나 자유스러워. 곰이 동굴 속에서 쑥인지 마늘인지 뭘 먹고 사람이 됐다는 소리 따윈 우스울 정도로······ 동두천을 떠나왔다는 것 자체가 인간 승리로 생각될 정도야. 아메리카 드림은 목숨을 걸고 한번 꿈꿀 만해. 어차피 그곳에서 가망 없이 살다 죽느니······ 헛꿈이라도 꾸며 온몸으로 부딪쳐 보고 나서 황천으로 가는 게 낫지 않겠어? 여기서 살다 보면 구차스러운 과거보다는 이 현재에 쿨하게 살고 있는 내가 대견스럴 때도 있어. 그래도 왠지 미국 사람들이 이미 다 빨아 먹고 버린 사탕을 주워 핥고 있다는 느낌을 지울 수가 없더라. 난 그곳에 있을 당시, 사실 미국 사람들이 쓴 자기계발이니 성공학이니 하는 책을 구해 읽기도 하면서 내 감정을 억누르고 신세계를 향해 일로매진했었지. 그런데 여기 와서 보니 다들 너무나 일상적으로 뻔뻔스럽게 그런 걸 하고 있어서 내심 좀 부끄러울 지경이었어. 어떤 사람들은 그런 것을 부자연스럽다며 비웃기도 했고······ 나로선 성공 엔진을 달고 여기까지 왔기 땜에 일단은 직진해 나가야 할까 봐. 다행히 여긴 남녀 차별이 없어서…… 동두천에서처럼 하면…… 뭘 못 할까 싶기도 해. 하긴 인종 차별의 벽이 너무 높은 듯하지만 말야. 나 스스로 차츰차츰 극복해 나가야겠지. 앞으로 좀 여유가 생기면 대학에 시간제 학생으로 등록해 전부터 꿈꾸던 관심 분야를 수강해 보려고 해…… 보통 사람들은 운명이란 아주 얄궂은 것이라고 얘기하지. 운명의 주인은 우리가 아니라고…… 하지만 우리의 운명은 우리들 안에서 함께 숨 쉬며 살아가고 있다잖아. 우리가 그걸 들여다보고 용기를 불러일으킨다면……."

청운은 한구석에 선 채 듣고 있었다. 아마 미군과 결혼해 미국으로 간 전직 위안부 여자로부터 온 편지인 모양이었다. '헬조선'을 떠나 '아메리카 파라다이스'로 떠난 어떤 여인의 사연은 그냥 편지가 아니라 드라마틱한 인생극장의 장면으로 이 지옥 같은 기지촌 땅에 남은 여자들에겐 느껴졌을 터였다.

미애는 귤 한 조각으로 입을 축인 후 계속 읽어 나갔다.

"……꿈이 현실로 변하면 마음속을 덮고 있던 환상의 베일이 벗겨지는 것일까? 샌프란시스코 공항에 내리자 처음 본 다른 세상 앞에서 신기함도 있었지만 오히려 두려움이 앞섰어. 내가 한국에서 마음속으로 지녔던 미국에 대한 친밀감은 허무하고 공허해지고 말았지. 차라리 이 순간부터 즉시 빨리 그런 헛된 공상을 버리고 현실을 바로 보는 게 아주 필요하다고 판단했어. 그래야만 나중에 제대로 된 친밀감을 가질 수 있으리라고 생각하며 공항을 빠져나갔단다. 너무도 넓은 땅…… 내가 얼마나 작고 고지식한 미물이었던가 하는 생각이 들었어. 하지만 시가지를 지나 택시를 타고 존의 집으로 가는 동안, 사람 사는 데는 어디나 그럭저럭 비슷비슷하지 않을까 하는 생각도 들더군. 어쨌든 새로운 세상에 적응해야 하니까. 존이 동두천에서 속삭인 말은 대부분 허풍선이란 게 차츰 시일이 흐르면서 드러났지만 백프로 뻥은 아니기에 내가 잘해 실현시켜 보려고 해. 나름 정은 많아서 매일 껴안아 주며, 어서 빨리 나를 닮은 아기를 낳아 달라고 조르고 있어. 호호…… 시부모도 인간미 있는 분들이라 어떤 편견 없이 아주 잘해 주셔. 한국 노친네들도 조선족이나 베트남 등지에서 시집온 며느리들을 따스하게 대해 줘야 한다고 생각해. 아 참, 출국할 때 적어 온 은희 전화번호로 연락해 보았는데 전혀 불통이었어. 아무래도 무슨 사달이 있지 않나 싶어 걱정인데 어찌해 볼 방도가 없어서…… 막 겁이 나곤 해. 무소식이 희소식이란 속담에 배신당한 적이 너무 많으니 말야. 어디서든 별일 없이 살고 있으면 좋을 텐데…… 이런 얘길 하면 괜히 우울해지니깐 그만할래. 난 여기서 열심히 살 거야. 이곳 아메리카 어딘가에 뼈를 묻을 각오로 일하고 새끼를 낳아 퍼뜨릴 테야. 그러면 어느 훗날 제삿술 한잔 받아먹을 수도 있으려나…… 호호, 사람 맘은 참 간사한가 봐. 떠나오고 보니 더 그리운 고향…… 그곳에선 늘 쌍을 찡그리며 무시했던 고추장과 된장과 김치찌개가 얼마나 먹고 싶은지…… 그리고 밤마다 꿈에 이따금 나타나는 기억이 있어. 고향의 낡은 초가집 우물가에서 검둥개가 새끼를 낳는 장면인데…… 그건 실제로 있었던 일이기도 했거든. 그래도 꿈과 사실이 막 헛갈려. 우물 옆에 선 오래 묵은 무화과 나무엔…… 새악시가 구박을 못 견뎌 목매 죽었다는 얘기가 떠돌았지. 검둥개는 바로 그 나무 밑에서 말없이 헐떡거리며 새끼를 낳고 있었어. 초여름 오후라 학교에서 돌아오니 모두 논밭에 나갔는지 집은 텅 비어 괴괴했지. 어린 계집애였던 난 처음엔 너무 놀라 울음을 터트렸어. 개의 입에서 흘러나오는 고통스러운 신음 소리와 허연 침과 꼬리 밑의 핏물…… 난 개가 죽는 줄 알고 캄캄한 천둥 번개 같은 죽음의 공포에 사로잡혀 떨었어. 하지만 얼마 후 검둥이가 무녀리 첫 새끼를 낳고 이어서 두 마리 세 마리…… 다섯 마리까지 꼬물이 강아지를 낳는 동안 난 경이스러운 맘으로 응원하며 지켜보았어. 마치 내가 낳듯이…… 검둥이는 기진맥진한 모습인데도 새끼들의 몸을 깨끗이 핥아 주더구나. 그러자 검정과 하양이 여러 가지 무늬로 섞인 강아지들이 귀엽게 낑낑거리며 어미 젖을 빨기 시작했지. 그제야 검둥이는 안락하면서도 연민 어린 눈으로 제 새끼들과 나를 물끄러미 바라보곤 하더군. 내가 가져다준 국밥은 본체만체한 채…… 그 모습을 보며 난 개에게도 내가 모르는 영혼이 흐른다는 걸 느꼈어. 언젠가 아기를 낳으면 피부 색깔이나 생김새가 어떻든 내 몸처럼 사랑해 줄 거야. 한번 속담을 흉내 내 얘기해 볼까 봐…… 생명은 영원하고 편견은 변한다…… 호호, 정말 그럴까 몰라. 어쨌든 우린 그런 희망을 갖고 살자꾸나, 응…… 아, 너무 그리워. 너도 이곳에 와서 함께 살았으면 얼마나 좋을까?…… 그리구 경아, 희영, 안나도 보고 싶다고 전해 줘…….”

　미애는 낭독을 마치자 편지지를 곱게 접어 국제우편 봉투 속에 집어
넣었다. 아마 그건 한두 번 되풀이된 건 아닐 터였다. 머나먼 꿈의 나라인
미국에서 또 다른 어떤 여자로부터 새 편지가 올 때까지 그건 무슨 신약
성서처럼 계속 낭독될 터였다.
　어떤 여자는 자기 삶의 목소리를 테이프에 녹음해서 보내오기도 했다.
블루문 클럽에 있을 때 청운은 맑고도 어딘지 애조 띤 여성의 목소리를
들은 적이 있었다. 기지촌 여인들은 꿈을 이룬 이전 동료의 얘기를 들으
며 흐뭇한 감동에 젖기도 하고 선망과 질투를 은근슬쩍 드러내기도 했다.
　“아이구 참, 듣기야 좋지만서두…… 이게 다 사실인지 좀 의심스럽기
도 하네…….”
　“엥, 그게 뭔 소리여?”
　“왠지 침소봉대한 성싶은 구석이 보인단 말이지.”
　“침소봉대는 웬 미국놈 좆 빠는 소린겨? 겨우 간만에 미국 땅 가서 친
정에 소식을 보내려다가 보면 좀 치장을 하는 게 정상이지, 뭘 미주알고
주알 따져? 일부러 불행을 주저리주저리 늘어놓을 필욘 없잖아.”
　“그래도 영화나 텔레비전 드라마를 보면 희비 쌍곡선이 교차해야지만
재미가 있지 맨날 햇빛만 내리쬐면 눈부셔서 얼마나 볼까 싶어.”
　“이게 영화야? 드라마야? 실제 현실이잖아. 비극이나 불행은 더 이상
없었으면 해.”

“그래, 그냥 한번 해본 소리일 뿐야.”

“알어, 니 맘 아니까 됐어. 니 맘이나 내 맘이나 우리들 맘이 뭐 그리 차이가 있겠니…….”

“호호, 동감이야.”

몽키하우스에서는 모든 양공주들이 동등했다. 적어도 미군에게 해악을 끼칠 수 있는 성병균 보균자로서 같은 취급을 받았다.

하지만 사실 기지촌 클럽 안팎을 놓고 보면 상류층, 중류층, 하류층의 차이가 있었다. 이른바 상류층은 공개적인 매춘을 하지 않고 미군과 계약 결혼 또는 동거를 해 살아가는 여자들이었다. 계급 높은 장교들과 사는 양색시들은 동두천 바닥에서 공작부인으로 행세할 수도 있었다. 여기엔 클럽 댄싱걸도 포함되었다. 그녀들은 대체로 호스티스와는 다른 존재라는 생각을 갖고 있었으며, 설령 미군과 성매매를 하더라도 스스로 상대를 골랐다.

중류층은 클럽에서 호스티스라는 이름으로 일하는 양색시들로, 미군과 함께 술을 마셔 매상을 올려 주고 이어 몸까지 제공하는 위안부였는데 그 수가 가장 많았다.

마지막으로 하류층은 인생의 막바지에 늙은 몸을 팔아 겨우 연명해 나가는 퇴기와 비슷한 존재들이었다. 그들은 정상적인 방법으론 미군을 유혹하기 어려워 썩 진한 화장을 하곤 싸구려 화대로 양키 녀석들을 꼬셨다. 대개 주색과 마약에 중독돼 가난하거나 취향이 괴상한 놈들이었다. 어쩌면 그들이 그녀들을 먹여 살렸다고 할 수 있을까, 혹은 쥐꼬리 같은 화대로 늙은 몸과 영혼을 괴롭혔다고 해야 할까? 아무튼 그 퇴기들은 인간의 악마성을 마구 표출하기도 하는 일부 미군들의 무자비한 폭력 범죄 앞에 무방비로 방치돼 있었다. 반평생을 몸 바쳐 외국군에 시달려 온 늙은 패랭이꽃들은 청춘을 잃어버린 채 밤거리를 방황하며 펨프(매춘 중개인)나 히빠리(최하급 위안부) 노릇을 하다가 쥐도 새도 모르게 얼어 죽거나 미군 범죄의 희생자가 되어 한 많은 생을 끝내곤 했다.

상류층에서 하류층에 이르는 위안부 여자들이 맞대 놓고 계층 의식을 드러내는 건 아니었다. 만일 그랬다가는 모두의 눈총을 받고 따돌림을 당했다. 그렇긴 해도 은연중에 어떤 감정이나 기색이 드러나는 건 어쩔 수 없는 인간의 본성일까?

하지만 몽키하우스에 감금된 여자들은 어쨌든 모두가 비슷해 보였다.

수용소에서는 성병 검사실에 가서 규칙적으로 체크를 하고 주사를 맞았다. 한낮의 자유시간에 여자들은 뜨개질하거나 주간지를 읽거나 끼리끼리 모여 앉아 한 맺힌 신세타령이나 미군 체험담을 늘어놓곤 했다.

'저 여자들이 어떤 존재인지는 그 어떤 누군가가 당장 밝혀내긴 어려울 거야. 아마 본인들 스스로도…… 언젠가 미군이 이 땅을 떠나거나, 한미 관계가 평등해져서…… 한국인들 모두가 또렷이 현실을 알게 될 때까지는…….'

청운은 여숙소의 방문을 닫은 후 어둑한 복도를 걸어 내려오면서 깊은 생각에 잠겼다.

꽃의 낭떠러지

청운은 밤늦게 잠들었다가 이른 새벽 산새 소리에 깨어나곤 했다.

겨울새들은 봄을 바라고 있겠지만 아직은 추운지 목청이 좀 떨렸다. 가끔 나뭇가지에서 떨어져 얼어 죽은 새도 보였다. 싸늘한 백설 위에 누운 새는 언뜻 꿈을 잃어버린 천사 같기도 했다. 짧은 삶 동안 푸른 하늘을 아마 인간보다 더 많이 보았을 새의 눈은 얇고 하얀 막으로 덮여 있었다. 마치 천상으로 날아간 자신의 영혼을 원망하는 듯싶기도 하고 축복하는 성싶기도 한 눈이었다.

청운은 그 작은 시체에 하얀 눈을 모아 무덤처럼 덮어 주었다. 그러고는 건물 뒤꼍으로 가서 장작을 패어 차곡차곡 쌓았다.

문득 어떤 소리가 들려와 청운은 깜짝 놀랐다. 그건 청아했지만 새소리는 아니었다. 사람 목소리 같지 않은 탈속적인 점이 느껴졌다. 그렇다고 무슨 초탈적인 귀신이나 정령 같진 않았고 그저 순진무구한 미지의 존재였다. 새 울음 같던 그것은 점점 앳된 소녀의 속삭임으로 변해 갔다.

"파랑새~ 내 파랑새는 어디 갔나?……"

소녀는 작고 가냘픈 몸을 곧게 펴곤 고개를 들었다. 두 눈이 초롱초롱 반짝였다.

"하늘이 두 쪽 나더라도 이것만은 변치 않을 거야. 내가 만일 공주라면 너덜너덜한 누더기를 걸쳤다고 해도 마음은 공주처럼 지닐 수 있어. 곱고 화려한 옷을 입는다면 공주처럼 행동하기가 한결 쉽겠지만, 아무도 몰라 줄 어려운 때에 늘 참다운 공주같이 생각하고 행동하는 게 훨씬 더 가치가 있을 거야. 음, 내가 만약 공주라면…… 참된 공주는 혹시 자리에서 쫓겨나 비참해졌더라도…… 자기보다 더 가난하고 비참한 백성을 만난다면 즉시 그들에게 가진 걸 나누어 주겠지. 언제나 자신보다 남들의 고통을 중히 여기고 베푸는 사람이 진짜 왕자고 공주야. 오, 하느님, 제 마음이 늘 참답고 또한 따스함을 지니도록 도우소서!……."

소녀는 간절한 목소리로 기도했다.

청운은 잠시 일손을 멈춘 채 고개를 돌렸다. 하얀 가운을 걸친 여자가 나비인 양 두 팔을 흔들며 팔랑팔랑 율동적으로 날아왔다.

"여기서 뭐 해요? 운이 오빠 노예야?"

여자가 물었다. 청운은 대꾸 없이 물끄러미 바라보았다. 그녀는 살풋 웃고 있었다. 갸름하고 하얀 얼굴에 아담스러운 몸매였다. 새벽빛이 차츰 밝아와 언제나 눈물이 어려 있는 그 큰 눈을 비추자 무슨 보석처럼 한순간 신비스레 반짝였다.

“운아, 여기서 뭐 하니? 엄마가 보고 싶지 않았어?”

“보고 싶었어……요.”

“그런데 왜 멍하니 서 있니, 응?”

청운은 다가가서 그녀의 어깨를 살짝 안았다. 그녀도 그를 꼭 껴안았다.

“아유, 내 귀염둥이…… 엄마가 보고 싶은데 오지 않아 미웠니?”

“응.”

청운은 어린 여덟 살 때 서울역에 버려진 채 엄마를 기다리던 그 안타깝던 기억을 떠올리며 입속으로 작게 대꾸했다. 정답던 엄마는 사이비 종교에 빠져 가산을 교단에 헌납하곤 빈궁을 못 견딘 나머지 자식마저 차가운 객지에다 버렸던 것이었다.

“엄마가 이렇게 안아 주니 좋아?”

“으응…….”

청운은 처음엔 애처로운 여자의 말에 대꾸하는 척 짐짓 연기를 했었는데 어느새 감정이입이 돼 흐느끼고 말았다. 여자는 그런 사실을 아는지 모르는지 청운을 품속에 따스하게 껴안고는 등을 살살 어루만져 주었다.

“아가, 아가…….”

그녀는 작게 속삭였다. 청운의 턱 밑에 닿을락 말락 한 아담한 체구인데도 그 순간만큼은 성모(聖母) 마리아의 기품이 느껴졌다.

그녀는 정인이라는 이름으로 불리는 열아홉 살의 클럽 아가씨였다. 잘 울고 잘 웃는다는 사실만이 문제일 뿐 그 수용소의 요정 같은 존재였다. 그녀가 살짝 한마디 걸면 우울증에 걸린 사람들도 얼결에 미소로 화답하고, 무언가에 원한 맺혀 악독한 욕설을 퍼붓던 여자들마저도 회한의 눈물을 찔끔거릴 정도였다. 하지만 삶의 악조건 속에 놓인 어느 누구도 그 요정을 부러워하진 않았다. 왜냐하면 정인은 반쯤 미친 듯 정신이 오락가락하는 상태였기 때문이었다. 어쩌면 그녀들은 연민의 정을 느끼고 있는지도 몰랐다. 마음속의 풍경화에 숨어 있는, 미치고 싶고 현실을 벗어나고 싶은 상념이 변해 요정을 꿈꾼 건 아닐까? 그렇긴 해도 미친 요정보다는 현실의 양공주가 더 낫다고 자위하진 않았을까. 혹은 정인의 가여운 모습을 바라보는 그녀들은 자신의 신산스러운 삶을 되새기면서 내심 울거나 웃으며 위안을 받진 않았을까. 또는 아마도 애처로운 요정을 가엾게 여김으로써 자기 마음을 높이고 정화시키고 밝게 하고픈 여심女心이 은근히 작용하지 않았을까 싶었다. 그래서 그런지 모르지만 정인의 인생 여정은 사실과 달리 변화되거나 각색되고 있었다. 마치 요정의 내력을 빌려 자신들의 삶을 드라마틱하게 극화시키듯…… 하지만 허황되진 않고 자신들의 실화를 담고 있었다.

다만, 사정이 그렇다 보니 한 여자의 인생극 속에 서로 상충되는 점이 섞여 들기도 했다. 그 파란만장한 스토리는 이러했다.

정인은 충청도의 어느 작은 도시에서 태어났다. 도시라곤 해도 변두리라 시골과 별다름이 없었다. 더구나 빈민들만 모여 사는 어두운 지역이었다.(그런 곳에서라도 태어난 게 좋을지, 아예 생겨나지 않는 게 좋을지는 판단하기 어려울 터였다. 아무튼 태어났으니 살아가야만 했으리라.) 약간 정신박약 증상이 있었다. 혹은 공주 몽상夢想이 있었다고도 한다. 아버지는 뻥튀기 장수에 엄마는 변두리 다방 얼굴마담이었다. 나이 차이가 열 살이나 났는데 둘 다 술 중독자에다가 노름을 즐겼다. 아버지가 아주 미남이었다는 얘기도 있다. 둘은 꽤나 정다웠지만 외딸 정인이 두세 살쯤 된 무렵부터 생활고 등으로 인해 싸움이 잦았다. 한편 아버지가 자가용 운전수였고 엄마는 부잣집 사장의 막내딸이란 설도 있다. 누가 먼저 상대를 꾀었는지는 알 수 없다. 어쨌든 사랑의 도피 행각으로 부잣집 부모와 연이 끊어진 이후론 점차 가난해지고 말았다. 알코올 중독에 도박 성향까지 있는 그들의 둥지가 평온했을 리 없다. 정인은 늘 외로움과 불안에 떨며 자랐다. 대여섯 살 때 그 불안들은 하나의 거대한 공포로 변해 눈앞에 나타났다. 곤드레만드레가 된 채 서로 할퀴고 때리며 싸우던 중 아빠가 무슨 짐승처럼 괴상스러운 소리를 내지르며 엄마를 밀쳤다. 손톱을 세우고 달려들던 엄마는 마치 목에 용수철이 달린 인형처럼 머리를 세게 흔들더니 벽에 뒤통수를 박곤 스르르 무너져 내렸다. 눈동자가 허옇게 뒤집힌 채 입에 거품을 물곤 사지를 파르르 떨었다. 정인은 겁에 질린 눈으로 그냥 지켜보기만 했다. 그 소녀의 눈동자는 크게 뜨여 있었지만 고정된 유리구슬처럼 더 이상 아무것도 보지 못했다. 어린 소녀의 기억은 먹칠 된 필름보다 더 캄캄했다. 엄마는 대체 왜 갑자기 어디로 사라져 버린 걸까? 그런 마음속의 물음은 영원한 비밀로 묻히고 말았다.

인생극의 새로운 막이 오르고 계모가 등장했다. 다른 사람에겐 '여우의 좋은 점을 지닌 현모양처'로 보였지만 적어도 정인에게는 악녀 역을 맡은 주연 여우였다. 때리고 할퀴고 말라깽이가 되도록 굶기는 게 아니라 지독한 욕설을 통해 어린 소녀의 영혼을 멍들게 만들었다. 개쌍년이니 멍텅구리니 미친년이란 말보다는 "아가야, 똑똑히 따라서 해봐……
히히, 난 창녀야, 매춘부야, 양공주야…… 빨리해!"라는 미친 듯한 은근
짜의 강요였다.

그런 말을 하는 계모는 사람의 모습이 아니라 자신이 예전에 겪은 갈
보의 추악성을 아이의 마음속에 주입하려는 야수의 얼굴이었다. 오래 묵
은 화장독으로 인해 푸르스름한 낯가죽을 다시 진한 화장으로 가리고 입
술엔 늘 빨간 루주를 바르고 있었다. 그런 정신적인 세뇌와 영혼에 대한
폭력은 열두세 살이 되어 초경을 치른 후론 훨씬 더 심해졌다.

"넌 할 수 있어. 무엇이든 할 수 있다구! 너 같은 반푼이…… 반달이
오히려 매력적일 수도 있어. 제 잘났다고 뻐기는 연놈들은 젬병이야. 알
았지? 넌 반푼이가 변신한 반달이야…….”

그녀는 세뇌의 감옥에 갇혀 시시각각 괴로워하며 파르르 떨었다. 만일
그 무렵 의붓오빠가 집으로 들어오지 않았다면 아마 가출이나 자살을 감
행했을지도 몰랐다. 의붓오빠는 계모의 친아들로 정인보다 다섯 살이 많
았는데, 몇 년 전에 불쑥 가출했다가 돌아온 것이었다. 오빠는 코밑에 수
염이 거무스름하게 돋고 오른쪽 눈가엔 전에 없던 흉터가 나 있었다. 계
모와 달리 오빠는 정인을 애처로운 눈빛으로 바라보곤 했다. 하지만 정
인이 해죽 웃으며 다가가면 문득 싸늘히 돌아서 가 버렸다. 그래도 때론
머리카락을 다정스레 쓰다듬어 주기도 하고 하얀 손을 꼭 잡아 주고 포
근히 껴안아 주기도 했다. 그녀는 눈물이 그렁그렁 어린 눈망울로 말없
이 오빠를 쳐다보았다. 그 순간이 가장 행복했다. 오빠의 메마른 입술이

눈가에 닿았을 때는 천국에 오른 듯했다. 그리고 예쁜 꽃이 달린 머리핀이나 일기장을 선물하기도 했는데, 어느 날 갑자기 오빠는 책 한 권을 책상 위에 놓아두곤 집을 나가 다신 돌아오지 않았다. 채색된 삽화도 들어간 그 아담한 책을 보며 정인은 밤새도록 소리 죽여 흐느꼈다.

여기서부터 몽키하우스에 수감된 여자들의 얘기는 두 갈래로 나뉜다. 정인과 의붓오빠가 육체 접촉을 거쳐 성관계까지 나아갔는가, 정신적인 사랑에서 멈췄는가 하는 문제였다. 하지만 그녀가 늘 보물처럼 지니고 다니는 작은 자물통이 달린 일기장을 누군지 슬쩍 훔쳐봤으나, 이 의문에 대해서만큼은 아무런 언급이 없었으므로 여자들의 공상은 여러 갈래로 가지를 뻗었다.

"아마 했겠지. 그 나이 땐 마음보다 몸이 쪼금 더 먼저 움직이잖아. 사내놈이 훌훌 떠난 뒤 계집애가 그리워 울고 짰다면 뻔한 걸 뭐."

"그래도 순정파였을 수도 있잖아. 예쁜 동화책을 몰래 선물로 두곤 밤안개를 헤치며 묵묵히 떠났으니 얼마나 멋져. 아, 내게도 그런 추억이 있었으면……."

"지랄허고 자빠졌네. 양갈보 생활 십 년에 아직도 백마 타고 올 왕자를 기다리고 있다니 꽤나 꼴사납다야. 명자 넌 순정만화를 너무 많이 봐서 탈이라니까."

"호홋, 마약보다는 더 건전하지 뭘 그러니?"

"저 미친년…… 대체 언제 철이 들꼬?"

"세상이 추악해도 민들레는 핀단다. 노란 꽃도 귀엽지만, 무거운 씨앗

을 매단 채 훨훨 날아오르는 하얀 날개를 보면 너무 경이로워. 난 순수한
영혼을 느껴. 더구나 걔들은 오누이 사인데……."

"오누이는 무슨 오누이래. 의붓남매라곤 해도 따지고 보면 전혀 남남
인걸. 그리구…… 민들레 꽃씨가 푸른 하늘을 향해 날아오르는 게 꿈이
라고 생각하면 착각이야. 꽃씨들은 척박한 땅에 더 많은 씨를 뿌려 생존
하기 위해 애쓰고 있는 거라구."

"젊은 언니들, 보리밥 먹구 괜히 목청 높이 덜덜 말구 그냥 한숨 주무
셔. 이런들 어떻구 저런들 어떡할 거야. 이미 양갈보가 돼 버렸는걸……."

"그래, 맞아. 그저 흘러가는 이야기일 뿐인데 너무 심각하면 재미도 콩
맛도 없지롱……."

그렇게 해서 남매간의 근친상간 의혹은 일단 흐지부지해지고 말았다.
고운 손때가 묻은 그 책엔 이런 내용이 들어 있었다.

먼 이어도에는, 내리흐르기도 하고 치흐르기도 하는 바닷가 오두막에
한 가족이 살고 있었다. 아버지 강씨가 이어도의 아름다운 해변을 거닐
다가 이씨 처녀의 눈에 들어 정분을 맺고 쌍둥이 남매를 낳으니 이들이
바로 오라비인 은우와 누이 별이였다. 세월이 흘러 부모는 세상을 떠났
다. 그런데 바로 이 별이가 세상 아가씨들에게, 사랑해도 좋을 상대가 있
고 결코 안 될 상대가 있다는 사실을 가르쳐준다. 무슨 말이냐 하면 열댓
살이 된 처녀 별이가 제 오라비인 은우에게 품어서는 안 될 사랑의 마음
을 품은 것이다.

처음에는 별이도 자기 마음에 깃들어 있는 감정이 어떤 것인지 잘 모르고는, 당연한 듯 여기고 오빠에게 다정하게 입을 맞추거나 그의 목을 팔로 감아 안거나 했다. 별이는 자신의 행동에 자연스럽지 못한 구석이 있다는 것을 알고도 꽤 오랫동안 남매간이라는 것을 기화로 제가 하는 짓을 정당화했다. 그러나 이러는 동안 오라비에 대한 별이의 사랑은 선을 벗어나고 있었다. 오빠를 만나야 할 때면 가장 아름다운 옷으로 차려입거나 예쁘게 보이려고 턱없이 애쓰거나, 자기보다 예쁜 여자가 오빠 곁에 있으면 터무니없이 질투하기 시작한 것이었다. 별이는 제 느낌을 말로 나타내지 못하는 지경에까지 이르렀다. 별이의 욕망은 안으로 타들어갔다. 이윽고 별이는 남매라는 것을 나타내는 오라버니라는 호칭 대신에 '자기'라는 호칭을 더 즐겨 썼고, 은우가 자기를 누이라고 부르기보다 별이라고 불러주는 것을 좋아하는 지경에 이르렀다.

별이는 깨어 있을 때면 곧잘 부끄러울 만큼 탐욕스러운 상상을 하곤했다. 그러나 잠이 들면 그보다 더 부끄러운 꿈을 꾸었다. 그녀는 제 오라버니의 품에 안겨 잠자는 상상을 하고는 꿈속에서도 얼굴을 붉히는 것이었다. 어느 날 잠에서 깬 별이는 한동안 그대로 누운 채 꿈에서 경험한 것을 되새겨보다가는 속으로 푸념을 했다.

'나같이 불쌍한 것이 세상에 또 어디 있을까! 어째서 이런 꿈을 꾸는 것이며, 이 꿈이 뜻하는 바가 무엇일까? 다시는 이런 꿈을 꾸지 않았으면 좋으련만…… 그래, 내 오라버니가 심지어는 좋게 보지 않으려는 여자들의 눈에도 절세의 미남으로 보이는 것이 사실이다. 나도 오라버닐 존경한다. 그래, 오라버니가 아니었더라면 사랑의 상대로 삼을 수도 있었겠지. 하지만 나는 그의 누이이니 이 팔자가 사납구나! 아니야, 깨어서는 그분이 내 연인이 되는 상상을 할 수 없으니, 잠들어 꿈이야 좀 꾼들 어떠랴! 누가 내 꿈을 엿볼 것이며, 누가 꿈속에 누리는 기쁨을 탓하랴! 아, 오라버니여, 내가 만일에 이름을 바꾸어 오라버니와 혼인한다면 아버님의 좋은 며느리가 될 수 있을 텐데요. 또한 만일 오라버니가 나와 혼인한다면 아버님의 좋은 사위가 될 수 있을 텐데요. 아, 맞아, 우리 부모님은 이미 돌아가셨지. 아, 차라리 오라버니가 나보다 귀한 집안에서 태어났더라면 좋았을 것을. 그러나 그렇지 못하여 절세의 미남인 오라버니는 다른 여자를 아내로 맞아 아이들을 낳게 할 테지. 신께서 우리를 같은 부모 밑에서 태어나게 했다는 그 이유 때문에 나는 오라버니의 누이로 남아 있어야 할 테지. 우리가 나누어 가진 것이 우리를 남남으로 나눌 테지. 그런데 왜 나는 이런 아무 소용도 없는 꿈은 꾸는 것이지요? 아, 신이시여, 더 이상 이런 꿈은 꾸지 않게 하소서. 바라건대 이 금단의 욕망을 저에게서 떠나게 하소서. 떠나게 하지 못하신다면 금단의 욕망에 굴복하기 전에 저를 죽이소서. 죽어 관 속에 들면 제 오라비로 하여금 저의 볼에 입 맞추게 하소서. 내가 어떻게 이런 것을 다 하고 있지? 내가 왜 이런 소릴 하고 있는 것이지? 대체 내가 어쩌려는 것일까? 안 된다, 이런 부정한 생각은 안 돼! 내 사랑은, 오라비에 대한 누이의 사랑을 넘어서는 안 된다. 그렇지만, 오라버니가 먼저 나를 사랑했다면? 아마 나는 오라버니의 부정한 유혹에 넘어가고 말았을 테지. 그렇다면…… 나는 왜 먼저 호의를 보이면 안 되는가? 하지만 네 입으로 이 말을 고백할 수 있을까? 네가 오, 사랑이 나를 물러서지 못하게 한다. 할 수 있을 것이다. 그래, 부끄러워서 말을 못 한다면, 은밀하게 써서 뜻을 전하면 되는 것이다.'

이렇게 결심하고 보니 가슴속의 의혹도 말끔히 가시는 기분이었다. 별이는 옆으로 비스듬히 누워 한 손으로 머리를 괴고 다시 중얼거렸다.

'그래, 결정은 오라버니에게 맡기자. 나로서는 가슴을 태우는 이 격렬한 욕망을 고백하는 수밖에 없다. 아, 나는 대체 어디로 가고 있는 것인가? 이 가슴을 태우는 불길은 대체 어떤 불길인가?'

별이는 편지의 사연을 상상하고는 떨리는 손으로 적을 준비를 했다. 연필을 들고 쓰다가는 망설이고 망설이다가는 또 쓰곤 했다. 쓰다가 잘못 쓰면 지워 다시 쓰고, 또 제가 쓴 것이 부끄러워져 연필을 놓기도 하고, 그래서는 될 일이 아니라는 생각이 들면 다시 연필을 잡았다. 별이는, 어떻게 써야 할지 몰라 자주 망설였다. 표정으로 보아 부끄러워하면서도 대담하게 쓰는 것 같았다.

'그대를 사랑하는 사람이 그대의 행복을 기도하면서 이 글을 드립니다. 이런 기도를 드리는 사람은 그대가 주지 않는 한 이 행복을 누리지 못합니다. 이름을 밝히긴 참으로 부끄럽고 부끄럽습니다. 그대에게 내 소원을 이루어줄 뜻이 없다면 이름을 알려고 하지 마셔요. 적어도, 내 기도가 이루어지기까지는 별이라는 이름이 알려지지 않기를 바랍니다. 그대로 인하여 내가 고통 받고 있다는 사실을 알고 싶으시거든 내 창백한 뺨과 여윈 몸과 슬픔에 잠긴 표정, 늘 눈물이 고여 있는 이 눈을 보소서. 그대와 사랑을 이렇게 비는 나는 그대의 원수가 아니라, 그대와는 참으로 가까워지기를 바라는 계집입니다. 이런 일이 있어도 좋을 것인가, 이것은 죄악이 아닌가…… 이런 것을 따지는 일은 어른들에게나 맡겨놓아야 할 일인 줄 압니다. 우리 세대에 어울리는 사랑은 점잔 빼는 사랑이 아닙니다. 만일 우리 마음에 거리끼는 것이 있다면, 이 달콤한 금단의 사랑을 남매라는 이름으로 가리면 되는 것입니다. 그러면 나는 사람들 앞에서도 그대와 자유로이 이야기를 나눌 수 있을 것이며, 우리는 사람들 앞에서도 자유로이 포옹하고 입 맞출 수 있을 것입니다. 사랑을 고백하는 이 계집을 가엾게 여기소서. 사랑이 목말라 죽을 지경에 이르지 않았다면 이런 고백은 하지 않았을 것입니다. 이 사랑을 거절하면 나는 죽을 수밖에 없으리니, 죽은 내 묘비에 나를 죽음으로 몰아넣은 자의 이름으로 그대 이름이 새겨지는 일이 없게 하소서.'

생각할수록 하릴없는 글귀를 가득히 쓴 별이는 더 이상 쓸 곳이 없자 마지막 인사는 종이 가장자리의 빈 데에다 썼다. 한참을 망설이던 별이는 이윽고 편지를 고이 접어 봉투 속에 넣었다.

봉투를 집어 들려는 찰나 그것은 별이의 손에서 미끄러져 바닥에 떨어졌다. 이 불길한 징조가 그녀를 불안하게 했다. 그러나 그런 징조에 마음 쓰지 않고 봉투를 오빠의 책상 위에 올려놓았다.

한편 은우는 밤늦게 바다에서 돌아와 편지를 발견하곤 꺼내어 읽어보았다. 은우의 낯빛이 살짝 붉어지더니 미간이 잔뜩 찌푸려지면서 안색은 창백해졌다.

"이게 도대체 뭐지?…… 흠, 별이가 마을의 어떤 녀석을 짝사랑하는가 보군. 그런데 왜 여기다 놔뒀을까? 흐훗, 나더러 전해 달라는 모양이구나. 그런데 대체 어떤 놈일까?"

은우는 일부러 크게 웃으며 말했다.

별이는 그제야 자기의 진심이 크게 조롱당한 것을 깨닫곤 해쓱한 낯빛으로 파르르 떨었다. 이윽고 제정신을 차린 그녀는 들릴락 말락 한 소리로 중얼거렸다.

'내가 이렇게 조롱을 당해도 싸지! 어쩌자고 상처 난 가슴을 그에게 내보였던가! 어쩌자고 속으로 가만히 앓아야 할 가슴의 병을 이다지도 경솔하게 적어 보냈을까? 먼저, 내 속을 드러내고 거절당해도 민망하지 않을 방법으로 그의 의중을 떠보았어야 했던 것을…… 돌이킬 수 없는 이 실수를 어쩔거나. 봉투를 집어 들 때 내 손에서 미끄러져 떨어진 것은, 내 사랑을 드러내지 말라는 계시였거늘…… 내 희망도 그렇게 무참하게 깨어질 것을 미리 알리는 계시였던 것을…… 편지를 보내는 날짜를 바꾸든지 계획 자체를 바꾸었어야 했다. 아니다, 아니다, 나는 편지를 보내는 대신 오라버니를 직접 만나 내 마음을 열어 보였어야 했다. 오라버니에게 내 눈물과 사랑이 담긴 얼굴을 보여주었더라면 난 편지가 전할 수 있는 것 이상의 뜻을 전할 수 있었을 텐데…… 만약 오라버니가 내 뜻을 거절한다면 그의 목을 끌어안고, 내 애절한 뜻을 전하고 애걸할 수도 있었을 텐데…….'

한편 누이인 별이가 쉽사리 포기하지 않으리라는 것을 안 은우는 그냥 그대로 있다간 부끄러운 일을 당하리라고 생각하고는 고향을 떠나 먼 육지로 배를 타고 떠났다. 실성한 별이는 제 옷을 찢고 여윈 가슴을 치며 애통해했다. 제정신이 아니었던 별이는 만나는 사람마다 붙잡고 오빠가 간 곳을 물었다. 하지만 아무도 대답해주지 않았다. 절망한 별이는 집을 떠나 달아난 오라비를 찾으러 매일 바닷가를 돌아다녔다. 미친 듯이 오라비를 찾아다니던 별이는 나무가 드문드문 서 있는 산기슭에 쓰러지고 말았다. 긴 머리카락을 땅바닥에 늘어뜨리고 핼쑥한 뺨은 낙엽에 댄 채…….

아무 말 없이 흐느끼며 눈물로 마른 풀을 적시고 가녀린 손가락의 손톱으로 딱딱한 흙을 긁어댔다. 어깨를 떨며 하염없이 울던 그녀는 마침내 일어나 바위 벼랑으로 기어오르더니 바닷속으로 몸을 던지고 말았다…….

아무튼 그동안 방패막이가 되어 주던 오빠가 떠나 버리자 계모의 학대는 한층 더 악랄해졌다. 컴컴한 방 안에 가두어 손발을 묶어둔 채 귀가 멍멍해질 정도로 시끄러운 미국 노래를 반복적으로 들려주었다. 며칠 동안 전혀 밥은 주지 않고 쓰디쓴 커피와 짜디짠 소금물과 다디단 설탕물만 강제로 주입시키며 고문하는 맛을 즐겼다. 그러다가 어느 날 갑자기 창녀굴에다 팔아넘겨 버린 것이었다.

그녀가 처음 간 곳은 인천 근처의 부평에 자리 잡은 기지촌이었다. 그곳은 6.25전쟁 당시 인천상륙작전을 성공적으로 수행한 미군들의 노고를 위안하기 위한 최초의 양색시촌인 셈이었다. 여느 여자들과 달리 화장도 거의 하지 않고 영어는 한마디도 모르는 벙어리였지만 정인은 미군들에게 인기가 꽤 좋았다. 혹시 미국인들이 롤리타 콤플렉스라고 부르는 이른바 소녀 성애 취향 때문은 아니었을까? 정인의 몸매는 보통 한국 여자보다 아담하고 가냘픈 편이라 미군들의 눈엔 어린 소녀로 보일 수도 있었다. 어쩌면 정인뿐만 아니라 한국의 모든 여성들이 그들에겐 아담한 체구의 '소녀'로 여겨졌는지도 모른다. 모든 미군이 다 그런 건 아니겠지만, 아마 일부 양키 녀석들이 위험 지역인 한국에 지원한 이유 중엔 롤리타 콤플렉스를 자극받은 점도 없진 않았으리라. 실제로 몸집이 거대한 미군이 위안부 아가씨들의 어깨를 감싼 채 걸으며 희롱거리는 모습엔 그런 요소도 엿보였다.

1년여 후 정인은 클럽에서 알게 된 언니를 따라 서울 무교동의 한 살롱으로 옮겨갔다. 미군 클럽에 진 빚은 다 갚은 상태였으나 포주가 놓아주려 하지 않아 거의 도망치듯 빠져나갔다. 무교동과 퇴계로의 밤거리는 화려하고 상큼했다. 하지만 미군 클럽에서와는 달리 정인은 별로 인기가 없었다. 살롱엔 탤런트처럼 세련미 넘치고 쭉쭉 빠진 팔등신 미녀들이 우글거렸고 한국 남자들은 대개 그런 미희들을 선호했다. 그 당시 한국엔 아직 롤리타 콤플렉스니 소녀 성애니 하는 말이 유행하지 않았다. 일부 성도착자나 정신병자가 그런 취향을 지녔는지는 몰라도 일반 남자들은 대체로 그런 짓을 범죄성을 떠나 혐오스러워할 정도였다.

그 무렵 전북 군산 지역에 박정희 정부의 적극적인 지원으로 아메리카 타운이 건설되었다. 미성읍 산북리 일대의 1만여 평 옥토 위에 지어진 거대한 미군 전용 위락시설이었다. 당연히 수많은 위안부 여성이 필요했기 때문에 모집책들은 전국 각지의 직업소개소와 유흥가를 돌며 얼굴이 반반한 아가씨들을 뽑아 그곳으로 데려갔다. 일제 식민지 시대에 정신대란 이름으로 일본군 위안부를 징발해 가던 모습과 같은 건 아니었지만 비슷한 구석이 없잖아 있었다. 과연 무엇이 같고 무엇이 다른가? 물론 정인은 그런 걸 알 리 없었으되 그저 멋진 신천지 같은 시설에서 많은 돈을 벌게 된다는 말에 끌려 아메리카 타운으로 가게 되었다. 별천지라는 그곳은 실상 일종의 화려한 수용소였다. 미군에겐 환락의 천국일지 몰라도 위안부들에겐 지옥의 일부로 여겨질 수가 있었다. 외부와 차단된 높고 견고한 담벼락 안에는 마치 벌집 같은 주택단지가 수십 채 들어섰고, 30여 곳의 미군 클럽과 쇼핑센터, 오락실, 목욕탕, 미장원, 세탁소, 약방, 찻집, 작은 상점 따위가 줄지어 늘어서 있었다. 여자들은 클럽에서 미군을 유혹한 후 벌집처럼 다닥다닥 붙은 작은 방으로 데려가 달러에 몸을 팔았다. 그곳이 만일 신천지였다면 과연 무엇을 위한 신천지였을까? 지옥보다 더 악독한 이 세상, 몸이라도 양놈에게 팔아 제 잘난 척이나 하는 못난 조선놈들을 비웃어 주고, 지옥의 돈을 벌어 마지막으로 꿈꾸던 천국에서 한번 살아보고 싶었던 걸까?

하지만 지옥이란 뜻대로 되지 않는 불행이 도사린 곳이다. 세코날에 취해 억지로 술을 마시고 몸을 팔고 양좆을 빨아도 심신만 점점 피폐해질 뿐 돈은 낙엽처럼 날려 사라져 버렸다. 아메리카 타운은 정부의 후원을 받긴 했지만 주식회사 체제로 운영되고 있었다. 청와대와 연줄이 깊은 어느 국회의원의 친구가 사장이고 그 아래 전무와 상무, 부장, 과장, 사원 등이 업무에 매진했다. 그 업무란 바로 위안부 여자들을 이용해 국가 지원 사업을 하는 동시에 최대한 피를 빨아먹는 것이었다. 방값을 비롯해 전기료, 수도료, 난방비, 청소비뿐만 아니라 티브이, 비디오, 전축 사용료 따위를 턱없이 비싸게 매겨 눈물 젖은 돈을 뺏어 갔다.

군산은 일제 식민지 시대부터 수탈을 당한 곳이었다. 품질 좋은 호남 평야의 쌀을 일본으로 앗아 가기 위해 군산항에 수많은 대형 정미소를 지은 일제는 중국 침략을 위한 전진 기지로 군산 비행장을 건설했다. 마을 주민들은 고향 땅에서 쫓겨나 외지로 떠났고, 강제 동원된 노동자들은 짐승처럼 혹사당하며 밤늦게까지 활주로를 닦았다. 유곽이 들어서 어린 소녀들이 대륙으로 출격하는 일본군을 위안했다. 해방이 되자 한스러운 그 자리에 곧장 미 공군기지가 들어섰다. 일본군 위안부는 양공주로 이름이 바뀌었으며, 더 많은 아가씨들이 자유라는 글자가 새겨진 목걸이를 걸치고 들어왔다. 하지만 과연 자유로운 존재로서 살게 됐을까? 국가 주권을 완전히 찾지 못한 반식민지에서는 자유도 반쯤밖에 허용되지 않았다. 절뚝발이나 반신불수처럼…….

정인은 그곳에서 오래 있지 않았다. 다행인지 불행인지 어느 미군 장교를 만나 사귀다가 갑자기 부산 하야리아 부대로 따라가게 됐던 것이다. 그동안 그녀는 달러를 꽤 모았지만, 불쌍한 사람을 만나면 도와주고 업주에게 뜯기고 아는 언니들에게 빌려주곤 해서 거의 빈털터리 상태였다.

슬픈 막달레나

일제시대부터 왜관倭館을 중심으로 해 매춘이 성행했던 부산은 미군기지가 들어선 이후 동두천과 함께 한반도 최대의 기지촌을 이뤘다. 초량 텍사스촌을 비롯해 범전동, 완월동 등지가 유명했다.

부산의 중심가인 서면 뒤쪽에 자리 잡은 하야리아 부대는 한반도 남부 지역의 요충지이자 거대한 병참기지였다. 한국 제2도시의 중심부에 똬리를 틀고 자리 잡은 그 거대한 미군부대는 높다란 회색 담벼락 위에 전기 철조망을 겹겹으로 쳐 놓아 무척 위협적이었다. 미국 플로리다주에 속한 작은 도시 가운데 하이얼리어Hialeah라는 마을이 있는데 어떤 미군 사령관이 향수를 달래기 위해 그런 이름을 붙였다는 얘기도 있었다.

기지 내의 고급 주택에 보금자리를 틀게 된 정인은 양코배기 미군에게도 따스하고 고상한 인품이 있다는 사실을 처음 느꼈다. 그 장교 크리스는 독실한 기독교 신자였다. 정인의 여린 육체보다는 결함 있는 정신을 더 사랑했다. 신성한 사랑으로써 반불구적인 정인의 정신을 회복시키고 영혼 속에 하나님의 애정을 주입시키려 애썼다. 그는 그녀를 진정으로 가엾어하면서 악의 구렁텅이에서 꺼내 새사람으로 만들려고 기도했다.

정인은 쾌적한 장교 아파트에서 물질적으로 부족함 없이 살았다. 그녀는 매일 아침 영어로 쓰인 신약성경을 억지로 한 구절씩 읽고 크리스의 설명을 들어야 했으며, 주일엔 부대 내 교회에 참석해 예배를 드린 후 신앙심 깊은 새로운 여자들을 만났다. 옛 친구들과의 교류는 엄격히 금지되었다. 거실 벽엔 커다란 십자가에 못 박혀 피 흘리는 예수 그리스도의 그림이 걸려 있었고, 침실 침대맡 탁자에도 성스러운 예수의 초상화가 놓여 있었다.

식사 때마다 크리스는 엄숙한 표정으로 감사 기도를 올렸다. 식탁엔 주로 빵과 버터, 우유, 햄버거, 콜라, 수프, 비프스테이크, 샐러드 등 양식이 놓였다. 김치나 된장찌개는 크리스가 질색했기 때문에 절대 금지였다.

정인은 표현하진 않았지만 하루하루가 은근히 고통스러웠다. 다른 양식도 그렇지만 특히나 육고기는 전혀 못 먹었기에 식탁 앞에서 구역질을 할 정도였다. 하지만 크리스는 의외로 강경하게 한식에 대한 추억을 끊고 양식과 육고기에 익숙해지라고 반강제적으로 요구했다. 앞으로 미국에 가서 살게 될 테니 미리 잘 적응해 놓아야 한다고 구슬렸다.

크리스는 자기 나름대로 정인을 사랑해 재생의 길을 열어 주려고 애를 썼지만 그녀의 감정은 점점 메마르고 몸은 야위었다. 차라리 가난할지언정 정겨운 사람들을 만나 속을 나누고, 좁은 온돌방에서 자고 된장국에 보리밥 한술 말아 김치와 함께 먹던 어린 시절이 그리웠다.

그즈음 어찌 알았는지 갑자기 계모가 나타났다. 아버지가 죽을병에 걸려 큰 수술을 해야 하니 돈이 필요하다는 얘기였다. 그토록 악독하던 얼굴이 살살 웃음을 짓고 있었다.

정인은 울면서 금목걸이와 다이아몬드가 박힌 팔찌를 건네주었다. 아버지를 한번 보고 싶다고 말하자 다음에 보자며 짐짓 흐느꼈다. 하지만 불쑥불쑥 나타나 돈이나 패물을 받아 챙겨선 횅하니 사라지곤 했다.

크리스와 안면을 트고부턴 혀 짧은 소리로 어쭙잖게 영어를 지껄이면서 독실한 기독교인인 척 성경 구절을 읊조리곤 했다. 그리고 정인을 마치 친딸인 양 무척 예뻐하면서, 오랜 세월 자기가 곱게 잘 키웠다고 손짓 발짓으로 강조하곤 했다. 정인은 예전에 받은 구박일랑 깡그리 잊곤 백치 같기도 하고 천사 같기도 한 미소를 지었다.

계모는 악녀 본색을 감춘 채 자애로운 엄마를 연기하며 한 달에 한 번씩 꼬박꼬박 찾아와서는 병원비 명목으로 달러를 챙기고 값비싼 미제 물건들을 선사받아 갔다. 아버지의 병환이 사실인지 어떤 상태인지 크리스는 잘 몰랐지만 엄마와 함께 구슬피 흐느끼는 정인의 모습이 안쓰러운 나머지 선뜻 돈을 내밀었다.

기지촌에 들어와 몸을 파는 여자들 중엔 자신의 향락이 아니라 궁핍한 가족을 먹여 살리고 부모의 병을 고치고 오빠나 남동생의 학비를 대기 위해 희생하는 애달픈 '심청이'들이 많다는 사실을 미군들은 대개 짐작하고 있었다. 그런 여자들을 단돈 몇십 달러에 사서 황색 노예처럼 갖고 놀며 그들은 매음이 아니라 일종의 자선 행위를 하고 있다고 생각하는지도 몰랐다. 하지만 그녀들이 몸을 판 덕분에 겨우 목숨을 잇고 대학을 마치고 마침내 고등고시에 합격해 웃음꽃을 피우게 된 부모 형제들이, 만신창이가 된 그녀를 양갈보라 욕하며 외면하고 나아가 족보에서마저 삭제해 버린다는 사실을 아는 미군은 아마 없었으리라.

한 달에 한 번, 일주일에 한 번씩 점점 자주 들락거리던 계모는 정인이 임신한 뒤부터는 아예 아파트에 들어와 눌러앉았다. 하지만 몸조리를 돌보긴커녕 어떡하든 돈을 빼낼 사악한 궁리만 했다.

급기야 계모는 크리스에게 미군부대 PX의 일상용품과 가전제품 따위를 빼내 도와달라고 부탁했다. 요즘 한국에서는 돈과 물건이 무엇보다 중요하며, 특히 교회에서 기독교를 선교하려면 미제, 즉 made in U.S.A.의 고급 물품이 필요하다고 꼬드겼다. 처음엔 화장품, 치약, 비누, 샴푸, 치즈, 커피, 초콜릿으로 시작했는데 차츰 라디오, 만년필, 면도기, 만능칼, 카메라, 믹서기, 티브이 세트 등으로 커져 갔다. 조니워커와 말보로 담배 따위도 슬쩍슬쩍 끼어들었다. 처음엔 난색을 표하던 크리스는 날이 갈수록 의외로 순순히 받아 주었다. 계모는 그것들을 암시장black market에 내다 팔아 주머니를 채웠다.

정인은 그런 요지경 세상에 대해 잘 몰랐지만 블랙마켓의 암세포는 상당히 광범하게 퍼져 있었다. 무슨 짓을 하든 한국 땅에서는 돈만 많이 벌면 장땡이라는 생각에 미친 계모 같은 여인네들이 동두천뿐 아니라 전국 각지의 기지촌에 기생하고 있었다. 물론 잔챙이들은 가족의 생계 등 먹고사는 절박한 사정으로 위험스러운 일에 뛰어들지만 이른바 큰손들은 황금알을 뽑아내는 사업으로 여기고 부정부패한 짓을 일삼았다. 그게 가능한 건 미군 장교나 고위급 관계자의 도움이 있기 때문이었다. 단속은 엄했으되 통하는 구멍은 있기 마련이었다. 송사리가 통과하는 구멍엔 촘촘하고 엄한 그물이 쳐져 있었으나 가물치가 드나드는 구멍은 어둑하고 넓었다. 원래는 유유히 흘러가던 자연 속의 강이었으되 이젠 돈독에 오염된 개골창으로 변해 버린 그곳엔 온갖 기형 물고기가 복작거렸다. 오직 생존이라는 이름으로…….

미군과 동거하거나 결혼한 여자들은 하루에도 몇 번씩 영내 PX에 들락거리며 전용 카드로 미제 물건을 사 모았다. 한 번에 10달러 이하의 구매일 경우는 월 할당 금액에 가산되지 않는 점을 이용해 부대 내의 여러 매점을 빙빙 돌며 사들이는 '뺑뺑이 돌리기'도 넉살 좋게 해치웠다. 양공주뿐만 아니라 영내의 식당, 카페, 미장원, 세탁소, 심지어 청소부까지도 미군과 짜고 부정을 저질렀다. 미군들 역시 엄격한 복무 수칙을 잘 알고 있으면서도 돈이 필요했기에 밑천 들지 않는 장사에 맛을 들인 것이었다. '중대장 물품 승인서'로는 개인 카드보다 훨씬 고가의 가전제품 등을 다량으로 구매할 수가 있었다. 만일 대대장, 연대장, 사령관 급과 관계를 맺게 된다면 그 규모는 아마 상상을 초월할 터였다. PX의 물품은 원칙적으로 미군을 위한 것이었지만, 어쨌든 다양한 루트를 통해 막대한 미국산 제품이 부대 밖으로 빠져나가 한국인들에게 판매되었다. 형식상 일부 비합법적 행위가 개입됐다곤 하더라도 대부분 돈을 내고 구입하는 상황이기에 미국으로서는 미군부대를 매개로 해 사실 엄청난 물량의 상품을 팔아먹는 셈이었다.*

그렇게 해서 PX를 빠져나온 미제품은 전국 각지의 암시장에 풀려 날개 돋친 듯 팔려 나갔다. 미제 물건 하나만 가지면 은근슬쩍 어깨에 힘을 넣고 개폼을 잡는 시절이었다. 간단하면서도 복잡하고, 복잡하면서도 간단한 관계…… 돌고 도는 검은 바퀴의 회전…… 미군 병사는 달러로 양공주를 사고, 몸 판 달러 화대로 양색시는 PX 미제품을 사고…… 그런 각종 물품은 일선 판매 아줌마들의 손을 거쳐 남대문 도깨비시장, 명동 백화점, 이태원 따위로 퍼져 나갔다.

간혹 여자들은 자기들끼리 이런 얘기를 지껄이기도 했다.

"요샌 물건 빼내기도 늙은이 용갯물 빼내기만큼이나 힘들어. 한미 합동단속대가 떴다잖아. 벌써 몇몇이 잡혀갔다던걸."

"흥, 잉어나 가물치 같은 건 놔두고 피라미 새끼만 맛보기로 잡아 족치는 거지 뭘. 저 하늘 높이 펄럭이는 성조기처럼 미군의 정의가 살아 있노라고 폼을 잡는 거야. 선글라스를 낀 채……."

"어쨌든 조심하는 게 상책이라구."

"우리들을 도둑년이니 쥐새끼니 뭐니 하지만…… 실상 진짜 도둑은 양키들 자신이고, 우리네들은 피똥 싸며 몇 푼 건지는 장물아비일 뿐이

---

* 혈맹 우방국에 대한 실례라고 생각될지 모르지만, 실상 동서고금의 모든 대국은 소인국에 대해 그런 식의 눈 가리고 능청 떠는 장사를 했다. - 지은이 주

라구. 만일 '땅굴 파는 암시장 두더지'라는 다큐 영화를 만든다면, 주연은 양키들이고 한국 연놈들은 제아무리 잘나도 일개 조연에 불과하다니까."

"그럼 한국 헌병이나 경찰은 뭐라고 할 수 있으려나?"

"흐흣, 기생 오라비라면 어떨까 싶어. 다 그렇다는 건 아니지만…… 도와주는 척하면서 도와주긴 개뿔, 피를 빨아 먹는 벼룩 같은 것들…… 미군한텐 꼼짝도 못 하는 놈들이 제 나라 계집 등쳐먹는 덴 이골이 나 시시덕거리지……."

"부자 되겠네."

"쉽게 번 돈은 쉽게 나간다고 하잖아."

"엽전 새끼들은 처자식 먹여살리는 데 쓰는지 모르겠지만, 미군 애들은 주색잡기에 탕진해 버리는 것 같더라구. 마약도 하구……."

"바쁜 세상에 뻔한 소린 왜 하구 앉았어."

"바빠 봤자 평생 여왕도 한번 못 돼 보고 일개미로 아득바득 살다가 죽고 말겠지 뭐. 생각해 보면 미군은 실제로 필요한 물량보다 몇 배는 더 미국으로부터 한국으로 실어 오는 듯싶어. 병사들이 쓰고 남은 물건만 암시장에 나도는 게 아니라, 아예 피엑스를 미제 물건들 밀수출 구멍으로 사용하는 거지. 월남에서도 그랬다더구먼 뭐. 위대하다고 자화자찬하는 미국 놈들이 가난한 약소국을 상대로 참 쩨쩨한 술책을 써서 돈벌이를 하는구나 싶어. 후훗…… 장사꾼 기질이 대단한 놈들이야."

"피엑스 창고에서부터 부대 바깥까지 땅굴을 뚫고 어마어마한 물건들을 빼돌린다는 소문도 돌던데."

"그건 한국 도둑놈들이 벌이는 짓이겠지."

"땅굴 파는 데는 남쪽이든 북쪽이든 엽전 놈들이 잘하니까 아마 코리아 두더지 놈들이 그랬겠지만…… 양과 질에서 그 정도의 물건을 훔쳐 빼내려면 필시 양키 웃대가리가 개입될 수밖에 없지 않을까?"

"믿기 힘들군."

"옛날에 조상님들이 미국 놈 믿지 말고 소련 놈한테 속지 말라고 했잖아. 그뿐인지 알아?"

"뭐가 또 있어?"

"미군 우체국을 통해 밀수까지 한대."

"뭐?"

"군용 우체국을 이용하면 한미행정협정에 의해 관세가 면제될 뿐 아니라 한국 측 세관의 검사를 대충 슬그머니 받곤 통과한대더라. 미국에서 고가품을 우체국으로 보내면 미군이 수령해 블랙마켓으로 내보내는 식이지. 특히나 이사 화물에 관해서는 한국 측이 검사할 수가 전혀 없어 엄청난 물량이 버젓하게 들어온다는 거야. 고급 시계, 보석류, 밍크코트, 카메라, 골프채, 대마초 등등…… 김포공항 세관에서 엽전 피라미 잡으려고 온갖 지랄을 벌이는 동안 미군 고위층에 연줄을 댄 미숙美淑이들은 그놈들과 짬짜미로 희희낙락거리며 황금 축제를 벌이는 것이겠지. 호호……."

정인의 계모와 크리스는 그 정도는 아니었지만 서로 속닥속닥 계획을 짜서 거금을 챙기는 모양이었다. 선교 사업이니 고아원이니 양로원 복지 시설이니 하는 말이 흘러나왔다.

정인은 난산으로 계집애를 낳았다. 거의 죽어가다 살아나서 그런지 아기에 대한 애정이 깊었다. 튀기였지만 날이 갈수록 점점 어여뻐졌다. 한국 아이와 미국 아이의 고운 점만 모아 신께서 잘 조화시켜 놓은 것만 같았다. 엄마 젖을 먹고 자라는 아이는 건강한 모습으로 방긋방긋 미소 지었다. 크리스도 하나님의 축복으로 여기며 좋아했다. 그런데 아기가 엄마, 맘마라는 말을 겨우 익혀 재롱을 떨 무렵부터 계모가 끼어들어 분란의 싹이 트기 시작했다.

"저런 멍청한 에미 품에 맡겨 놨다간 아이도 바보 되기 알맞다니깐. 앞으로 세상이 어찌 돌아갈진 모르지만, 아가야, 네 아빠 나라인 미국은 변치 않고 우뚝할 거야. 그러니 이제부턴 엄마라고 하지 말고 마미라고 해야 돼, 알았지? 자, 따라 해 봐. 마미~."

아기는 짙은 화장을 한 할머니가 무서운지 울음을 터뜨렸다. 정인이 아기를 보듬으려 하면 계모는 인상을 잔뜩 찌푸린 채 거칠게 밀어냈다. 크리스의 눈치를 살피며…….

"애가 운다고 다 받아 주면 버릇만 나빠져. 알겠니? 이 세상이 얼마나 험한데 그래. 내가 잘 키워 놓을 테니 넌 그냥 가만있어."

"안 돼요. 애기가 저렇게 빤히 바라보고 웃는데……."

"니가 불쌍해 보여서 비웃고 있는 것이야. 엄마란 게 애보다 더 칭얼거리니 깔보는 거지. 호호호……."

그러고는 모유 속에 이상스러운 정신병 유전 성분이 들어 있을지 모른다면서 굳이 우유를 먹였다. 그리고 크리스에게 뭐라고 소곤소곤했다.

크리스는 눈살을 살풋 찌푸린 채 신중한 표정으로 고개를 끄덕였다. 정인이 슬피 흐느끼며, 아기를 품에 안아 젖을 먹이고 싶다고 애원하자 크리스가 대꾸했다.

"오케이, 그래 그렇게 하자구. 하지만 지금은 자기 몸이 너무 약해서 안 돼. 우선 자기부터 건강해진 후 애기를 챙기는 게 올바른 방법이야. 그리고 사실 미국 아이들은 우유를 먹고 자라거든. 앞으로 그들과 함께 어울려 살려면 미리 적응해야 돼."

정인은 자기 젖을 아기에게 먹이면서 느꼈던 흐뭇함과 포만감을 회상하며 울먹였으나 거부당했다. 아기도 울고 엄마도 울었다.

그들은 엄격한 시간표를 정해 두고 어린 아기에게 따르도록 강요했다. 시간표대로 깨워 억지로 우유를 먹이고 옹알이 발음 교육을 시키고 강제로 침대에 뉘어 잠재웠다. 한낮에도 그렇지만 특히 밤중에 아기가 우는 소리를 듣고 있노라면 정인은 애가 끊어지는 심정이었다. 아직은 너무 어려서 품어 주고 싶은 병아리를 독수리가 채어 가 버린 것만 같았고, 정인 자신의 몸 일부분을 칼로 도려내 버린 듯 허전했다. 정인은 아기가 좀 더 자란 후에 그런 교육을 시키면 좋겠다고 바랐으나, 크리스는 은테 안경 속의 무정스러운 눈빛으로 고개를 흔들었다. 그 눈은 이전의 선량하고 자애롭던 모습을 잃은 채 자기 소유물에 대한 정당한 권리를 행사한다는 단호한 기운을 내뿜었다. 물론 크리스의 인품 자체가 바뀐 건 아니었고 평소엔 다정다감했지만, 아기 마리아의 교육에 대해서만큼은 정인의 모정을 무시하며 자기 방식을 고집했다. 때론 자신처럼 이지적이지 못하고 감정에 얽매여 애처로이 흐느끼는 정인을 마치 한 마리 어미 원숭이를 바라보듯 불쌍스레 내려다보기도 했다. 크리스 본인은 어디까지나 정인과 딸에게 진정한 사랑을 실천하려고 노력했지만, 결과적으로는 모녀 사이의 애정과 교감을 빼앗아 고통을 주었을뿐더러 그들의 심신을 허약하게 만들었다. 그런 사연 때문일까, 지난여름 장마가 계속되던 어느 날 가벼운 감기에 걸린 마리아는 점점 떨며 엄마를 찾아 울부짖다가 어이없이 숨지고 말았다. 마지막 순간에 정인이 품에 안고 젖을 물렸으나 아기는 이미 빨 힘이 없었다. 울음을 입술 새로 깨물며 흐느끼던 정인은 아기의 시체를 계모와 크리스에게 빼앗긴 다음 며칠 동안 울부짖다가 반쯤 미쳐 버렸다. 원래도 정신이 별 온전하지 않은 대로 그나마 겨우 사람 구실을 했었는데 이젠 아주 정신 줄을 놓아 버린 상태였다.

크리스의 정체는 과연 무엇이었을까? 적어도 정인에게 있어서…… 그는 한 명의 미군 장교에 불과했지만 정인에겐 남자나 남편을 넘어 신성한 대부Godfather 역할까지 하려 했다. 자기 나름대로 미국의 문화를 이 작은 미개국 여인에게 뿌려 개명케 하려는 것이었을까? 하지만 얼마 후 그는 말 한마디 없이 홀연 집을 정리해 사라져 버렸다. 그때부터 정인은 사악한 계모의 강아지가 되어 용산 삼각지, 이태원 등으로 끌려다니며 몸을 팔다가 겨우 동두천으로 도망쳐 온 것이었다. 삭막한 이 세상천지에 그나마 정든 사람들이 있는 곳이기에…… 그런데 그 종착지가 악마 수용소로 불리는 몽키하우스라니…….

숲속의 새들은 이리저리 자유롭게 날아다니며 저마다 독특한 목청으로 지저귀었다.

정인은 청운의 어깨에 머리를 기댄 채 가만히 있었다. 잠시 꿈이라도 꾸는 요정 같았다. 청운은 조금이나마 더 포근하길 바라며 무심결에 꼭 안아 주었다. 자신의 삶이 그러했듯 정인의 인생도 남들에 의해 함부로 조작된 우스갯거리가 되어선 비참하다는 생각이 들었다.

'몽키하우스에 감금된 여자들의 갖가지 비극이 각색돼 만들어진 정인의 인생 여정은 진실과 어떤 차이가 있을까?'

청운은 생각해 보려 했으나 잘 되지 않았다. 정인 자신이 이미 그런 차이의 이해관계를 벗어나 버린 상태인데 따져 본들 무슨 소용이 있겠는가 싶었다.

'그것보다는 당장 지금 현실이 중요하다. 대체 얘는 어떻게 창살 밖으로 나왔을까? 설마 숲속의 요정이라서 그런 건 아닐 테고…… 혹시 밤 동안 어느 직원 숙소에 머물다가 나온 건 아닐까? 혹부리 영감이 색을 밝힌다는 풍문도 있고 하니…….'

하지만 청운은 그녀에게 물어보지는 않았다. 어두운 세상을 헤쳐 살아나오는 동안 흑막과 의문에 관해서는 추적해 밝혀내야 한다는 강박관념을 갖게 됐지만, 정인의 얼굴을 바라보고 있자 그저 애처로운 생각이 들 뿐이었다. 하얀 풀꽃이나 나비처럼 언제 어디로 사라져 버릴지 모른다는 느낌이 들었기 때문이었다.

문득 정인의 입에서 노래가 속삭이듯 흘러나왔다.

모닥불 피워 놓고 마주 앉아서
우리들의 이야기는 끝이 없어라
인생은 연기 속에 재를 남기고
말없이 사라지는
모닥불 같은 것…….

정인은 배시시 웃고 있었는데도 어느 결인지 속눈썹엔 눈물방울이 맺혀 방울방울 창백한 볼 위로 흘러내렸다. 청운은 손가락을 들어 가만히 닦아 주었다.

독초

한 달에 한 번씩 쉬는 날이면 청운은 산길을 털레털레 걸어 내려 동두천 읍내로 나갔다. 바람 쐬러 나가는 그를 몽키하우스의 철창 속에 갇힌 여자들은 몹시 부러워했다.

아직 눈이 여기저기 남아 있었지만 차츰 다가오는 봄의 숨결을 견디다 못해 서서히 녹아 갔다. 청명한 날씨였다. 꽃샘바람은 불어도 따스한 햇빛 아래서 널따란 빈 논밭은 스름스름 봄의 약동을 준비하며 향긋한 흙내음을 풍겼다. 푸릇푸릇 돋아날 미래의 새싹들을 기다리듯이…….

저 멀리 한편에 드넓은 부지를 차지한 채 농촌 풍경과는 이질적인 미군부대가 내려다보였다.

미군이 동두천東豆川에 첫발을 딛게 된 건 전쟁 중인 1951년 6월이었다. 그 후 본격적으로 기지를 짓기 위해 주민들을 몰아내고 토지를 징발했다. 그에 따른 보상은 지주에게만 땅값의 3분의 1이 주어지고, 사람들의 둥지인 집에 대해서는 일언반구도 없는 강제적 수용이 이루어졌다. 그 후 기지가 건설됨에 따라 차차 미2사단, 3사단, 7사단, 24사단 등이 들어와 주둔하면서 동두천은 휴전선 최전방의 기지촌 1번지로 불리기 시작했다. 동두천에서 미군기지가 차지하고 있는 땅은 1천만 평이 넘으며 전체 면적의 30%를 차지할 정도였다.

동두천은 동쪽으로 맑게 흐르는 내천이 있다는 뜻이었다. 예로부터 물이 해맑아 일담一潭, 이담伊淡으로 불렸으며 가뭄과 홍수의 피해가 없는 곳이었다. 또한 아담하지만 기암괴석과 나무가 잘 어우러진 소요산이 병풍처럼 둘러쳐 있었다. 그런 금수강산의 명당자리에 거대한 미군기지가 들어서서 마을의 풍광을 일그러뜨린 것이었다. 1960~70년대 동두천은 '돈천'으로 불렸다. 푸른 달러가 시냇물처럼 흐른다는 뜻이기도 하고 돈천지라는 의미이기도 했다.

그런데 언제부턴가 기지 주변의 땅이 오염되어 농사를 지을 수 없다는 불평이 농부들 사이에서 흘러나왔다. 오래전 땅속에 묻어 놓았던 초대형 기름 탱크와 송유관의 일부분이 부식돼 기름이 새어 나온 것이었다. 몇 년인지 모를 세월 동안 토양 속으로 깊고 넓게 퍼져 나간 군용 기름은 옥토를 계속 오염시켜 죽음의 땅으로 만들어 버렸다. 거무칙칙하게 변질된 썩은 토지는 새싹을 틔워 올리지 못했고, 지하수나 우물엔 기름방울이 둥둥 떠서 먹을 수도 없고 빨래를 할 수도 없었다. 성냥불을 켜 붙이면 논물 위로 불이 둥둥 떠다닐 정도였다.

토박이 농부들은 그런 고향 땅을 보며 혹시 자신의 어머니와 누이가 더럽혀진다고 생각하진 않았을까? 양공주처럼 미군에 의해 훼손된 싱그럽던 향토가 안타까워 절망의 눈물을 흘렸는지도 몰랐다.

그런데 그런 상황은 동두천뿐만 아니라 미군기지가 자리 잡은 전국 각지의 1백여 곳이 넘는 국토에서도 마찬가지였다.

기술력 좋은 미군이 왜 빵꾸 난 오일탱크를 고치지 않고 방치했을까? 그건 미군 자체가 나빠서라기보다 SOFA의 불공정성 때문이었다. 주일미군이나 주독미군과 달리 주한미군은 권리만 많고 의무는 거의 없는 '자유로운 서부영화의 총잡이'였다. 그들은 기지와 그 주변의 땅이 아무리 오염되더라도 원상복구 해야 할 의무가 전혀 없었다.*

한국 땅은 그들에겐 잠시 체류하며 근무하고 재주껏 즐기다가 떠나면 되는 곳이었다. 부대 내엔 잘 정수된 수돗물이 들어가기 때문에 오염에 대해 별 걱정할 필요가 없었다. 인간의 심보를 들여다보면 남들이 못하는 것을 자기가 할 때 더 큰 기쁨을 느낀다고 동서고금의 속담은 알려 주고 있다. 혹시 미군복을 입은 아메리카의 사람들은 정수기에서 나온 순수한 물을 마시면서 자기네들이 오염시킨 물을 마시는 농부들을 원숭이

---

* 주한미군이 용산기지 내에서 1천 갤런 이상의 기름이 유출된 '최악' 등급의 오염사고 5건을 한국 정부에 숨겨왔던 것으로 드러났다. 녹색연합 · 민주사회를 위한 변호사모임 · 용산미군기지 되찾기 주민모임은 2017년 4월 기자회견을 열고 '용산기지 내에서 1990년부터 2015년까지 84건의 기름 유출이 있었다고 밝혔다. 그동안 정부가 통보받은 기름 유출사고 건수(5건)는 물론이고 이제까지 언론, 국회를 통해 알려진 기름 유출사고 건수(13건)보다 6배 많다. 특히 기름 유출 중 7건은 주한미군 자체 기준으로 '최악' 등급에 해당하는 사고였으며 '심각한 유출'에 해당하는 사고도 25건이었다. 녹사평 인근 지하수에서는 1군 발암물질인 벤젠과 중추신경계 손상을 초래하는 석유계총탄화수소가 허용치의 5백 배를 초과해 검출됐다. - 지은이 주

같은 족속이라고 깔보았는지도 몰랐다.

그들은 한반도의 토양을 오염시킬 뿐만 아니라 아녀자들을 희롱하고 강간하며 살인하여 한국의 심성 자체를 오염시켰다. 물론 인격과 인정으로 동등하게 보듬어 준 아메리카 사람도 있었겠지만 대부분의 군인들은 군모와 군복 속에 숨어 야수처럼 으르렁거리며 욕망을 채우기도 했다.

거대한 아메리카 대륙에서 실시하던 군사훈련을 좁은 한반도에서도 유사하게 실행했다. 전 국토에서 수시로 펼쳐지는 미군의 폭격과 사격훈련은 금수강산을 제멋대로 파괴하고 자욱한 포연으로 더럽혔다. 그건 우방국을 지켜 주기 위한 훈련을 넘어서 한반도를 미국의 대리전투 훈련장으로 활용하고 더 나아가 미군 무기를 소비(판매)하기 위한 '작전' 같았다.

한국 땅 여기저기서 연일 강행되는 사격훈련의 포탄은 한국 여자들의 음부 속에 반강제적으로 쏟아붓는 미군의 정액인 양 느껴졌다. 아니, 혹은 몽키하우스에 수용된 여자들의 몸에 일률적이고 규칙적으로 주사해 넣는 페니실린인지도 몰랐다. 성병에 걸렸든 안 걸렸든 일단 수용된 이상 매일 주사를 맞아야 했다. 병든 여자들은 빨리 치료돼 수용소를 나가고 싶어 했지만 그 페니실린 주사만은 죽도록 두려워했다. 심한 고통도 고통이지만 꼭 그 때문은 아니었다. 개개인의 몸 상태는 전혀 고려하지 않을뿐더러 언제부턴가 한국인에게 적정한 단위가 아닌 미국인 표준에 맞춰 지나치게 과도한 단위를 무차별 투여했기 때문이었다. 자칫하면 페니실린 쇼크로 인해 온몸을 파르르 떨다가 성병균보다 먼저 시체가 되어 버릴 위험이 상존했다.

왠지 모르지만 황폐하게 파괴된 산하와 양공주들의 비극적인 삶은 간혹 한밤중 청운의 꿈속에서 겹쳐지곤 했다.

청운은 천천히 발길을 옮겼다.

미군 기지와 그에 기생하는 수많은 클럽들은 동두천 읍내가 아닌 보산리, 생연리 등의 농촌 마을에 자리 잡고 있었다. 그렇다 보니 오히려 촌 마을이 미국의 어느 다운타운처럼 흥청거렸고, 읍내는 언뜻 보아 껄렁한 갱 패거리가 바람을 몰고 왔다가 사라져 간 서부영화 속의 작은 마을처럼 고적했다. 그곳엔 관공서, 시외버스 터미널, 병원, 학교, 극장, 목욕탕, 다방 따위가 간판을 내걸고 있었으나 이따금 미군 병사와 진한 화장을 한 여자들이 팔짱을 낀 채 지나치는 모습을 제외하면 그다지 기지촌 같지 않았다. 읍장, 원장, 교장, 사장님 들은 클럽 양공주들의 덕을 직접적으로 받기도 하고 간접적으로 입었을 텐데도 짐짓 시침을 뗀 채 전혀 내색하지 않았다. 오히려 은근히 깔보았다. 물론 일반 주민들 또한 그녀들에게 무척 냉정했지만……

청운은 들길을 지나 소망식당 쪽으로 천천히 걸어갔다. 그곳에서 삐에로 형을 만나 점심을 먹고 읍내로 나가 이소룡의 맹룡과강이란 영화를 보기로 약속했던 것이다. 그런데 왠지 분위기가 좀 이상스러웠다. 식당 앞에 사람들이 모여 있는 건 그렇다 치더라도 경찰까지 보여 은근히 불안감을 자극했다. 더구나 간간이 여인의 새된 울음소리마저 들려와 호기심을 불러일으켰다. 선감도를 탈출한 이후 청운은 경찰만 보면 지레 오금이 저렸으나 궁금증을 못 이겨 고양이처럼 슬금슬금 다가갔다. 마침 블루문 클럽에서 알게 된 여자들 몇이 서 있다가 청운을 보곤 손짓했다.

"대체 무슨 일이죠?"

청운은 목소리를 낮춰 물었다.

"애고마니, 세상천지에 이런 끔찍스러운 일이…… 백발 할마씨가 살해됐어."

머리카락을 누르스름하게 물들이고 얼굴이 화장독으로 푸르칙칙한 여자가 울먹거리며 대꾸했다.

"뭐라구요! 아니, 언제 누가……?"

"글쎄, 세상에나…… 칼국수나 한 그릇 먹을까 하고 왔더니만…… 문은 열렸는데 아무리 불러도 할마씨가 아무 대답이 없는 거야요. 그래서 방 안을 들여다보았더니…… 아이구 아이구…… 한 많은 인생이 어찌 그렇게……."

볼 위에 주근깨가 점점이 앉은 다른 여자는 더 말을 잇지 못했다. 잠시 후 키 작은 또 다른 여자가 앵두 같은 입술을 깨물며 겨우 말을 꺼냈다.

"할매는 아랫도리가 다 벗겨져 있었어. 그리고 목에서 피가 줄줄 흘러 하얀 머리카락을 뻘겋게 물들였어."

청운이 안으로 들어가 보려고 하자 한국 경찰이 막았다. 노랑머리 여자가 청운의 팔을 잡아끌었다.

"보면 뭣 하겠니. 그냥 살아생전 모습을 추억하는 게 더 좋을 거야. 하긴 그 언니가 청운이 널 아들처럼 생각했으니 너도 많이 많이 아프겠지만……."

그때 저쪽에서 삐에로가 헐레벌떡 뛰어왔다. 원래 창백한 그의 얼굴은 발갛게 상기돼 있었다. 조선의 채플린을 자처하는 만큼 늘 하회탈처럼 해학적인 웃음을 잃지 않았는데 퍽이나 놀란 표정이었다.

"할매가 죽은 게 정말이야? 방금 전에 소식을 듣고도 긴가민가했건만…… 대체 어찌 된 거야? 누가 왜 그런 짓을…… 허기진 사람들한테 따뜻한 음식을 차려 주었을 뿐인데……."

"그러게 말야. 천벌 받을 놈!"

"뻔하지 뭐. 미군 개새끼 짓이 분명하다니깐."

노랑머리 여자가 속닥속닥 소곤거렸다.

"속단해선 안 되겠지만, 이건 한국 사람이 저지른 건 아닌 성싶어. 만약 그랬다면 미군 놈들의 흉악스러운 수법을 흉내 낸 짓인 것 같아."

삐에로가 이마의 주름살을 잔뜩 모은 채 중얼거렸다.

그때 하얀 앰뷸런스가 바닷속의 백상아리보다 더 기세 좋게 달려왔다. 얼마 후 한국 헌병들이 미군 엠피의 지시를 받으며 희망식당에서 검은 천을 덮은 시체를 들고 나와 앰뷸런스에 실었다. 그러고는 먹이를 삼킨 백상어처럼 휙 돌아 순식간에 사라져 가 버렸다.

텅 빈 길바닥엔 음산한 바람이 불며 흙먼지와 휴지 따위를 휩쓸어 올렸다. 뒷산 어디선가 두견새가 억울하게 죽은 영혼을 애상하듯 구슬피 울었다. 그들은 한동안 망연히 그 울음소리를 듣고 있었다.

"저 새가 내 마음을 대신해 애통해하는 것만 같군. 자, 이러고 있지 말고 일단 민들레회 사무실로 가서 의논해 보자구."

삐에로가 말했다.

“그래, 일단 내려가자.”

노랑머리 여자가 대꾸했다. 그들은 상념에 잠겨 천천히 발길을 옮겼다.

“그 언닌 누구한테 원한 살 만한 사람이 아닌데…… 대체 왜 그리 처참하게 죽음을 당했을까?”

노랑머리 여자가 고개를 살래살래 흔들며 말했다.

“돈을 노린 게 아닌가 싶어. 아까 방 안을 잠시 들여다보았을 때 달러 한 장과 군표 몇 장이 바닥에 떨어져 있는 걸 봤거든.”

주근깨 많은 여자가 말했다.

“그래, 나도 같이 봤어. 그런데 물론 돈도 돈이겠지만…… 방 안의 참혹한 그 광경을 봤을 때 난 직감적으로 변태성욕자의 짓거리로 느껴졌어.”

키 작은 여자의 대꾸였다.

“하기야 그 식당은 돈하고는 별 상관없는 우리들의 따스한 사랑방이었지. 밥 팔아서 재료비 대기도 힘들었을걸. 외상이 워낙 많았으니까. 이건 우리들이 다 알고 있는 사실이잖아.”

노랑머리가 거들었다.

“음, 아까도 말했다시피 이 사건은 한국 남자나 여자가 저지른 범행이 아닌 게 확실해.”

삐에로가 말했다.

“왜?”

청운이 반문했다.

“고인이 되신 그 누님이 고생을 직사하게 한 나머지 할망구 꼴이 돼 버렸지만 강단이 있잖아. 젊은 여자뿐 아니라 웬만한 남자 하나쯤은 쥐어뜯어 버린다구. 허지만 건장한 양키라면 얘기가 다르지. 아무리 발버둥 친들 어쩌겠어. 힘이 달리는걸. 그리구…… 미국에서는 소녀나 노파에게 달뜨는 변태성욕자가 많은 모양이더라만, 한국에선 아직 시기상조거든. 혹시 그런 미치광이가 있더라도 돈 같은 것엔 별 관심이 없는 괴상스러운 약골이지 남자답게 건장하면서 물욕까지 왕성한 ‘한국판 일반 사내’일 리는 없다는 얘기야. 그런 한국 사내들은 떼돈을 벌고 처녀를 1천 명 따먹는 게 꿈일진 몰라도 만일 노파를 범하는 꼴을 보면 아마 놀란 나머지 치를 떨 거야.”

“아이구, 셜록 홈스 탐정께서 납셨네.”

노랑머리 여자가 빈정거렸다.

“내가 채플린 다음으로 좋아하는 사람이 형사 콜롬보라는 걸 몰랐나 보군.”

“흥, 그럼 추리를 계속해서 범인을 잡아내 보시지 그래.”

“식당에 드나드는 사람은 많아도 큰돈이 모이진 않는다는 사실을 잘 모르는 건 미군들이지. 혹시…… 한탕 털려고 들어왔다가 잔돈푼뿐이니 딴생각을 먹었는지 몰라. 하여간 사망 시간, 지문, 체액 검사 등 과학적인 수사가 이뤄지면 쉽게 잡을 수도 있겠지만…… 미군 사령부 휘하 헌병수

사대가 과연 그렇게 할지 의문이야. 아마 가능하면 감추려 들겠지. 한국 경찰이 터치할 수도 없으니까…… 후유, 답답하고만……."

"대체 누가 왜 언니를 능욕했을까? 일본군과 미군의 몸뚱이 밑에서 시달린 한 많은 인생 끝자락에 밥보시나 하며 지장보살님처럼 웃었는데……."

키 작은 여자가 구슬픈 목청으로 말했다.

그들은 클럽타운 어귀에 도착했다.

두 여자는 바쁜 일이 있다면서 종종걸음치며 가 버리고 노랑머리 여자와 두 남자만 남아 서성이다가 목적지를 향해 발길을 재우쳤다. 외곽으로 조금 나가자 의외로 큰 빨간 벽돌 양옥이 보였다.

앞장서 가던 노랑머리 여자가 말했다.

"여긴 회장네 집인데 저 옥상 위에 사무실이 있어. 저게 다 양갈보 씹구녕에서 빼내 간 돈을 야금야금 훔쳐 신축한 거래. 흥, 서울엔 더 어마어마한 건물이 있다더군. 정부에서 만든 새마음 운동본부와도 연줄이 있는 모양이야."

그녀는 꽉 닫힌 검은 대문이 아니라 뒷문을 통해 안으로 들어갔다. 개가 컹컹 짖어댔다. 여자는 침을 찍 내뱉곤 계단을 올랐다.

"참 웃기게도…… 이 회장 년은 민들레회 회원들이 사무실 임대료 명목으로 낸 회비를 살살 빼먹고 있어."

옥상 한쪽에 만들어 놓은 화단에 말라 비틀어진 민들레 꽃대가 보였다. 언제 잎새에 푸른 물이 오르고 노란 작은 꽃은 어찌 피어날까? 옥탑

방 출입문 위에 동두천 민들레회 사무실이란 간판이 걸려 있었다. 안쪽에서는 팝송이 흘러나왔다. 노랑머리는 휘파람으로 따라 불며 노크도 없이 문을 열었다. 열리지 않자 확 당겼으나 마찬가지였다.

"쓰벌, 열린 행정이니 뭐니 해쌌더니 문 잠가 놓고 서방질이라도 하나 봬. 쌍년……."

꽤 불만스레 지껄이곤 마지막 말은 입속으로 작게 중얼댔다.

"음악 소리가 나니 있긴 있나 본데……."

"능구렁이 같은 년이니까 좀 있다가 나오겠지 뭐."

그러면서 문을 쾅쾅 두드렸다. 잠시 후 종종걸음 소리가 들리더니 문이 벌컥 열렸다.

"아이구, 조용한 시간에 업무 좀 보려니까 왜 이리 난리법석을 떠는 거야?"

금속성이 섞인 목청이었다.

청운은 그 여자를 바라보았다. 방금 미장원에라도 다녀온 듯한 올림머리에 화장을 진하게 한 얼굴이었다. 목소리는 화를 내면서도 입술은 미소를 짓고 있었다. 눈만큼은 속을 짐작하기 어렵도록 능글맞아 보였다.

"어머, 남자분들까지…… 어서들 좀 들어오세요. 그래, 웬일이야? 몸소 여기까지 납시구……."

회장은 노랑머리를 향해 빈정거림을 섞어 말했다. 노랑머리는 대꾸하지 않고 안으로 들어섰다. 청운에게만 들릴 정도로 "재수 없는 년, 올림머리 하나는 지극정성으로 매일 한다니까. 대통령 영부인 육영수 여사를 여신인 양 추켜세우면서…… 소가지는 개차반이고 머리 모양만 조롱게 흉내 낸다니깐…….” 하고 종알댔다.

모두 사무실로 들어섰다. 전기난로를 켜 놓아서 그런지 실내는 좀 후텁지근한 느낌이었다. 10평 남짓 돼 보이는 공간 속에 회장 명패가 놓인 테이블은 널찍하고 난초 화분 등 여러 가지 장식물로 잘 꾸며져 있었다. 벽 위엔 각종 상장이 든 금박 액자가 붙어 빛을 냈다. 회장 자리에서 맞바라보이는 벽 위엔 태극기를 중심으로 박 대통령과 육 여사의 사진이 역시 금박 액자에 든 채 붙어 있었다. 어쩐지 위엄에 찬 대통령과 고상스러운 올림머리를 한 영부인 사이에서 태극기는 좀 쪼그라든 모습이었다.

회장이 냉장고에서 미제 캔 음료를 꺼내 와 응접용 탁자 위에 놓았다.

“오렌지, 그레이프, 스트로베리, 입맛대로 골라서…….”

“지금 이딴 걸 마실 마음이 있겠어? 회장씩이나 돼 갖고 개똥인지 쇠똥인지도 모르나 보네, 흥…….”

“뭘 그리 흥분하니? 목이라도 좀 축이고 나서 얘길 들어 보자구.”

그녀는 푹신한 소파에 느긋이 기대앉아 다리를 꼬았다.

“소망식당 언니가 비참스레 살해당한 소식은 들었겠죠? 우리도 무슨 대책을 세워 봐야 하는 것 아닌가요?”

노랑머리가 말을 꺼냈다.

“글쎄, 비극적인 사건이긴 한데…… 일단 미군의 수사 상황을 지켜봐야지 어쩌겠어.”

회장은 차분히 대꾸했다.

“과연 그놈들이 제대로 하겠어요? 보나 마나 똥개 한 마리 죽은 것쯤으로 생각할 텐데…… 한국 경찰은 쪽도 내밀지 못할 테고…….”

“정자 넌 왜 그리 매사를 부정적으로만 보니, 응? 아무리 그래도 미군이 너만도 못하겠니? 첨단적인 과학수사를 해서 범인을 잡아낼 테니까, 괜히 감정적으로 설치지 마.”

회장의 표정이 냉랭해졌다.

“그래요, 첨단 장비로 과학수사를 하는 건 좋아. 하지만 미군 병사가 범인으로 밝혀져도 대충 얼버무리고 넘어갈 테니 문제야. 한국 경찰은 손도 쓰지 못한 채 미군 헌병이 먼저 시체를 급히 싣고 가 버렸다는 사실 자체에서 이미 냄새가 나잖아요.”

“그래서, 나더러 어쩌라구?”

회장은 짜증스러운 목소리를 냈다.

“내가 뭘 알겠어요, 응? 나두 답답해서 한번 와 본 것뿐인걸…….”

노랑머리는 눈물을 훔쳤다.

“그래. 얘, 내가 왜 니 맘을 모르겠니. 가능한 일을 한번 찾아보자구. 하지만…… 그 언닌 민들레 회원이 아니라서 우리가 적극적으로 나서긴 좀 어렵지 않을까 싶어.”

노랑머리의 눈에서 일순 눈물이 멎었다.

“회원이 아니라서 못 나선다구? 정말 기가 찬다는 말이 어떤 뜻인지 좀 알겠어. 이 동두천 바닥에서 그 언니의 따뜻한 밥 한술 안 먹어 본 년 있으면 나와 보라 그래! 최소한 우리가 할 수 있는 일은 해야지…….”

그녀는 다시 눈물을 머금었다.

"그만하렴. 이제 이 땅에서 눈물은 현실만큼 값지지 않아."

회장의 목소리는 부드러웠다. 하지만 그녀의 화장한 얼굴은 잔뜩 일그러진 채 냉엄한 빛을 내쏘고 있었다. 노랑머리의 울음은 점점 애절해졌다. 말은 없었다.

"이 세상에서 온갖 고생을 하고 떠나신 분의 원혼을 달래고 시신을 고이 안장해 드리는 건 우리들 자신의 남은 생을 위해서도 좋은 일이 아닐까요? 설령 범인을 잡지 못하더라도 우리의 노력을 보면 고인도 고갤 끄덕이지 않을까 싶군요."

청운이 한마디 꺼냈다.

"그래요, 그래. 그렇게 해봅시다. 일단은 급하지 않으니 심사숙고해서……."

"억지로 서둘건 없더라도 우선 만반의 준비를 갖춰야죠. 회장님은 발이 넓으니 먼저 시신이 훼손되지 않도록 힘을 좀 써주세요."

"호호, 그래야죠. 언제 한번 조용할 때 놀러 오세요. 그때 차분히 의논해 봐요."

그녀는 짐짓 고운 미소를 만들어 지었다.

"혹시 너무나도 바쁘셔서 도와주진 못할 땐 미군 측에 기울진 말고 그냥 냉정한 눈으로 지켜봐 주세요."

"뭐라구요?"

"아니, 혹시…… 이런 자리에 계시다 보면 본의 아니게 그런 입장에 처하게 될 수도 있을 테니까 말이죠."

"호호호, 왜 편을 들겠어요. 난 어디까지나 사심을 떠나 민들레 회장으로서 공정한 입장에서 진실하게 처신할 뿐예요. 그런 걱정은 세상을 잘 몰라서 하게 되는 풋풋한 소리일 거예요."

"헤헤, 그렇죠. 얘가 물정을 잘 몰라서 괜한 헛소리를 한 거니 섭섭해 하지 마시옵소서. 헤헤……."

삐에로가 슬쩍 끼어들어 너스레를 떨었다.

"여러분들 말씀 잘 알았어요. 모처럼 방문하셨는데 제가 마침 오늘 서울에서 박 대통령 영애이신 근혜 님을 만나 뵙기로 스케줄이 잡혀 있어서…… 먼저 실례해야겠군요. 호호……."

회장은 호들갑을 떨며 아래층으로 내려가 버렸다.

"저 쌍년…… 누구 말마따나, 미군 좆이나 빨다가 친미적으로 변한 미친년 같으니라구…… 회장입네 하구 생색은 다 내면서 실제로는 미군 앞잡이 노릇을 하며 노란 민들레들의 피를 다 빨아 먹는 마귀야."

상심한 여자는 담배를 꺼내 물곤 허연 연기를 한숨인 양 내뿜었다.

'미친美親 친미親美라…… 이 농담 같은 말 속엔 과연 얼마만한 진실과 허위가 숨어 있는 걸까?'

청운은 곰곰이 생각해 보다가 히죽 웃고 말았다.

'검정고시 국사 강의록에 나오는 그 많은 옛날의 친일파들은 얼마나 다르고 얼마나 비슷할까?'

청운은 깊은 생각에 잠겨 고개를 천천히 흔들었다. 대통령 부부와 태극기 밑에 붙여 놓은 표어를 그는 묵묵히 쳐다보았다.

'미군은 우리의 혈맹, 온몸 정성으로 보답하자!'
'우리는 조국 부강을 위해 헌신하는 꽃나비 천사!'
'나라 없는 나 없다!'
'새마음 운동에 발맞춰 우리 함께 새 시대 건설!'
'스파이라고 의심되면 지체 없이 신고하자.'
'빨갱이 때려잡아 조상님의 원한을 달래자……'

청운은 픽 웃으며 밖으로 나섰다. 그러고는 열린 창을 향해 심호흡했다.

그들은 다시 거리를 걷고 있었다.

"저 아래로 한번 가봐."

노랑머리가 말했다.

"거기 뭐가 있길래?"

삐에로가 물었다.

"아마 잘 모를 거야. 땅속에 있거든."

"지옥인가?"

노랑머리는 아무 대꾸 없이 걸어갔다.

민들레

번화가로부터 좀 벗어난 외곽지대인 철둑길 옆엔 이른바 기지촌 유곽 중에서도 최하류급인 히빠리들이 모여 사는 낡고 허름한 건물들이 다닥다닥 붙어 있었다. 거무칙칙하게 썩어 들어가는 듯한 길바닥엔 깨진 콜라병과 찌그러진 맥주 캔 따위가 널브러졌고 휴지 조각이 꽃샘바람에 날려 유령처럼 떠다녔다. 전봇대 앞에 벌그무레한 토사물이 쌓였는데 한 어린 가무잡잡한 튀기 소녀가 그걸 주워 먹고 있었다.

노랑머리는 그중에서도 곧 쓰러질 듯 우중충한 건물로 들어서더니 어둑한 계단을 걸어 지하로 내려갔다. 음습한 기운이 풍겨 왔다. 문 옆에 '민들레 홀씨'라는 작은 명패가 붙어 있었다.

노랑머리는 조용히 문을 열고 들어섰다. 좁고 어스레한 실내 한쪽에 자리 잡은 낡아빠진 탁자 앞에 앉아 뭔가 하고 있던 여자가 얼굴을 들었다. 머리를 남자처럼 짧게 깎았지만 큰 눈과 목소리가 여자임을 알렸다.

“아이구, 불이나 좀 켜고 살지. 그깟 전기료 얼마나 나온다구…….”

“어서들 오세요. 한낮에 잠깐 햇빛이 들어올 땐 고맙게 이용하는 거죠 뭐. 밖에 있다 들어와서 좀 어두울 거예요.”

“참나…… 으스스해서 귀신 나오겠구먼. 아니, 왜 또 난로는 안 켜? 마치 북극에 온 것 같아.”

“바깥은 꽃샘추위가 아직 남았죠? 여긴 그나마 견딜 만해요. 잠깐만 기다리세요. 불을 좀 피워 볼게요.”

여자는 천천히 일어나 낡은 석유난로에 불을 붙였다. 불꽃을 작게 조절했다. 얼굴 한쪽의 화상 흉터가 불빛을 받아 드러났다. 입술도 좀 이지러진 모습이었다. 머리카락을 길게 기른다면 좀 가려질 텐데도 굳이 짧게 깎은 게 기이했다. 마음속으론 어떤지 몰라도 겉으로는 별 개의치 않는 성싶었다.

“이 언닌 참 대단해. 이 언니 인생이 왜 이렇게 된 줄 알아요? 좀 죄송스러운 말이지만, 이 언니가 원래는 어여쁘고 복스러운 인상이었댔어요. 클럽에서 인기도 좋았죠. 그런데 어느 헬렐레(술과 마약에 취했다는 뜻)한 미군 놈이 광란증이 발작해 불을 지른 거야. 전생에 무슨 악연이 있었을 리도 없으련만…… 언닐 이렇게 만든 그놈은 쥐새끼처럼 미국으로 내빼 버렸어.”

“뭐 그런 얘길…… 그만해요.”

여자의 제지에 노랑머리는 잠시 입을 다물었으나 곧 말을 이었다.

“이 언닌 그런 불운에 굴하지 않고 다시 정신을 차려…… 그동안 모아뒀던 돈으로 셋방을 얻어 홀로 이 일을 시작한 거예요. 여긴 지치고 가련한 사람들의 원두막 같은 곳이죠. 미군과 한국 놈들은 말 잘 듣고 아첨하는 아까 그 도둑년에겐 많은 혜택을 주면서도 이곳에 대해선 사사건건 트집 잡아 괴롭히려 들어요. 후유…….”

노랑머리는 한숨 섞인 담배 연기를 훅 내뿜었다.

“민들레 홀씨엔 어떤 뜻이 들어 있나요?”

청운이 물었다.

“별다른 건 없어요. 민들레꽃은 우리들의 소망과 영혼을 상징하지요. 민들레회엔 이곳 대부분의 여성들이 회원으로 가입돼 있어요. 그러지 않으면 아예 클럽에 출입할 수가 없으니까요. 하지만 회비를 내면서도 그곳에 가기 싫어하는 사람도 있고, 전혀 갈 수조차 없는 불우한 여자들도 있지요. 그런 의지가지없는 분들에게 무슨 힘이 되어 준다기보다는…… 오히려 제가 그분들의 힘을 받고 있는 셈이랄까요. 그런데…… 민들레회가 잡음이 많은 단체이긴 해도 굳이 사갈시하긴 싫었어요. 우리가 힘을 모아 서서히 바꿔 나가면 언젠가 새로운 민들레가 필 테니까요. 그래서 홀씨라는 말을 군더더기처럼 붙여 본 것뿐이에요.”

여자는 어눌하면서도 차분히 말했다.

곰팡이가 핀 벽엔 대통령 사진도 새마음 운동 표어도 붙어 있지 않았다. 그저 하얀 백지에 ‘민들레 홀씨는 우리 마음속의 꿈, 사랑, 진실, 독립성, 자유……’라는 글이 단정히 씌어 표구돼 있을 뿐이었다.

“그나저나 소망식당 엄니가 그렇게 돼서 어떡해? 언니도 이미 들었지?"

"좀 전에 누가 전화를 해줘 대충 듣긴 했는데…… 대체 어찌 된 일일
까요?"

"글쎄, 그 지장보살님 같은 분을 대체 누가…….""

노랑머리는 다시 분을 못 이겨 눈물을 흘렸다.

"시신을 가져가 버렸으니…… 일단 좀 기다려 보자구요. 곰곰이 생각
해 봐도 지금 우리가 할 수 있는 일이 별로 없는 것 같아요."

짧은 머리 여자가 신중스레 말했다.

"놈들이 언니의 시신을 망가트려 버리면 슬픈 영혼은 어디로 가야 하
나요?"

"설령 좀 훼손되더라도 넋은 알아볼 거예요. 나도 이런 꼴로나마 살
아 숨 쉬고 있잖아요."

"어머나!……."

노랑머리는 말을 잇지 못한 채 깊은 생각에 잠겼다.

"우리가 할 수 있는 일이 너무 작아서 우울해요. 그래도…… 뭔가 찾
아서 해야지요. 우선은…… 장례식에 대해 좀 의논해 보는 게 어떨까 싶
네요."

"그게 좋겠어요."

노랑머리가 두 손등으로 눈물을 싹 훔치고 나서 담담히 말했다.

"두 분도 의견을 한번 말씀해 보세요."

짧은 머리 여자가 부드러운 목소리로 말했다.

“글쎄…… 우리 클럽의 브라스밴드를 한번 활용해 보면 어떨까요? 번화가를 지나가면서 아리랑을 애절한 곡조로 연주하고, 틈틈이 제가 방랑자 멘트를 넣는다면…… 수많은 인파가 모여 애도를 할 듯한데요…….”

삐에로가 흥분한 어조로 주절거렸다.

“에이, 그건 너무 거창해. 그리고 악사들이 나와 주기도 어려울 텐데…….”

노랑머리가 반론을 폈다.

“일단 상황을 봐서 필요한 방법을 활용했으면 좋겠군요. 몽키하우스에 계신다고 좀 전에 들었는데…… 거긴 요즘 별일 없나요?”

짧은 머리 여자가 청운을 보며 물었다.

“예, 그럭저럭…….”

“그곳에선 불상사가 자주 일어나곤 하는데 다행이네요.”

“글쎄, 듣고 보니 그렇네. 출감해서 돌아온 애들 얘길 들으면 죽고 다치고 장난 아니던데…… 요즘엔 그런 소식이 없었어. 지옥이지만 재미있어서 한번 더 들어가 보련다는 미친년도 있더라니깐.”

노랑머리가 중얼댔다.

“흠, 내 생각엔…… 히히, 그게 왠지 이 친구 때문이 아닐까 싶기도 하네요. 요로코롬 19세기 타입으로 후지게 생겼지만 여자들한텐 좀 인기가 있으니까 말이유. 헤헤…….”

삐에로가 끼어들었다.

“쓸데없는 소리 좀 닥쳐! 남성미 때문이 아니라 꺼벙해 보이면서도 허무적인 어떤 인간미에 끌린 모양이니깐.”

노랑머리가 핀잔을 주었다.

“그게 그 소리지 뭐.”

“하기야…… 자살하고픈 사람에겐 인간적인 말 한마디가 도움이 되겠죠.”

짧은 머리 여자가 손을 들어 상처 입은 자신의 한쪽 볼을 쓰다듬으며 말했다.

“한 달이면 두세 건씩 사고가 일어났었는데 묘하긴 해.”

노랑머리가 입속으로 중얼댔다.

청운은 고개를 푹 숙였다. 그는 그곳에 있은 지 얼마 되지 않아서 아직 모르는 게 많았다. 청운 스스로 철창 속에 갇힌 수녀囚女들에게 굳세게 살아야 한다는 둥의 인생 설교를 한 적은 없었다. 그래도 현실의 쇠창살은 어쩔 수 없을지언정 마음속의 창살만큼은 걷어내고, 같은 인간으로 누이로 대하면서 가능한 한 조금이나마 도움을 주려 한 건 사실이었다. 그것이 그녀들에게 어떤 위안을 주리라곤 전혀 생각하지 않았다. 그렇게 함으로써 그 자신이 오히려 위로를 받았다고 할까. 선감도 수용소나 악마산 지옥훈련 후의 북파공작원 활동 등은 수시로 그의 뇌리 속을 강박하고 있었으므로…….

몽키하우스의 여자들은 범인은 아니지만 미군에게 성병을 감염시킬 수도 있는 준범인으로 취급돼 그곳에 갇혀 있었다. 왜 근원지인 미군 새끼들은 그냥 두면서 자기네만 짐승처럼 가둬 두냐며 억울해 불만을 토해

냈다. 그러다가 사람답게 살아보자며 차라리 목숨 걸고 탈출을 감행하는 것이었다. 첫 단계는 옥상으로 올라가 뒷마당 쪽으로 뛰어내려야 했다. 튼튼한 남자라면 가능하겠지만 여자들은 독한 마음을 품었더라도 머리를 다쳐 죽거나 대부분 부상을 당한 채 잡혔다.

설령 무사히 내려섰다 하더라도 이번엔 날카로운 철조망이 쳐진 높은 담을 넘어야 했다. 그건 거의 불가능에 가까웠다. 혹시 피투성이가 된 채 담벼락 위에 겨우 올랐다고 하더라도 캄캄한 밤중에 그녀는 죽음보다 더한 공포와 고독감으로 온몸을 떨었으리라 싶었다.

탈출이 자유의지에 의한 선택이라 한다면 페니실린 주사로 인한 쇼크사는 불가항력적이었다. 정기적으로 모든 수용자들에게 투약하는 페니실린(혹은 테라마이신 606)은 독성이 강하기 때문에 각 개인에 알맞게 양을 조절해야 하는데도, 성병균을 단시일에 완전히 박멸한다는 구호 아래 담당자들은 가장 강한 어떤 가상의 신체를 기준으로 삼아 일률적인 단위를 주사했다. 그건 독재 권력의 전횡과 다름없었다. 많은 여자들이 페니실린 알레르기로 인해 괴로워했고 때로는 쇼크 반응을 일으켰다. 멀쩡하던 여자가 진료실을 걸어 나오다가 갑자기 쓰러져 사지를 파르르 떨며 극심하게 헐떡거렸다. 해쓱해진 얼굴에 식은땀을 흘리며 헛구역질을 하다가 의식을 잃곤 끝내 저승사자에게 끌려갔다. 그래서 여자들은 페니실린 주사를 무엇보다 두려워했다. 감금, 원숭이 취급보다 언제 자기에게 닥칠지 모르는 '나도 모르는 나의 허무한 사라짐'을 더 못 견뎌 그녀들은 탈출을 감행하는지도 몰랐다.

청운은 고개를 숙인 채 생각에 잠겼다.

'비밀……'

노랑머리의 말마따나 달포 동안 탈출 사고가 없었던 건 사실이었다. 하지만 몽키하우스에 들어간 며칠 후에 청운은 어떤 여자의 시체를 보았다. 환경미화과 소속 청소부인 장씨와 함께 어스름 녘에 담가(擔架)를 들고 뒷산으로 올라갔었다. 마대 자루 밖으로 비어져 나온 발을 보고 여자인 줄 알았다.

"어디로 가는 거죠?"

앞장선 중늙은이를 향해 청운이 물었다. 장씨는 헛기침을 한번 했을 뿐 묵묵히 걸음을 옮겼다. 이윽고 으슥한 곳에 멈춘 그는 들것을 내려놓은 뒤 삽으로 땅을 파기 시작했다. 삽이 한 자루뿐이라 번갈아서 했다. 적당한 구덩이가 마련되자 장씨는 청운을 재촉해 함께 시체를 넣었다. 흙을 덮기 전에 그는 마포를 슬쩍 들쳐 보더니 "선애 년이군. 쳇, 잘 가거라."라고 내뱉곤 삽질을 했다. 청운이 삽을 받아 마무리하는 동안 장씨는 담배를 꺼내 물고 천천히 연기를 내뿜었다.

"어이, 신참…… 이건 비밀이야. 뭐 설령 알려지더라도 별 대단스러운 일은 없겠지만…… 그래도 여기 있는 동안은 모르는 척 입을 다무는 게 좋을 게야."

"얘길 듣기 전엔 그런가 보다 했는데, 아저씨 말을 굳이 듣고 보니 좀 이상스러운 생각이 드는군요. 어찌 된 사연이죠?"

"계집애들이 도망치려다가 떨어져 죽거나 총에 맞아 뒈지면 드러내

놓고 욕을 하면서도 공동묘지에다 묻어 줘. 그런데 주사를 맞고 쇼크사한 경우엔 가능한 한 슬쩍 숨긴 채 이런 으슥한 데에 표시 안 나게 평장을 해버리고 말지. 물론 뻔히 알려져 도저히 숨길 도리가 없을 경우는 예외지만…….”

산을 내려오는 도중 청운이 물었다.

“이런 경우가 많은가요?”

“그딴 건 묻지 마. 나도 별로 좋은 기분은 아니니까 말야.”

장씨는 혀를 쯧쯧 차더니 고개를 틀어 침을 찍 내갈겼다.

‘비밀…….’

청운은 얘기 한번 나눠 본 적 없는 어떤 양색시의 시체를 가슴속에 묻어 둔 채 그 후로 아무에게도 꺼내지 않았다. 삐에로 형과 함께 술을 한잔할 때 슬쩍 털어놓으면 속이 시원해질 듯싶은데도 끝내 그러지 못했다. 꼭 장씨 영감의 언질 때문만은 아니었다.

‘굳이 그런 얘길 해봤자 뭘 해. 비밀도 비밀끼리 사귀는 시간이 필요한가 봐. 선감도와 악마산에서 비밀이니 기밀이니 강박하던 말들이 과연 진실한 기밀일까? 놈들이 만들어 놓은 비밀…… 그것으로 사람을 조종하려는 술수였는걸. 그런 건 싫어. 어릴 때부터 그런 가짜 비밀을 가축 사료처럼 먹고 살아서 그럴까. 차라리 장씨 영감을 목 졸라 죽이는 게 더 재미있지 않을까 싶군. 그가 말한 비밀을 내 입으로 지껄이긴 싫어!…… 아냐, 그게 아니야. 숲속의 그 으슥한 구덩이는 내 가슴속인지도 몰라. 솔바람 소리를 들으며 좀 쉬고 싶어. 비밀과 비밀끼리 사귀도록. 하기야 그

시체는 이미 아무 비밀도 아니겠지만…….'

청운은 고개를 흔들었다. 그가 입을 열려고 할 때 노랑머리가 먼저 말을 꺼냈다.

"암튼 저쪽 꼴통 회장 년이 정식 회원이 아니라면서 개수작을 부리니 우리끼리 일단 소망 언니의 장례를 준비하도록 해요. 그럼 차츰 사람들이 모이겠지."

"그렇게 되도록 함께 힘을 모아 봐요. 그분은 우리 모두의 대모代母 같은…… 그늘도 그윽한 고목 같은 존재였건만…… 어찌 그리 속절없이……."

흉터 진 여자의 옆얼굴에 눈물이 한 방울 여린 굴곡을 그리며 흘러내렸다.

담요부대

며칠 후 '백발 청춘 할매'의 시신은 한 줌의 유골로 변해 돌아왔다.

여자들이 미군부대 앞으로 모여 가 데모를 하고 더러는 동거하는 미군을 구슬려 '살인범을 잡아내 처벌하고 시신을 온전히 돌려달라'고 요구했으나 별 성과는 없었다. 정식 연고자가 없다는 이유로 화장되어 뼛가루만 검은 상자에 담겨 온 것이었다.

장례식은 생략되었다. 청운이 유골함을 들고 저 멀리 청회색 띠처럼 보이는 강을 향해 걸어갔다. 생전에 고인이 청운을 아들처럼 여겼다고 해서 그리된 것이었다.

유골함 위엔 낡은 사진이 붙어 있었다. 고인의 나이 꽃다운 열여섯 때 일본군 정신대로 속아 끌려가기 전 동무들과 함께 하얗게 피어나는 목련꽃 아래서 찍은 것이었다. 어여쁜 아가씨들도 목련꽃도 색이 바래 슬픈 여운만 자아냈다. 강어귀까지 많은 여인들이 흐느끼며 따라왔다. 함께 동행하지 못한 더 많은 여자들이 클럽 거리 입구에 서서 작별인사로 손을 흔들어 주었다.

얼음에서 풀려난 강물이 흐르고 있었지만 수량은 풍부하지 않았고 물빛도 무척 탁했다. 강가엔 쓰레기 더미며 오물 그리고 콜라병과 군화 따위가 널브러져 있었다.

강은 신음하는 듯싶었다. 혹은 이미 숨이 끊어진 채 주검을 싣고 흐르는 것 같았다. 미군부대가 들어서기 전까지만 해도 전국에서 가장 맑은 물이 흐르는 곳이라 일담이니 이담이니 하는 별칭까지 붙은 곳이었건만…… 여자들의 애곡 소리가 점점 커졌다.

청운은 삐에로의 도움을 받아 검은 상자를 열고 뼛가루를 뿌렸다. 더 맑은 강이라면 좋겠지만 어쩔 수 없는 상황이었다. 오염된 개천을 지나 더 넓은 강을 흘러 푸르른 바다로 나아가길 기원할 뿐이었다.

여자들의 서러운 울음소리가 한결 높아졌다.

가네 가네 나는 가네
구름같이 태어나 바람처럼 가누나
북망산이 어드메뇨
건너산이 북망일세
명사십리 해당화야
꽃 진다고 설워 마라
영영 가는 나도 있다
어이 넘차 어허야……

빈손으로 왔다가 빈손으로 가는 인생
이왕지사 가는 길 가시밭길 밟지 말고
꽃길이나 밟고 가고 미리내 길 건너가소
흰나비야 노랑나비 나와 같이 청산 가세

슬퍼도 잘 가시고 나중에 만나세
양공주나 비웃으며 양색시라 침 뱉는
지옥에서 비노니 천당으로 가소서
위안부 몇십 년에 갈보 팔자 허망쿠나
천국에서 연꽃으로 다시 피어나소서…….

몽키하우스로 돌아간 청운은 여자들의 궁금증을 시시콜콜 해소해 주어야 했다. 감금된 여자들은 곤궁한 생활에 불평불만을 토하거나 우울증에라도 걸린 듯 침울한 표정으로 늘어져 있다가도, 어떤 얘깃거리가 생기면 눈에 불을 초롱초롱 켜고 달려들었다. 백발 언니가 왜 죽었는지, 장례식은 어땠는지 등등…….

아마 직접 못 보니 더 궁금한 듯 자세히 마치 영화 장면처럼 묘사해 주길 바랐다. 신입이 들어오면 세상 뉴스를 듣게 되는데 한동안 없어 근질근질하던 참이었다. 감금된 상태에서는 남자든 여자든 일반인들이 상상하지 못할 기묘한 방법을 생각해 낸다지만 몽키하우스의 여자들은 훨씬 기발한 수법을 찾아내곤 했었다. 하지만 이번엔 그런 능력을 별로 발휘하지 못했다. 죽은 사람은 백골이 되어 사라지고 살인자는 종적을 감춰 버렸다. 범죄 흔적이 남아 있을지도 모를 소망식당은 미군 헌병에 의해 철저히 막힌 상태였다. 열불이 올라 당장 쳐들어가자는 여자도 있었지만 곧 쇠창살을 쳐다보며 처량스레 눈물지었다.

며칠 후 불행인지 다행인지 모르지만 신입 다섯 명이 들어왔다. 미군 토벌작전에 걸려 붙잡혀서 호송돼 온 것이었다. 많을 땐 10~20여 명이 끌려왔다. 성병에 감염된 여성들은 미군의 전투력을 갉아먹는 암종으로 취급당해 마치 공비 토벌하듯 전격적인 공격을 당하곤 했다.

사무실 앞 창구에서 입소 절차를 마친 여자들은 각 반으로 분산 수용되었다. 건물 이 층엔 복도를 사이에 두고 많은 방이 있었는데 대개 대여섯 명이 한 방에서 생활했다. 그날 저녁 이 층 숙사의 장미반 감방에서 거행된 '환영식'에서 한 신입이 뉴스를 전하고 있었다.

"살인범이 어떤 놈이지 아직 아무런 소식이 없어. 무소식이 희소식이라지만 정말 갑갑해요. 미군 엠피 놈들은 범인 잡을 생각은 않고 여자들만 휘어잡고 있다우."

청운은 모르는 여자였다. 특별한 임무 없이 그곳에 접근하면 원칙상 안 되지만, 청운이 부정적이거나 비관적인 수용자들에게 조금쯤 도움이 된다고 생각했는지 혹은 동향 파악에 쓸모가 있다고 여겼는지 사무실 직원들도 슬쩍 봐주었다.

여자는 괄괄한 목청으로 말을 이었다.

"미군 놈이고 한국 놈이고 좀 미친 것만 같아. 글쎄, 김일성이 새끼 잡

는답시고 한미합동 '사마귀' 작전 훈련을 벌이고 있어. 사마귀死魔鬼엔 마
귀를 죽인다는 사마귀란 뜻도 있대. 덕분에 담요 들고 갔다 왔지만……."

"달러 많이 벌었겠네 뭘."

"언니, 돈이 문제야? 양키 놈들 땜에 더러운 병에 걸려 여기까지 잡혀
왔는데…… 합동훈련은 북한보다는 남한 사람들한테 공포감을 퍼뜨리려
는 목적도 있대잖아."

그녀는 사각형에 가까운 얼굴을 긴 생머리로 덮고 있었다. 쌍꺼풀 수
술에 실패한 듯한 큰 눈보다는 작은 입술이 오히려 시시각각 변하는 그
녀의 감정을 더 잘 표현하는 성싶었다.

"에이휴…… 양키 중에서도 동두천 캠프 캐이지 놈들이 제일 독종인
것 같아."

"그건 그래. 여긴 아무튼 최전방이니까. 용산 사령부나 부산 하야리아
등 후방지원 부대에선 훈련도 별로 빡세지 않고 외출도 꽤 자유롭다지만
여기 보병 놈들은 자주 빡빡 기어야 하니까 스트레스가 쌓이는 거지. 그
러니 우리 같은 힘없는 년들이나 조지는 게 아니겠냐."

좀 나이 들어 보이는 여자가 말했다.

"씨발 새끼들! 지들 좆 꼴리는 대로 마구잡이야. 서부의 건맨 행세를
하는 놈이 없나, 흐흥, 좆대가리를 쳐들고 말씀이야…… 지 기분대로 안
되면 그 깊은 산속에서 마구 팬다니까. 짐승 잡듯이…… 반쯤 죽어 나자
빠진 애도 있었어."

"난 실제로 숨이 끊어지는 걸 본 적이 있지. 그러면 으슥한 곳에 구덩

일 파고 대충 묻어 버려. 그것도 시시덕거리며…… 마치 죽은 개를 묻듯이…….”

누군가 나지막한 목소리로 말했다.

“훈련 중인 놈들은 무척 사나워. 사람 얼굴에 악마의 얼굴이 섞인 것만 같아. 마치 자기의 악마성이 어떤 모습인지 시험해 보는 듯싶은 경우도 있어.”

“에이구, 지옥이지 뭐…….”

한미합동 훈련이 있을 때면 여자들은 클럽 기도의 인솔하에 군용 담요를 하나씩 싸 들고 미군의 뒤를 따라 먼 야산으로 들어갔다. 몸팔이 장사를 하기 위해서였다. 달러를 벌어 먹고살아야 할 형편이기도 했지만 클럽 포주에게 지시를 받으면 거부하기가 어려운 실정이었다. 여자들은 미군이 임시로 설치한 천막 친 가건물에서 몸을 팔기도 했지만, 상황에 따라서는 파놓은 구덩이 속에 육신을 눕이기도 했다. 별이 총총히 뜬 밤이나 흙바람이 불어대는 날이나 여자들은 무정한 하늘을 쳐다보며 수십 명의 폭군 아래서 신음을 흘려야만 했다.

“허우대는 멀쩡하면서 의외로 쩨쩨한 놈들도 많더라니깐. 달러가 아까운지 지가 먹던 초콜릿이나 햄 깡통 따윌 씹값 대신 던져 주는 놈들도 있구.”

“치사스러워.”

“언니야, 치사스럽기만 하면 좋게? 난 무서워…… 얼마 전 저쪽 파주에선 미군 장갑차가 학교 가던 어린 여학생 두 명을 그대로 갈아 죽여 버렸대. 미군 놈들은 길이 좁은 사각지대라 못 봤다느니, 훈련 중엔 신경이 긴장돼 오직 적군만 생각한다느니, 심지어는 긴급 상황인데도 부주의했던 죽은 애들의 잘못이라느니 뻔뻔스레 발뺌을 한다더군.”

“하두 얼척없어서 가짜 뉴스처럼 들리는구마. 미군 애들이 너무 자만심이 높은 건 사실이지만…… 그래도 지구상에서 가장 개명되고 인권을 중시한다던데 그래.”

“여학생들이 돌진해 오는 장갑차를 향해 단발머리를 떨며 소리를 지르고 손을 들어 막 흔들었지만 그대로 지나갔대. 설마 그럴 줄 어찌 알았겠어. 죽은 사람은 말을 못 한다지만…… 마침 논둑을 걸어가던 노인네가 확실히 보았대. 인간을 똥개 취급하지 않는다면 그럴 수가 있을까.”

“지옥 같은 세상이야.”

“그곳에선 지금 군경비상조치령인지 뭔지가 내려져서 이 일에 대해 입만 뻥긋해도 다 잡아간대. 죽은 소녀 애들 부모와 몇몇 마을 사람들은 지금 경찰서 유치장에 갇혀 있다던데…… 부모 심정이 과연 어떨까?”

“말해 뭣 하겠니. 애가 끊어지겠지. 얘, 이런 지랄 맞은 얘기 말고 좀 좋은 소식은 없니?”

“응, 뭐가 있나…… 아, 얼만 전에 희애 기집애가 미국으로 날아갔어. 아메리칸 드림에 가슴이 부풀어…….”

“결국 갔구나. 어쨌든 잘됐네. 잘되길 기도해야지 뭐.”

눈 밑이 거무스레하고 수척한 여자가 말했다. 추측건대 아마 그녀들은 선스타SunStar 클럽 소속이 아닌가 싶었다.

“언니, 그런데…… 난 이건 좋은 일인지 나쁜 일인지 잘 모르겠어.”

“뭔데 그래?”

“설희 년이 되돌아왔어.”

“뭐?”

“쌍년이 우화등선이라도 한 양 자랑하더니만 일 년도 못 돼 양키 서 방님께 소박맞았나 봐. 예쁘던 얼굴에 큰 흉터가 난 꼴로 튀기 아이 하날 데리고 나타났더라구.”

“그래서?”

“뭘 그래서야…… 몸매가 다 망가져서 홀에 나가기도 힘들겠던걸. 히 빠리라도 하면서 목숨을 이어가야겠지 뭐.”

여자는 콜라병에 바꿔 넣은 양주를 한 모금 꿀꺽 들이켰다. 사이다병 을 들어 소주를 마시는 여자도 있었다.

“그년만큼은 똑소리 나게 잘살 줄 알았는데 무슨 팔잔지 운명인지 원.”

“고년의 팔자가 아니라 양키 놈이 제 놀던 물로 돌아가자 마음이 바 뀐 거지 뭐.”

“이왕 돌아오려면 금의환향은 못 할지언정 왜 그런 꼴로…… 차라리 죽고 말지.”

“죽기가 살기보다 쉽나 뭐…….”

여자들은 한마디씩 주절거리며 혀를 차고 한숨을 쉬었다. 희애라는 양 색시의 미국행과 귀환이 그녀들의 무의식 속에 자리 잡은 희망과 절망의 초상화처럼 느껴지기 때문인지도 몰랐다.

청운의 머릿속엔 언젠가 로스앤젤레스인지 캘리포니아에서 날아왔던 구구절절한 편지의 사연이 떠올랐다. 미애라는 애가 여러 여자들 앞에서 대신 낭독했던 그 편지엔 새로운 삶에 대한 소망과 자랑이 섞여 있었지만 일말의 불안감도 숨은 듯이 느껴졌었다.

'어쨌든 잘 견뎌내길…… 정 힘겨우면 이 지옥 같다는 고국으로 돌아오든지…….'

청운은 속으로 빌어 주었다.

신입생인 긴 생머리 여자가 갑자기 콜라병을 집어 들더니 꿀꺽꿀꺽 다 비워버렸다. 그리고 울음 섞인 목청으로 주절거렸다. 혀가 좀 꼬이기 시작했다.

"아이구, 이년의 신세가 왜 요 모양 요 꼴로 되고 말았을까? 할아버지가 지하에서 얼마나 슬퍼하실지 몰라. 일본군 놈들의 간담을 서늘하게 했다는 대한독립군의 손녀가 지금 여기서 미군 양갈보가 되어 살고 있다니…… 아, 차라리 자살해 버리는 게 더 나을 거야……."

급기야 그녀는 울음을 터트리더니 서럽게 흐느꼈다.

"조선시대 할애비나 얘기하려면 그냥 콱 죽어 버려."

입술이 퍼런 여자가 독하게 내뱉었다.

"난 죽지 않겠어. 흥, 하지만 곧 자살자가 많을 거야."

"왜?"

다른 여자가 부드럽게 물었다.

"군표 개신이 있대나 봐."

독립투사의 손녀가 중얼거렸다.

"뭐? 그런 소린 어디서 들었어? 헛소문 아냐?"

여자들의 얼굴에 놀란 기색이 번졌다.

"언니들, 난 썹 팔아서 돈만 벌고 싶진 않아. 나두 대한민국의 진짜 독립을 위해 할아버지처럼 뭔가 하고 싶어. 지금 이 나라는 미국의 식민지와 비슷해, 아 대한독립 만세!……"

그녀는 옆으로 쓰러져 잠들어 가며 비장스레 뇌까렸다.

"미친년처럼 무슨 잠꼬대 같은 소리야."

"아마 욕구불만이 공상으로 변해 지껄인 소리겠지 뭐."

"그랬으면 좋겠지만…… 어딘가 불씨가 있으니까 연기가 흘러나오지 않았을까?"

여자들은 긴장된 표정으로 이런저런 얘기를 두런두런 나누었다.

기지촌 주변에서 일명 '양키 딱지'로 불리는 군표는 미군부대가 발행한 일종의 전용 화폐였다. 그건 기지촌에서는 물론이고 서울의 암시장에서도 한국은행권보다 오히려 더 높은 대우를 받았다. 원래는 미군들이 병영 내 PX에서 물품을 구입하는 용도로 발권되었으나 편리성 때문에 한국 땅에서도 두루 통용된 것이었다. 미군사령부는 '군표는 부대에서만 사용토록 돼 있으므로 외부의 한국인이 소지 또는 사용하는 건 불법이다.'라고 포고해 놓았지만, 미군들 스스로 먼저 들고 나와 사용했다. 기지촌 클럽이나 상점 등에서는 원칙적으로 금지돼 있다며 거절할지언정 정말로 받지 않는다면 미군들이 다른 곳으로 가 버리므로 슬쩍 수용할 수밖에 없었다. 몸을 파는 클럽 여자들 또한 마찬가지였다. 우습게도 주둔군의 군표를 거부한다는 건 반항자나 반미분자로 낙인찍힐 위험이 있었다. 또한 잘만 활용하면 한몫 잡을 수도 있으므로 굳이 거절할 필요가 없었다. 한국 사람들, 특히 부유층이 선호하는 미국 제품을 살 때 군표는 꼭 필요했다. 부유한 포주들은 미군 연줄을 이용해 군표로 고급스러운 물품을 잔뜩 사들여서는 남대문시장 등지에서 비싸게 팔아 큰돈을 모았다. 또한 명동의 암시장 같은 데서도 미 군표 깡을 통해 짭짤한 이익을 안겨주었으므로 무척 인기였다.

문제는 군표 개신이 마치 통화개혁처럼 불현듯 이뤄지는 데 있었다. 묵은 군표를 새 군표로 바꾸는 건 미군사령부가 한국정부와 협의 없이 전격적으로 실시했다. 신구 군표 교환은 미군만 할 수 있었다. 그러므로 한국 사람이 뼈 빠지게 벌어 모은 군표는 곧 휴지 조각이 되고 말았다. 미군과 줄이 닿는 사람들은 어렵사리 부탁하여 일부를 겨우 바꾸기도 했지만 상한선에 걸려 거의 대부분 많은 피해를 입었다. 그 과정에서 악덕 미군들은 사례비 조로 적잖은 액수를 뚱쳐먹기도 하고 심지어는 한국 남자와 여자들을 필요에 따라 꼭두각시처럼 조종해 별미를 챙기기도 했다.

군표 개신은 위조되거나 불법 거래된 군표를 없애 버리려는 목적이 있었다. 문제는 그것이 꽤나 자주 이뤄지고 '선의의 피해자'에 대한 구제책이 전혀 없다는 점이었다. 미군사령부가 편리를 위해 발행했으며 현실적으로 부대 안팎에서 널리 통용된다는 사실을 감안한다면 대책이 필요했다. 그렇지 않는다면 군표를 받은 한국 사람뿐만 아니라 애초에 사용한 미군부터 엄격히 단속하고 처벌해야만 했다. 하지만 그런 조치는 없었다. 고소한 알은 미군이 먹고 그 대가로 군표를 받은 한국인들은 늘 가슴 한 구석에 잿빛 수류탄을 품은 듯 아슬아슬한 심정이었다.

"지미 좆꼴리는 대로 개신하는 놈들 같으니…… 미국 놈 새끼들이 통 크게 노는 듯싶지만 사실은 피 빨아 먹는 이나 빈대처럼 쩨쩨한 것 같아. 자기한테 이익만 된다면 벼룩 간도 정색하고 빼 먹을 놈들이라니까. 썹 팔아 군표 받은 우린 뭐가 되냐 이거야. 피 같은 것을……."

화장독 때문인지 안색이 푸르죽죽한 여자가 언성을 좀 높였다.

"넌 그래도 모아둔 게 꽤 되는 모양이구나야. 부러워. 난 한 장도 없 어 허전했었는데…… 이런 걸 전화위복이라 해야 되나 뭐 새옹지마라던 가?……."

"쌍년, 문자 쓰고 자빠졌네. 그냥 잠이나 자거라."

"응, 아메리카 꿈이나 꿀란다. 히힛……."

"그나저나 요렇게 갇혀 있으니 어찌 손을 써볼 수도 없고 지랄이구 만."

"제법 많은 모양이군, 응?"

"액수가 문제라기보다 그동안 겪은 온갖 더러운 수모가 생각나서 그 러는 거지 뭐. 약한 나라 계집년을 고따위로 괴롭히고 썹값까지 뺏어 가 면 그 원한이 하늘에 사무치는지 모르는 모양이지만…… 언젠가는 워싱 턴과 로스앤젤레스에 불벼락이 내려칠 거야."

"얘, 흥분하지 말구 이거나 한잔 마셔. 저 무당 같은 년의 헛소리일 수도 있잖아."

코를 골며 쿨쿨 자는 독립투사의 손녀를 가리키며, 이마에 주름살이 뚜렷한 여자가 말했다.

"정말 그랬으면 좋으련만……."

하지만 둘러앉은 여자들은 두런두런 얘기를 나누며 불안감을 감추지 못하는 모습이었다. 기지촌에서 살아오는 세월 동안 긴가민가하다가 갑자기 닥치는 괴상스러운 현실을 많이 겪었기 때문일까.

"순덕이 언니 알잖아. 몇 년 전, 제대로 먹지도 않고 알뜰살뜰 모은 군표를 돈과 똑같다고 착각했다가…… 개신 다음 날 자살해 버린 착하고 멍청한 양갈보……."

빼빼 마른 여자가 말했다. 그녀들의 한숨과 함께 밤이 깊어 갔다.

할미꽃

꽃샘바람도 어느덧 스러지고 봄기운이 한결 완연해져 갔다.

황토 속에 뿌리를 뻗은 나무들의 잎사귀는 연초록으로 치장했으며 산 여기저기 연분홍 꽃이 활짝 피어났다. 만물의 생명이 약동하는 계절…….

하지만 쇠창살 속에 갇힌 여인들에겐 오히려 독약 같은 스트레스였다. 욕구불만으로 인해 짜증을 내고 신경질을 부리던 여자들은 차츰 무기력감에 젖어 우울 증세를 나타냈다. 부정적인 생각에 빠져 서로 미친 닭처럼 싸우기도 했지만 기력이 약해진 상태라 곧 그만두곤 한숨이나 푹푹 쉬었다. 자신의 팔뚝을 물어뜯어 피를 빨아 먹는 여자도 있었다.

청운은 소요산 골짝을 올라 나무하는 틈틈이 굵은 칡을 캐어내 인연 닿는 여자들에게 나눠주었다. 그걸 질겅질겅 씹으며 욕구불만을 해소하고 깊은 땅속의 기운을 조금이나마 받아 생기를 찾길 바랐다. 어려운 상황일수록 더 힘을 내어 살아남아야 하지 않을까?

그런 어느 날, 청운은 지게를 소나무 밑에 세워 둔 채 어느 주인 모를 무덤가에 드러누웠다. 따스한 볕이 잘 들고 잔디가 유난히 포근해 보였기 때문이었다. 아직은 파릇파릇 돋아나는 새싹보다 노란 옛 잔디가 훨씬 더 많았다. 따사로운 햇볕을 받은 늙은 잔디가 애잔히 빛났다. 무덤 옆에 피어난 어린 할미꽃을 바라보던 청운은 낮은 목소리로 노래를 불렀다.

잔디
잔디
금잔디
심심산천에 붙는 불은
가신 님 무덤가에 금잔디
봄이 왔네, 봄빛이 왔네
심심산천에도 금잔디에……

그는 손을 내밀어 할미꽃을 살살 쓰다듬어 보았다. 비로드처럼 부드러운 감촉이었다.

'갓 피어난 소녀 같은 꽃이 왜 할미처럼 보일까? 하얀 솜털과 구부정한 허리 때문인 듯싶은데…… 너무 애처로워. 마치 아름다운 처녀 시절을 헛되이 잃어버린 여성의 모습이야…… 아니, 어쩌다 보니 겉늙어 버린 삐에로 형이나 나의 초상화라고도 할 수 있겠어. 먼 옛날, 고향 뒷동산에 피어난 할미꽃을 보노라면 왠지 어린 마음속에 슬픔이 고이곤 했

었지. 하고많은 꽃 중에 왜 하느님께서는 저 애처로운 꽃을 무덤가에 피어나게 하셨을까?'

그는 할미꽃의 굽은 허리를 살며시 펴 주려다가 그만두었다. 눈가에 눈물 한 방울이 돋아나 햇빛 아래 반짝였다.

'할머니꽃에 설움의 눈물이 맺힌 것만 같아. 아, 이 꽃이…… 얼만 전에 돌아가신 백발 할매와 양색시라 불리는 여자들의 수많은 영혼처럼 느껴지는 건 내 망상일까?'

그가 눈을 감자 눈물방울이 볼을 타고 흘러내려 잔디 속으로 스며들었다.

'왠지…… 내 인생이 저렇게 될까 싶어 좀 두렵기도 해. 까마득한 옛날, 어디인지도 모를 고향 뒷동산에서…… 따사로운 무덤가에 엎드려 누운 채 지금처럼 할미꽃과 노란 민들레를 바라보며 문득 상여가 나가는 몽상에 잠겼었지. 아마 선명한 노란 색깔이 현실을 떠나 명도冥途로 들어가는 환영을 불러일으켰는지도 몰라. 죽음 자체가 별로 무섭지 않다기보다 신비스러운 어떤 세계를 얼핏 보여 주는 듯싶었지. 왠지 슬펐어. 동무 애들은 다 딱총을 들고 전쟁놀이를 하고 있었는데 왜 나만 그랬을까? 나중엔 대장 녀석의 호통에 놀라 총싸움을 하다가 뒤로 굴러 꽤 깊은 구덩이 속에 떨어진 적이 있었지. 발목이 시큰거리고 옆구리가 결렸지만 난 가만히 웅크려 있었어. 눈을 꼭 감은 채, 동무 애들이 불러도 죽은 척 대답하지 않았었지. 그 애들의 목소리엔…… 나를 걱정하기보다 끄집어내서 전쟁놀이의 총알받이로 사용하려는 목적이 강하게 느껴졌어. 그러자 갑자기 그 애들은 침을 뱉으며 간첩 새끼니 빨갱이니 하고 욕을 퍼붓기 시작했지. 쪼그만 개들이 뭘 알아서 그런 소릴 한 건 아니고, 당시에 단체 행동에 참여하지 않는 자는 무조건 빨갱이나 간첩으로 몰아가는 분위기가 전국적으로 팽배했었던 모양이야. 어른들이 그러니 우리 어린애들도 그렇게 세뇌가 되어서…… 나중에 들어보니 그 구덩이는 6.25전쟁 때 미군 전투기가 인민군을 죽인답시고 포탄을 퍼부어서 생긴 것 중 하나라더군. 그때 그 어린앤 몰랐었지만, 지금 생각하면 구사일생으로 살아남은 느낌이야…….'

청운은 엄마 품 같은 무덤가 잔디 위에 누워 눈을 스르르 감은 채 꿈꾸듯 회상에 잠겼다. 청아하고 감미로운 새소리가 마치 자장가처럼 들려왔다.

'엄마 얘기에 의하면 난 전쟁이 한창이던 무렵에 태어났다고 해. 난 전혀 기억하지 못하지만…… 생명과 죽음이 한 나무에 핀 꽃과 낙화落花처럼 거의 비슷하고 아슬아슬했겠지. 남한과 북한을 합쳐 무려 1천만 명이 죽은 처절한 골육상쟁이었다는데, 아무리 어렸다지만, 왜 멍청이 백치처럼 아무런 기억도 없는 걸까? 엄마도 공포에 질린 눈망울로 파르르 떨 뿐 전쟁에 대해서는 아무 얘기도 해주지 않았어…… 아, 엄마는 어디서 무엇을 하고 있을까? 살아 계시기나 한지 몰라…….'

청운은 눈을 스르르 떴다가 다시 스르르 감았다.

'초콜릿, 꿀꿀이죽, 부대찌개…… 난 눈물 어린 그 오리지널을 먹어 보진 않았지만 여덟 살 무렵부터 어린 거지가 돼 그것보다 더 열악하고 눈

물 젖은 밥을 먹으며 겨우 살았지. 쉰밥도 못 얻어 굶는 때가 더 많았지만…….'

청운의 눈시울에서 소리 없이 눈물이 돋아 뺨을 흘러내렸다.

꿀꿀이죽은 미군부대 주변의 궁핍한 사람들이 부대 쓰레기장에서 주워낸 버린 음식 찌꺼기를 큰 통에 넣어 끓인 잡탕 죽이었다. 개나 돼지의 먹이와도 비슷한 그 잡탕 속엔 미군이 버린 담배꽁초나 이쑤시개가 섞여 있기도 했다. 꿀꿀이죽은 세월이 흐르는 사이 부대찌개라는 새로운 음식으로 변했다. 역시나 미군들이 먹다 버린 햄, 소시지, 비프스테이크, 통조림 콩 따위에 김치, 감자, 두부, 떡을 섞어 넣고 고추장을 곁들여 푹 끓인 잡탕이었다.

용산 미사령부 식당에서 먹고 남은 스테이크와 햄, 소시지 따위를 모아 부대찌개 전문 식당에 넘겨준 미군 관계자와 업주들이 적발되기도 했다. 그들은 쓰레기통에 버려진 잔반들을 사료용이라 속이고 미군부대에서 빼낸 다음 이빨 자국 등을 슬쩍 잘라낸 후 넘겨 큰 이익을 취했던 것이었다.

'악마산에 있을 때…… 어떤 녀석한테 들었는데…… 자기네 고향에서는 북한군이 아니라 미군들이…… 노근리 쌍굴다리 속이라던가…… 전쟁에 미쳐서 죄 없는 양민들을 마구 쏘아 죽였다더군. 우리의 혈맹인 미군이 그럴 리가 있나. 무슨 착각이겠지. 하지만 그 녀석은 자기 꿈속에 자주 보인다며 공포스러워하더군. 그 당시 한두 살밖에 안 된 어린애였다는데…… 아마 너무 참혹하다 보니 그 검은 눈동자를 통해 잠재의식 속으로 쑥 스며들었겠지. 그리고 자라면서 어른들에게 들은 체험담이 합쳐져 그 녀석의 머릿속에서 그런 악몽이 만들어졌을 거야. 그 어린애는 엄마 등에 업혀 피난을 가고 있었는데…….'

청운은 눈을 감은 채 긴 한숨을 내쉬었다. 푸른 하늘 아래 따사로운 햇볕이 묘지의 잔디와 할미꽃 그리고 청운의 얼굴을 어루만졌다. 그는 살짝 선잠이 든 듯 마치 어린아이가 옹알이하는 것처럼 작게 잠꼬대를 중얼거렸다.

'갑자기 허연 양놈 귀신이 나타나…….'

남북한 간에 전쟁이 터진 지 얼마 지나지 않은 어느 날이었다. 충청도 영동의 아늑한 농촌 마을 주민들은 점점 잦아지는 폭격이 두려워 피난길에 나섰다. 그 와중에도 논둑으로 들어가 물꼬를 돌보고 나오는 농부도 있었다. 당시 영동지역은 대전을 점령하고 계속 남하하던 북한군과 패주하는 미군이 마구 쏘아대는 총포 소리로 요란했다. 농민들은 허겁지겁 걷다가 밤이면 기진맥진해 근처의 산속으로 숨어들었다.

다음 날 새벽빛이 밝아 올 무렵 마이크 방송이 우렁우렁 들려왔다.

"여러분, 현재 미군이 주민들을 안전하게 피난시키고 보호하기 위해 이곳 마을에 와 있으니, 여러분께서는 즉시 내려오시기 바랍니다! 뒤처졌다간 인민군의 밥이 되고 말 테니 속히 서두르세유!"

옛말에 '미국 놈 믿지 마라'는 충고가 있었지만, 워낙 다급한 나머지 미군을 믿은 피난민들은 급히 집결해 따라갔다. 피난 행렬을 인솔한 미군은 닿는 마을마다 같은 긴급 방송을 해 주민을 모았다. 위기에 처한 개미 떼 같은 기나긴 인간 행렬은 봇짐을 이고 지고 걸음을 옮겼다.

갑자기 미군 마크가 찍힌 전투기 한 대가 하늘을 찢고 날아가며 산속에 폭탄을 투하했다. 굉음과 함께 한창 푸른 생명의 기색을 띤 초목은 벌건 불길에 휩싸였다. 피난민들은 두려움에 떨며 몸을 움츠렸고 미군들은 공포탄을 쏘아대며 신경질적으로 걸음을 재촉했다. 여기저기서 모여든 5백여 명의 피난민은 아비규환을 이루었다. 그들은 민들레와 질경이 꽃이 핀 길을 미군의 포로 꼴이 되어 허겁지겁 걸어갔다. 하늘에서는 땡볕이 쨍쨍 내리쬐었고 땅에선 지열이 훅훅 올라와 숨결을 막았다. 자기들이 땀 흘려 만들고 가꾸어 온 길을 도망치듯 걷는 사람들의 앞과 옆과 뒤에서는 무장한 미군들이 총구를 든 채 위협했다. 가도 가도 산으로 둘러싸인 지역이라 곧 어스름이 내렸다. 서녘 하늘가를 곱게 물들이던 노을도 점차 회색으로 변해 스러져 갔다. 가까운 논물 속에서는 개구리들이 슬피 울어댔고, 초저녁 하늘엔 벌써 샛별이 돋아 마치 눈물 어린 소녀의 눈동자처럼 영롱하게 깜빡거렸다.

행렬이 노근리 근처에 도착했을 때 정지 명령이 내렸다. 불현듯 굉음과 함께 미군 탱크 몇 대가 달려와 위협하며 길을 막았다. 지쳐 파김치 꼴이 된 피난민 행렬엔 갑자기 긴장감이 흘렀다. 미군들은 총부리를 휘두르며 둔덕 위의 철길로 올라가라고 몰아세웠다. 모두들 겁에 질린 개미 떼처럼 비탈을 기어 철둑으로 올랐다. 대체 왜 이러는 걸까? 혹시 열차에 태워 안전하게 후송하려는 게 아닐까 하는 생각도 들었지만, 땡볕 아래 아무리 기다려도 그럴 기미는 없었다. 미군 통신병이 어디론가 무전을 날리는 소리가 들리곤 했다. 다시 얼마쯤 이동했다. 철둑길 아래 쌍굴다리가 내려다보이는 지점에서 또 정지 명령이 내렸다. 그러더니 이고 진 짐을 모두 내려놓은 다음 풀어 헤치라고 재촉했다. 미군의 쌀라쌀라 하는 영어를 어떤 한국 사람이 통역해서 고함쳐 전달했다. 피난민 속에 북한 인민군 스파이가 숨어든 정황이 포착된 엄중한 첩보가 입수됐다는 것이었다.

숨 막힐 듯한 순간이 일 초 일 초 흘러갔다. 따가운 땡볕 아래서 피난민들은 초조감과 갈증에 지쳐 애달픈 짐승처럼 헐떡거리며 한숨을 내쉬었다.

얼마나 지났을까. 또다시 무전 치는 소리가 한동안 날카롭게 울리더니 피난민을 검사하거나 감시하던 미군들이 왠지 갑자기 자기네끼리 쌀라쌀라 외쳐대며 다급히 철둑 아래로 기어내려 몸을 숨겼다. 피난민들이 어리둥절한 사이 문득 하늘 저편에서 은회색 날개를 번쩍이며 미군 전투기 편대가 날아오더니 피난민 머리 위에 폭탄을 투하하고 기총 소사를 퍼붓기 시작했다. 처참한 비명 속에 1백 명이 넘는 사람이 죽거나 심한 부상을 입었으며, 희생자의 피와 살점이 여기저기 흩뿌려져 아비규환阿鼻叫喚의 지옥도가 펼쳐졌다. 겨우 살아남은 사람들은 혼비백산한 채 철둑 언덕을 굴러 내린 다음 쌍굴다리 밑으로 숨어들었다. 배수로나 논두렁 아래 납작 엎드린 사람도 많았다. 전투기 편대가 사라지자 다시 미군들이 나타나더니 총구를 흔들며 모두 굴속으로 들어가라고 고함쳐 명령했다. 미국 놈 믿지 말라는 옛말의 속뜻을 깨달았는지 사람들이 망설이자 즉시 총탄이 마구 날아가 황토색 논물 속에 거꾸러뜨렸다. 결국 모두 쌍굴 속으로 기어들었다. 미군들은 쌍굴을 내려다보는 양쪽 언덕배기에 기관총을 설치해 놓고 엄중 감시했다. 누가 굴 밖으로 얼굴을 살짝 내밀기만 해도 총탄이 날아들어 순식간에 여러 명의 생명이 끊어졌다. 그런데도 불구하고 어둠이 깊어지자 살금살금 기어 도망치는 사람들이 늘어났고 그들은 모두 기관총의 세례를 받아 숨지고 말았다. 아까 전투기 폭격 때 사지가 떨어져 죽은 자들의 머리통이 갑자기 굴러떨어져 내리기도 했다. 피비린내와 신음 소리 속에서 밤이 더디게 흘렀다. 굶주림과 갈증에 시달린 어떤 사람들은 시체에서 흘러내리는 피를 빨아 먹기도 하며 히히 웃어댔다.

이윽고 날이 밝아왔다. 하지만 감금 상태는 풀리지 않았다. 오줌을 누려고 굴 밖으로 나가던 사람 몇이 총알에 꼬꾸라져 죽은 후론 모두 짐승처럼 안에서 수치심도 버린 채 방뇨를 했다. 그런 와중에도 풀밭 위의 미군들은 꽃을 꺾어 향기를 맡기도 하고, 밭에서 따온 호박으로 축구나 럭비를 하다가 승부가 나면 축하와 분풀이를 하는 듯 피난민을 향해 침을 뱉고 오줌을 내갈기며 낄낄거렸다. 하지만 울분을 토하거나 대거리를 했다간 언제 총알이 날아올지 모르므로 아무리 억울하더라도 꾹 참을 수밖에 없었다. 삭막한 회색 시멘트 구조물인 쌍굴 속에 갇힌 사람들은 점차 절망조차 넘어 낙망의 구렁으로 빠져 들어갔다. 그들은 똥오줌을 참지 못해 밖으로 나가려다가 총탄에 맞아 죽기도 했다. 그냥 굴속에서 싸야 했다. 만약 지옥이 있다면 그런 곳이 아닐까 싶었다.

아무런 죄 없이 사람으로부터 갑자기 짐승보다 못한 처지가 된 난민들은 서서히 미치광이로 변해 괴성을 내지르기도 했다. 그러면 겨냥도 제대로 하지 않고 총알을 마구 퍼부었다. 그렇게 무차별 살해를 자행하면서도 또 이상스럽게 몇 명의 군의관은 부상자를 바깥으로 끌어내어 치료를 해주는 것이었다. 물론 상처가 치명적이라 거의 다 죽고 말았지만…… 뙤약볕 아래 버려진 시체는 차츰 썩기 시작했다. 진물이 흐르거나 거무스레한 배가 빵빵하게 부풀어 올랐다. 고약한 냄새가 퍼져 파리떼가 몰려들자 곧 구더기도 생겨나 구물거렸다. 주위에 까마귀 무리마저 모여들어 불길하게 울어댔다. 시카고 뒷골목의 저질 갱들이나 저지를 듯싶은 악행을 미군들이 자행하고 있었지만, 그 짓이 단순히 전쟁터에 자원해 온 애송이 깡패 놈의 개인적인 취향에 의해 결행되는 건 아닌 성싶었다. 무전기를 통해 그들은 계속 미군 상부의 명령권자와 **쌀라쌀라** 해대고 있었기 때문이다.

사흘째 되는 날 다급하게 무전 연락을 취하던 미군들은 북한 인민군이 근접했다는 소식을 받고 즉시 도망치기 시작했다. 그 와중에도 쌍굴 속으로 기관총탄을 마구 쏟아부었다. 사흘 동안 지옥 속에 갇혔던 5백여 명의 농민 중에서 그나마 만신창이가 된 채 살아남은 사람은 겨우 50명도 채 되지 않았다.*

미군에 의한 양민들의 억울한 참살극은 노근리뿐만 아니라 전국 각지

---

* 지금도 쌍굴엔 당시의 총격 흔적들이 여기저기 남아 있다. 2001년에야 미국 대통령 클린턴이 학살에 대한 유감의 뜻을 밝히긴 했지만, 희생자들의 원한을 달래 줄 만한 진정한 사죄와 보상책은 아직 없는 상태이다. - 지은이 주

에서 벌어졌다. 평택 2백여 명, 단양군 3백여 명, 예천군 1백여 명, 구미 2백여 명, 왜관읍 3백여 명, 문경 1백여 명, 포항 1백여 명, 울릉군 독도 2백여 명, 창녕 1백여 명, 마산 1백여 명, 사천 1백여 명, 익산 1백여 명 등등 남한에서만 약 3천여 명의 일반인들이 미군에 의해 학살당했다. 반쯤 죽은 것과 다름없는 중상자까지 합하면 피해자는 부지기수로 늘어날 터였다. 특히 전쟁이 일어나기도 전인 1948년 6월, 독도에 12대의 미군 전투기가 무차별 폭격을 가해 3백여 명이 죽고 크게 다친 사건은 미군의 존재에 대해 근원적인 의문을 품게 만들었다. 대체 왜 그런 어처구니없는 비극이 벌어졌을까? 미개인들의 동족상잔 전쟁에 귀한 청춘을 걸고 참전했으니, 하이에나처럼 서로 숨통을 물어뜯으며 싸우는데 초원의 사자 왕이 잠시 나서서 기분풀이를 했기로서니 무슨 대수냐고 여기는지도 몰랐다. 사자는 황제고 하이에나는 저급한 야수일 뿐인데 쌍것들이 무슨 잔말이 많으냐며…… 동족끼리 서로 죽이는 잡년놈들 같으니 하고…….

실제로 6.25전쟁 때 후방 지역에서의 양민 학살은 미군뿐만 아니라 우리 국군과 극우적 반공단체인 서북청년회 등에 의해 더욱 참혹한 비극이 펼쳐졌다. 한강 다리를 불시에 폭파해 무수한 피난민을 수장시키고 이산가족을 한 맺히게 한 건 차치하더라도, 이승만 정권은 서울을 비롯한 남한 전 지역에서 종북 빨갱이를 소탕한다는 명목으로 이른바 '보도연맹保導聯盟'을 만들어, 처음엔 비가입자를 공산당이라며 쏴 죽이고 나중엔 가입자들을 부역자라며 집단적으로 학살했다. 9.28 서울 수복 후엔 피난 가지 않고 남아 있었던 사람들을 그런 억울한 죄목으로 엮어 즉결처형했다.

팔도강산에 억울한 사람들의 피가 흘렀다. 강원도와 충청도는 물론이고 지리산 자락의 전라도와 경상도 양민들은 빨치산 소탕 작전에 휘말려 특히 피해가 컸다. 남원, 구례, 순천, 여수, 거창, 산청, 진주 등지에서 죄 없는 원주민들이 국군과 경찰에 의해 희생됐다.

특히 제주도에서는 한 집에 사망자가 없는 집이 없다고 할 정도로 무차별 학살을 당했다. 전국적으로 약 50여만 명의 무고한 국민들이 정부의 방침에 의해 비명에 죽고 말았다. 그러니 어찌 미군만 탓할 수 있겠는가. 한미합작의 살인 활극이라고 할 밖에…….

미군의 화력은 북한으로 진군한 시기에 기염을 토하듯 작열했다. 1950년 가을 무렵부터 미군 전투기는 푸른 하늘을 종횡무진 날며 무차별 융단폭격을 퍼부었다. 평양, 은률, 송화, 사리원, 남포, 안악, 원산, 해주 등 북한의 전 지역이 초토화되었다. 산업시설과 집이 대부분 파괴당하고 순수 양민만 1백만 명쯤 목숨을 잃거나 중상을 당했다. 특히 황해도 신천에서 자행된 양민 학살사건은 전 세계인의 주목과 지탄을 받았다. 미군은 그곳을 점령한 후, 남녀노소를 가리지 않고 마구 학살하고 어린 소녀들까지 성폭행해 국제사회로부터 '아름다운 베일을 쓴 악마'라는 욕을 들었다. 1950년 10월 중순부터 12월 초순까지 약 50일 동안 그곳을 장악한 미군은 당시 신천군 전체 인구 15만여 명 중 3분의 1에 가까운 4만여 명을 살해하고 부녀자들을 마구잡이로 강간했다. 특히나 원암리 화약 창고에 모두 5백여 명의 어머니와 어린이들을 가둬둔 채 불로 태워 죽인 끔찍스러운 사건은 북한 사람뿐만 아니라 전 세계인의 머릿속에 자유와

평화를 외쳐대는 미국의 악마성을 각인시켜 주었다.[*]

한국전쟁 동안 남한은 약 2백만 명, 북한은 3백여만 명이 죽거나 중상을 입어 사경을 헤매었다. 인해전술로 북한을 도운 중국은 1백만여 명이 사망하거나 행방불명되었다. 세계 21개국에서 남한을 도우러 온 유엔군은 15만여 명이 희생됐는데 그 가운데 미군은 약 4만 명이 이국땅에서 숨졌다. 행방불명자와 반죽음 상태의 중상자를 포함하면 6.25전쟁에 의해 희생된 인명은 총 1천만 명에 달할 터였다. 지구 한 모퉁이의 가장 작은 나라에서 가장 끔찍한 동족 싸움이 벌어져 세계 전쟁사에 유례가 없는 참혹한 살육이 자행된 것이었다.

물론 전방에서 혈전을 벌인 군인들의 피해도 컸지만 더 참혹한 죽음과 고통은 민간인들이 당했다. 남한은 전체 사상자의 50%가, 북한 쪽은 약 70%가 일반 민간인이었다. 북한에서 민간인들의 피해가 그토록 막심했던 건 미군의 무차별 폭격 때문이었다. 북한 전역에 투하된 포탄의 수는 1평방킬로미터당 30여 개였다. 뭇 생명이 살아 숨 쉬는 월남 땅에서와 같이 미군은 마치 남아도는 재래식 무기를 바겐세일 하듯 한반도 남북 금수강산에도 마구 퍼부어대 폐허로 만들어 버렸다.

"아, 왜 그래야만 했을까? 천공에서 내려다보면 작은 지구라지만……

---

[*] 미국의 요청에 따라 1968년부터 월남전쟁에 참전한 한국군은 베트콩을 섬멸한다는 명목 아래 수많은 양민들의 집을 불태우고 무차별 학살과 처녀 소녀 강간을 저질렀다고 하는데, 설마 미군으로부터 배운 짓은 아닐 것이다. 따이한은 스스로 참회하고 사과해야 하며, 또한 미국이 우리에게 무엇인지 그 실상을 똑바로 보아야 하리라. - 지은이 주

미국과 조선 땅은 아득한 딴 세상인데 어느 전생에 무슨 악연이 있길래 서로 이런 추악한 꼴을…… 아! 제발, 제발 그만둬…… 혹시…… 뇌염모기 같은 빨갱이를 때려잡는다는 위대한 터미네이터의 사명감이 있었는지 모르지만…… 그것보다는 한국 사람 자체를 모기나 벼룩처럼 취급한 게 아닐까 몰라…….”

청운은 깜박 선잠에 빠진 상태에서 비몽사몽 간에 중얼거렸다. 무슨 슬픈 꿈을 꾸는지 눈시울로 눈물 한 방울이 돋아 햇빛에 반짝이다가 뺨을 굴러 내렸다. 그는 가위눌린 듯 몸을 떨며 헐떡거렸다.

“제발 그러지 마…… 아무리 양갈보라지만 그래도 너희들의 욕망과 고뇌를 위안해 주지 않았더냐? 그런데도 여자를 저렇게 엎드려 놓고 군견인 셰퍼드의 색시로 삼으려 하다니! 그걸 사진 찍다니…… 제발 그만둬!”

청운은 악몽 속에서 소리치며 손가락으로 잔디를 쥐어뜯었다. 그의 얼굴은 점점 악마처럼 변해 갔다.

“정말 그런다면…… 한국 사람들은…… 약하고 비굴해서 히히 웃고 있지만…… 마음속으론 당신들 자체를 짐승보다 저급한 양키 놈으로 본다는 걸 알아야 해. 알간? 흐흐…… 성욕은 모든 생물의 본능이라지만…… 꼭 그렇게 사람의 마음을 죽이고 정신과 영혼을 타락시켜야만 육욕의 맛이 나는가?”

청운은 눈썹을 잔뜩 찌푸린 채 자신의 아랫입술을 잘근잘근 씹어댔다. 곧 붉은 핏방울이 돋아나 입귀로 흘러내렸다. 피 칠갑이 된 입술 사이로 신음 소리 같은 독백이 새어 나왔다.

"너희들은 도와준다는 명목으로 이 땅에 들어와 눌러앉아서는, 변 사또란 놈보다 더 파렴치한 짓을 저지르고 있어. 너희들이 달러 몇 장으로 희롱하며 데리고 노는 춘향이는 기생도 양공주도 아닌 진짜 공주란 말야. 비록 운이 나빠서 양갈보 신세가 되긴 했지만…… 이 땅 한 할머니의 귀한 딸이자 한강 금강 천지연을 다스리는 우리의 젖줄이며 생명꽃이야. 그런데도 너희들은 변 사또 놈처럼 한국 아가씨들을 짐승처럼 농락하고 더럽혀 죽음으로 몰아넣고 있어…… 한 번쯤 바꿔서 생각해 봐. 만약 우리가 너희들의 아녀자를 유린하고 생명의 터전을 파괴한다면……."

청운은 비몽사몽 간에 한숨을 푹 내쉬었다.

"고따위 걱정하지 말고 코리아 연놈들이나 제대로 하라구? 흐흣, 하긴 언젠가 미국 대사님께서…… 한국인은 들쥐 떼처럼 줏대도 없이 유행 따라 이리 몰렸다 저리 몰렸다 오락가락하는 종족이라고 비꼬긴 했었는데…… 그 누구도 제대로 대꾸할 말이 없었지 뭐. 흐흐…… 개 중에서 최강견인 도사견이나 핏불테리어를 호랑이 앞에 데려다 놓으며 지레 꼬릴 말아 넣고 오줌을 질질 싸며 뒷걸음친다는데…… 진돗개나 풍산개는 물러서지 않고 으르렁대며 짖어댄다더군. 그놈들이라고 왜 두렵지 않았겠어. 처음엔 뒷다리가 파르르 떨린대. 하지만 차츰 더 거세게, 호랑이가 아가리를 쩍 벌리고 포효해도 그 대담스레 눈을 쳐다보며 덤빈다는 거야. 어찌 그럴 수 있을까? 들쥐 같은 마음을 가진 사람들은 쇼라고 할지 모르지만, 난 이렇게 생각해. 아무리 작은 미물도 일단 목숨을 버릴 각오를 하면 그럴 수 있다고…… 악마산에서 지옥훈련을 받았던 애들은 아마 이해했을 테지. 이미 모두 죽어 버렸지만…… 좀 어폐가 있긴 한데…… 옛날 선비분들도 진돗개 같지 않았을까 싶어. 지엄한 왕 앞에서 바른 소리를 하고, 중국이나 일본의 압제 아래 독립운동을 하다 잡혀 만신창이가 되는 고문을 당하면서도 고문자를 향해 핏물 어린 얼굴을 쳐들 수 있었던 건…… 그런 살신殺身의 정신을 들쥐들은 알 리가 없겠지 뭐. 진돗개는 요즘도 강자에겐 강하고 약자에겐 너그럽건만, 사람들은 오히려 강자 앞에 굽신거리고 약자에겐 냉혹한 세상이야…….”

청운은 꿈속에서 또 다른 어떤 악몽이라도 꾸는 듯 심란스러운 표정이었다.

“나도 그렇지만…… 선감도 수용소나 악마산 북파공작원 훈련소엔 가난한 아이들이 많았어. 반강제적으로 고향에서 쫓겨나거나 아예 고향을 잃어버린 애도 있었지. 화성군 매향리가 고향이라던 녀석의 얘기가 떠오르는군…… 매화 향기 향긋하던 마을에 미군이 들어온 후부터 포연 자욱한 불모지로 변해 버렸댔어. 매향리 바로 앞의 경치도 무척 아름다운 농섬이 미공군 전용 훈련장으로 지정된 후부터 매일 비행기가 날아다니며 폭격을 퍼부었대. 그러더니 얼마 후엔 매향리에도 육상 폭격장이 들어섰다더군. 처음엔 농섬에서 작게 시작했지만 차츰 매향리, 이화리, 석천리 등으로 확대된 거지. 원래 다 그런 거잖아. 천연의 자연이 파괴되고, 오폭이나 불발탄 폭발로 인해 많은 주민들이 하루아침에 사망하고 중상을 입는 사고가 점점 자주 발생했다더군. 연일 계속되는 폭격의 소음 때문에 마을 사람들의 심장은 늘 병적으로 불규칙하게 벌떡벌떡 뛰었대. 아마 직접 겪어 보지 않은 사람은 그 고통을 모르겠지. 가난했지만 나름대로 자연에 순응하며 건강하게 살던 주민들은 폭격 소음에 질려 노이로제나 공황장애에 시달렸대. 왠지 그 무렵부터 뇌졸중과 위암으로 신음하는 병자가 늘어났고, 옛날부터 다산 마을이라 불리던 그 지역에선 여자들이 임신을 잘 못 할뿐더러 하더라도 유산되는 경우가 많았다지. 사람뿐만 아니라 소도 비쩍 말라 가다가 괴상스러운 기형 송아지를 낳곤 죽고, 봉황 같던 닭은 깃털이 빠지며 알을 낳지 못했대. 그리고 아버지는 폭격기 소음으로 인해 참혹했던 6.25전쟁의 기억에 벌벌 떨다가 정신이상자가 된 나머지 농약을 마시고 자살했다는 거야. 그래서 녀석은 고향 땅을 징그럽게 여기며 떠나왔대. 하지만 지옥훈련을 받다가 절벽에 떨어져 죽어갈 때…… 그 녀석은 고향이 몹시 그립다고 하더군. 미군이 들어와 포탄으로 오염시키기 전…… 매향리 앞 갯벌에서 게며 세발낙지며 백합조개를 잡으며 놀던 시절…… 이젠 검붉게 변해 죽어 버렸을 그 추억 어린 바다를…… 녀석은 그리워하며 숨져 갔었지…… 아, 왜 이 땅에선 그런 일이 계속 벌어져야 할까? 중국, 일본, 몽골, 러시아…… 등등이 이 자그마한 땅을 자기네 개 놀이터인 양 유린했었지. 매향리나 농섬의 포연은 하나의 상징일 뿐…… 전국 각지의 금수강산이 미군부대의 무책임한 오염 때문에 신음하고 있다는데, 언젠가 미군이 떠난 후엔 또 어느 외국 부대가 들어와 어떤 짓을 할지…… 아, 미리 좀 물어봤으면…… 대체 너희들은 왜 도와주겠다고 와서 헐벗은 여자와 이 강산을 괴롭히고 파괴하는지……

물론 한창 좋은 나이에 머나먼 타국 땅에 와서 목숨 걸고 고생하는 건 알아. 하지만 지금은 전쟁 중인 상태는 아닌데 너무 과민반응하는 것 같아. 혹시…… 전쟁도 아니고 평화도 아닌 어중간한 상태를 즐기는 건 아닌지 모르겠군. 원래 놀기엔 요런 미묘한 상태가 딱 좋거든. 흐흐훗…… 독일이나 일본에 주둔 중인 미군은 멋대로 그런 짓 못하잖아?…… 여기선 꼴리는 대로 해도 한국군이나 경찰이 아예 터치를 못 하니까 일종의 천국이지. 헤헤…… 세상에서도 가장 야리꾸리하고…… 불공정한 주둔군 지위협정인가 뭔가를 내세워…… 서부영화의 보안관인 척하면서 사실은 갱 노릇을 하고 있잖아…… 야심한 밤에 마리화나에 취해 섹스를 하다가 발광한 나머지 여자를 찔러 죽이든, 백주 대낮에 괜히 기분이 나빠 한국 남자를 때려죽이든, 일단 미국으로 슬슬 떠나 버리면 만사 땡이지, 헤헤…… 미군 사령관이 한국 대통령에게 쌍을 찌푸리거나 때로 호령할 수 있는 것도 전시작전권을 갖고 있기 때문이 아닌가. 이거야말로 한미혈맹의 허구가 아닌가 싶어. 오히려 섹스 매춘 동맹이라고 하는 게 더 진실하지 않을까?…… 너희들의 아름다운 나라 미국에도 선량하고 진실한 사람들이 많고 또 군인들 중에도 참다운 기사도를 지닌 청춘이 있겠지만…… 검은 악이 너무 강해 맑은 눈물방울은 묻혀 버리고 잘 보이지도 않지. 아, 왜 이런 슬픈 악몽 속에 헤매어야만 할까?…… 아, 미국인은 정의롭고 선량해 뵈는 가면을 쓴 채 너무 악랄한 짓을 마치 장난치듯 저지르는 것 같아. 고향 땅에서 평화롭게 살던 인디언 원주민을 총칼로 몰아내고 광대한 땅을 차지해 마천루를 세웠다지. 자연을 정복하고 인간을 노예로 부려먹었어. 강자의 특권이라며…… 하지만 우리 좁은 땅을 가지고 장난치려고는 하지 마. 제발…… 핵폭탄 하나 떨어지면 몰살해 버리고 말 좁쌀만 한 땅이야…… 요즘 한국인은 세상 유례없을 만큼 야비하고 이기적인 종족이 되어 버렸지만…… 원래 본심은 그렇지 않았어. 지렁이도 밟으면 꿈틀거린다는 속담이 있지. 장난을 치더라도 적당히 쳤으면 좋겠어. 언젠가 한국인들의 속마음이 깨어나 진실을 보게 될 땐…… 들쥐 떼가 아니라, 독수리와 사자를 향해 목숨 걸고 덤비는 진돗개가 될 수도 있거든…… 그러니 대국이라고 해서 소국의 생명을 갖고 놀아서는 안 된다는 얘기야…… 그건 아마 신도 싫어할 테니까…….”

비몽사몽 간에 중얼대던 청운은 어떤 거대한 악마에게 억눌리는 듯 몸부림을 치다가 겨우 잠에서 깨어났다. 그의 이마엔 땀이 송알송알 맺혔다가 굴러떨어졌다.

풀이슬 묘비명

어느덧 무덤가엔 어스름이 내리고 있었다.

청운은 허리가 구부러진 할미꽃을 물끄러미 바라보고 있다가 천천히 일어나 지게를 지곤 산길을 걸어 내렸다.

몽키하우스 입구에 다다랐을 즈음 건물 안쪽에서 비명이 들려왔다. 서둘러 다가갈수록 비명과 신음은 더 생생해졌다. 청운은 지게를 벗어 놓곤 급히 계단을 뛰어올랐다. 이 층 구석방 쪽에 여자들이 잔뜩 몰려 있었다.

"페니실린 쇼크인가 봐. 아, 어쩌면 좋아!"

청운은 여자들의 어깨 사이로 상황을 바라보았다. 방과 복도 사이의 좁은 공간에 한 여자가 구겨져 누워 몸부림치고 있었다. 맥없이, 마치 죽어 가는 나비처럼…… 하얀 야윈 팔을 날개처럼 흔들며…… 손등이며 팔목엔 불그스름한 반점이 여기저기 돋아나 있었다. 비명을 내지르는 건 둘러선 여자들이고, 쓰러진 그녀는 입가에 거품을 문 채 파르르 떨며 죽어가는 짐승처럼 숨을 할딱거릴 뿐이었다. 머리카락이 마구 흐트러져 얼굴의 반을 가리고 있는 그녀를 알아본 순간 청운은 깜짝 놀랐다. 평소 조용히 애잔한 미소를 지으며 살아가던 정인이었다. 어린 소녀 때 고아 신세가 돼 의붓오빠 놈들에게 성폭행을 당한 후 깡패들에게 끌려다니며 적색지대를 떠돈 다음 양공주 신세가 돼 미군 장교의 아이까지 낳았다가 버림받곤 약간 정신이 이상해져 버린 애달픈 삶…… 청운은 급히 사람들을 헤치고 달려가 정인을 껴안았다. 하지만 그녀는 창백한 이마에 자디잔 땀방울이 돋고 눈알을 허옇게 홉뜬 채 온몸을 부들부들 떨다가 곧 숨지고 말았다.

"에구머니나! 아까까지만 해도 멀쩡히 살아서 나하구 얘길 나눴었는데 저런 꼴로 시체가 되어 버리다니…… 도무지 믿을 수가 없어!"

"그러게 말야…… 언니야, 창살 밖 하늘이 너무 푸르네, 하고 생긋 웃던 년이…….'

"아, 우리가 인간인지 짐승인지 정말 의심스러워져."

여자들이 질린 목소리로 한마디씩 했다.

양공주, 즉 미군 위안부들이 몽키하우스를 두려워하는 건 갇힌 상태의 갑갑함이나 장사(매춘)를 못 해 돈을 못 벌기 때문만은 아니었다. 수용소 생활은 물론 심신의 자유를 빼앗기는 등 매우 열악했지만, 일단 성병을 치료할 기회 또는 휴식과 재활의 시기로 활용할 가능성은 있었다. 아무리 젊은 여자들이라 해도 매일같이 이어지는 음주와 의무적인 섹스는 심신을 야금야금 망가뜨렸던 것이다. 하지만 몽키하우스에 갇힌 여자들이 겉으론 태연스러운 척하면서도 하루하루 속으로 공포심에 질려 살아가는 건 바로 눈앞에 보이는 어이없는 돌연사 때문이었다. 아무리 막장에 몰린 여자들일지언정 그런 죽음은 싫었으리라.

성병에 특효약이라는 페니실린을 보균자 여성에게 투약하는 건 자비로운 의료행위일 수 있었다. 그런데 미군사령부는 자국에서 공수해 온 페니실린을 한국인의 체질에 맞춰 주사하지 않고 미국인의 기준에 따라 단위를 높여 과다 투약하도록 지시했다. 더군다나 진료실에서는 페니실린 알레르기에 대한 개인별 체크도 하지 않았다. 참으로 무지막지한 그런 방침은 꾸준히 준수되었다. 계속되는 쇼크사에도 불구하고…… 도대체 왜 그랬을까? 일단 주사를 맞고 나면 가장 체질이 강하고 깡다구 있는 부류의 여자들도 으슬으슬 한기를 느낀다며 호소했건만 아무런 조치도 없었던 이유는 과연 무엇이었을까?

혹시 미군은 한국 여성을 인간이 아닌 원숭이나 특수한 실험 대상인 짐승 종류로 생각했던 건 아닌지 궁금해진다. 혹은 위대한 미군을 상대하는 인형들이니만큼 모든 것을 미군과 미국에 맞춰 감당해야만 한다고 판단했는지도 모를 일이다. 아니, 그렇지는 않을 것이다. 자유와 진리의 수호자인 미국이 그럴 리가 있겠는가. 이상을 내세우면서도 가장 현실적인 그들은, 자국 군인을 우선 페스트보다 흉한 매독과 임질균으로부터 보호하는 게 급선무였는지도 모른다. 그래야만 전투력을 강건하게 유지해 인류의 공동 적인 빨갱이 공산주의를 말살시킬 수가 있다면서…… 그래서 한국 창녀 몇십 명쯤 죽는 것보다 성병 근절이 중요하다는 방침 아래 강력한 페니실린을 마구 투약했는지도 몰랐다. 빨갱이와 매독균의 초토화 박멸…… 그리고 양공주들로 하여금 미리 잔뜩 겁을 먹게 해 성병을 사전에 조심하고 경계토록 감염자는 물론이고 건강한 여자까지도 마구 검거해 죽음의 몽키하우스로 끌어다 처넣는지도 모를 노릇이었다. 미군 병사들이 아메리카 매독균을 지니고 와 한국 여자들에게 퍼뜨리는 건 아예 문제 삼지 않고 가엾은 양공주들만 족쳤다.

한편, 국내 현실에 대해서는 북괴군의 침략 위기를 내세우면서 살인적인 인권 탄압을 자행하던 한국 정부는 미국과의 관계에 있어서는 '혈맹'을 앵무새처럼 주절거리며 미군이 나라를 지켜 주리라는 일종의 망상에 빠진 채, 위안부들이 지옥에서 신음하는 소리엔 무관심했다. 그녀들은 국민이 아니라 소모품에 불과했다.

어스름 달밤이었다.

청운은 지게 위에 정인의 시신을 얹은 채 터벅터벅 산길을 걸어 올랐다. 뒤에는 잡부 방씨가 이따금 플래시를 켰다 껐다 하며 따라오고 있었다.

"어이, 이리 가…… 저리 가…….."

그는 마치 소를 몰고 가는 것처럼 플래시 빛으로 방향을 지시하며 뇌까리곤 했다.

"자꾸 장난하지 마세요. 헷갈리니까."

청운이 한마디 했다.

"무슨 소리야. 자빠지지 말고 방향 잘 잡으라고 애써 비춰 주는데……."

"난 달빛이면 돼요. 아저씨 발밑이나 비추세요."

"어이, 내가 지금 할 일 없어서 어스레한 밤에 산을 할딱할딱 오르는 줄 아나, 응? 난 지금 매장 감독 자격으로 동행하는 거란 말야."

"알았으니 그만하세요."

"젊은 애들이란 참 대책 없이 반항할 생각만 한다니까. 고리 가지 말고 내가 빛을 비추는 대로 조리 가라니까!"

방씨는 화를 냈다.

"공동묘지는 저쪽이잖아요."

청운은 걸음을 계속하며 대꾸했다.

"몰라서 그래, 응? 흔적 없이 묻어 버리라고 아까 조장이 지시했잖아. 임마, 이건 관행이야. 적당히 덮어 주고 내려가자구. 이젠 웬만큼 알 만한 놈이 웬 돼먹잖은 고집을 자꾸 부리고 있냐."

"좀 더 가면 공동묘지가 있는데……."

"야, 됐어. 내 말만 들으면 잘 돼. 조기 조쪽이 으슥하니 괜찮겠네."

"힘드시면 제가 혼자 갔다 올게요."

"안 된다니까! 이건 명령이야!"

방씨는 버럭 고함을 내질렀다. 숲의 둥지에 들어 쉬던 새들이 놀라 날개를 파닥거렸다. 청운을 갈랫길에 멈춰 선 채 어떡하는 게 좋을지 생각에 잠겼다.

'아, 정말…….'

그는 한숨을 쉬었다.

방씨는 같은 잡부이면서 미군부대가 관할하는 몽키하우스의 직원이라는 사실을 유독 자랑스러워하는 40대 중반의 상이군인이었다. 6.25 동족상쟁 당시 일등병으로 최전선에 나서서 수많은 북한군을 죽인 무용담을 늘어놓곤 했는데, 찬란한 무공훈장을 받았지만 언제 어디선지 모르게 잃어버렸다며 무척 아쉬워했다. 사실인지 공상인지…… 최후의 고지전 때 처절한 육박전을 벌이다가 북괴군을 껴안은 채 산비탈을 굴러 내렸는데, 북괴 새끼는 큰 바위에 골통이 부딪혀 즉사하고 자기는 간발의 차이로 옆머리만 살짝 다치곤 살아남았다고 지껄였다. 술이라도 한잔 마셔 알딸딸해지면, 그건 즉 남한이 북한을 이긴다는 하느님의 계시라고 히득거리기도 하고, 간혹 그 빈사상태에서 북괴군의 목을 물어뜯어 피를 빨아 먹은 덕분에 살아남았다며 개기름이 흐르는 거무죽죽한 얼굴로 껄껄거리기도 했다. 특히 남에게 겁을 줄 때…….

한 핏줄끼리 그땐 피 흘리며 싸웠을지언정 지금까지도 서로 미워해야만 할까? 청운은 공작원으로 북한에 갔다 온 사실을 드러내진 않았지만, 그 황량하던 산하와 가난에 지친 사람들을 두 눈으로 보고 와서 그런지 씁쓸했다.

방씨는 때때로 정신이 약간 이상해졌는데, 나쁜 방향으로 치우치면 폭력적인 성벽으로 동료 잡부들에게 주먹을 휘두르거나 여자들에게 해코지를 가하기도 했고 흉기로 자신의 몸을 찔러 피를 빨아 먹기도 했다. 그런데도 관할 당국인 미군부대 측에서는 아무런 조처도 취하지 않았다. 어쨌든 정상적인 상태에서는 방씨가 한미혈맹을 좌우명처럼 여기고, 동족인 형제자매에겐 흡혈귀 노릇을 하는 꼴이 볼 만했는지도 몰랐다.

수용소의 여자들은 그런 그를 친미파보다 더 잘난 미친놈이라고 욕했다. 그러거나 말거나 방씨는 미군 관리와 한국인 실무자들의 지시 방침을 잘 준수하면서 언젠가는 잡부 조장이 돼 '혈맹' 미국을 위해 나름대로 큰일 할 꿈을 꾸며 살았다.

"꾸물거리지 말고 어서 저쪽에다가 지게를 받쳐!"

방씨는 성마른 목청으로 소리치며 플래시 불빛을 큰 소나무 밑에 비춰 댔다. 그래도 청운이 망설이자 그는 목소리를 착 깔더니 구슬렸다.

"이봐, 애송이…… 어른 말씀을 잘 들으면 자다가 떡 얻어먹는단 얘기도 못 들었나? 사실 황량한 공동묘지보다는 여기가 호젓하고 아늑해서 혼백이 쉬기는 더 좋을 거야. 그러니 고집부리지 말라구."

방씨의 말이 옳다기보다 계속 버텨 봐야 해결 날 것 같지 않아 청운은 일단 노송 밑에 지게를 받쳐 세웠다. 방씨는 주머니에서 담뱃갑을 꺼내 청운에게 한 대 권하고 자기도 한 대 빼물곤 불을 붙였다. 희뿌연 연기가 어두운 허공 속으로 흩어져 갔다.

"휘유…… 인생이란 과연 무엇일까? 저 연기처럼 구름처럼 허무해. 공수래공수거라고…… 잘난 놈도 못난 놈도 결국엔 흙 속으로 돌아가는데 뭘 시시비비하겠나? 초로인생草露人生이라고들 말하는데 난 초혈인생이라고 하고 싶어. 풀잎 끝에 맺힌 이슬방울이라기보다 핏방울이랄까…… 사람 목숨은 한순간이야…… 자, 이제 구덩이를 좀 파자구. 서둘러야겠어."

　방씨는 담배를 비벼 끄곤 삽 한 자루를 청운에게 건네주며 말했다. 그러고는 플래시를 나뭇가지에 걸어 환하게 비치게 했다. 별수 없이 청운은 삽을 들고 땅바닥을 파기 시작했다. 삽질을 거듭하는 사이에 모종의 불만과 의혹은 다 사라지진 않았지만 서서히 잊어버렸다. 그저 졸지에 죽어 시체가 된 정인을 생각하며 그녀가 잠들 보금자리를 마련키 위해 부지런히 움직였다. 방씨는 오줌 좀 누고 오겠다며 비켜났다.

"적당히 파라구."

　청운은 눈길 한번 주지 않고 무시하며 계속 삽질을 했다. 무슨 반발심 때문인지 더 넓고 깊게 정성껏 팠다. 시간이 얼마나 흘렀을까, 청운은 문득 눈가에 맺혀 오는 눈물방울을 감추기 위해 얼굴을 들어 밤하늘을 쳐다보았다. 달빛은 나뭇잎에 가렸지만 그 사이사이로 별이 초롱초롱 떠서 눈물에 어리어 반짝였다.

'저 별빛이 정인의 가슴속에서도 초롱거렸으면…….'

　혼잣말을 하며 지게 쪽을 바라보던 청운은 문득 이상스러운 느낌에 저도 모르게 흠칫 떨었다. 방씨 사내가 상체를 구부린 채 시체에게 뭔가 범상찮은 야릇한 짓을 하고 있었던 것이다. 슬쩍 한 걸음 다가서던 청운은 깜짝 놀라 숨을 멈추었다. 방씨는 시체의 입술을 빨아대면서 무아지경에 빠져 정인의 허연 젖가슴을 주무르고 있었던 것이다.

"지금 뭣 하는 거요?"

　청운은 말보다 빨리 방씨의 어깨를 잡아 떼어내며 소리쳤다.

"야, 이거 왜 이래, 응? 사랑스럽고 가여운 정인과 작별 인사를 하는 중인데……."

"뭐라구요!"

청운은 사내의 얼굴을 돌려 그 눈을 노려보았다. 빙글빙글 웃고 있었지만 이미 정상적인 사람의 얼굴이 아니었다. 뇌에 입은 과거의 상처로 인한 것인지 어쩐지 몰라도 그는 제정신을 잃은 반쯤 미친 상태였다.

"넌 잘 모르겠지만…… 앤 한미동맹 사이에 피어난 아름다운 꽃이었어. 그러니 예를 다해 석별 인사를 해야지……."

그러더니 방씨는 다시 입을 시신의 가슴 쪽으로 가져가는 것이었다. 청운이 제지하자 그는 갑자기 미친 짐승처럼 돌변해 덤비며 으르렁거렸다. 한창 젊은 청운의 근육조차도 마구 짓누르는 포악한 광기였다. 마치 흡혈귀가 자신의 음식을 빼앗겨 광란하는 모습이었다. 청운은 북파 공작원 훈련소에서 익힌 위기상황 대처법을 응용해 팔꿈치로 상대의 옆구리를 치곤 한쪽 무릎을 굽혀 살짝 앉는 동시에 급소를 쳐올렸다. 사내는 억 소리를 내며 쓰러져 나뒹굴더니 제풀에 파둔 구덩이 속으로 굴러 들어갔다.

청운은 잠시 기다려 보았다. 죽었는지 살았는지 아무런 소리도 들려오지 않았다. 청운은 좀 걱정스러운 눈치였지만 내려가서 확인해 보진 않았다.

"죽어도 싸…… 하지만 저자의 가족 입장에서 보면 아마 내가 죽일 놈이겠지. 흐흐……."

청운은 삽과 플래시를 챙긴 뒤 지게를 지곤 아까 자기가 가려고 했던 길을 향해 발걸음을 떼었다. 저녁을 넘어가는 고요한 산중엔 공기조차 멎어버린 듯했다. 이따금 산새인지 산짐승인지 잘 분간이 되지 않는 두견이의 처연한 울음소리만이 혼백 잃은 시신을 위해 애곡해 주었다.

"미군 홀에서 시달리는 것보다 차라리 황토 흙 속에서 잠드는 게 편할지도 모르지."

청운은 입속으로 중얼거렸다. 야트막한 능선을 넘고 다시 아래로 걸어 내려 계곡을 끼고 에돌아가면서 그는 졸졸 흐르는 물소리를 반주 삼아 만가挽歌를 흥얼거렸다. 선감도 수용소에 있던 시절 사감에게 맞아 죽거나 탈출하다가 익사한 어린 시체를 묻으러 가며 불러 주던 노래였다.

북망산이 어드메뇨
건너산이 북망일세
만장 같은 집을 두고
북망산천 찾아가네
어이 넘차 어허야~ 어허이 어허야~

불쌍하고 가련쿠나 애절하고 원통쿠나
먹던 밥은 놓아두고 어디로 가시는가
황천길이 멀다 해도 쉬엄쉬엄 가소서
빈손으로 왔다가 빈손으로 가는 인생…….
어이 넘차 어허야~ 어허이 어허야~

비탈길을 지나 다시 능선을 넘자 저쯤 공동묘지가 바라보였다. 그쪽엔 나무가 한 그루도 없고, 플래시 빛을 비추자 듬성듬성 자라난 풀 잔디 새로 검붉은 황토 흙이 드러나 보였다.

청운은 공동묘지에 처음 가보는 셈이었다. 전에 나무하러 온 길에 멀찍이서 바라본 적은 있었지만 시체를 매장하러 가는 건 처음이었다. 그는 천천히 발을 떼어 놓았다.

‘아, 얼마나 많은 위안부 여자들의 억울한 백골이 이 산에 묻혀 있을까? 선감도에서도 그랬었지. 아마 땅을 파헤쳐 보기 전엔 아무도 모를 거야……’

여자들이 흙산 또는 황토산이라고 부르기도 하는 그 벌거숭이 야산엔 마치 페니실린 알레르기로 인해 살갗에 돋아난 뽀루지 같은 검붉은 무덤이 총총히 모여 있었다.

청운은 한쪽에 지게를 받쳐 놓곤 그 하찮고 애처로운 무덤 사이를 고개 숙여 거닐었다. 이지러진 무덤 앞엔 낡은 나무 판때기가 꽂혔고 거기엔 서투른 글씨로 이런저런 묘비명이 씌어 있었다.

‘난희의 묘…… 천상에선 양공주가 아닌 프린세스로……’
‘애니의 무덤…… 배고파 몸 판 죄뿐……’
‘선아 여기에…… 지옥이 곧 천국……’

청운은 좀 외떨어진 소나무 옆에 호젓한 장소를 발견하곤 삽으로 파기 시작했다. 암석산이 아닌 토산인지라 잔디를 걷어내자 곧 부드러운 흙이 나타났다. 달빛을 받으며 그는 부지런히 움직였다. 얼마 후 아담한 구덩이가 만들어졌다.

청운은 지게에서 시체를 들어 하늘을 한번 쳐다보곤 구덩이 속에 눕혔다. 짧은 삶 동안 기구한 역경을 겪은 여인은 아무런 말이 없었다. 청운은 삽에 흙을 떠 뿌리려다가 잠시 망설였다.

"잘 자…… 언젠가 좋은 세상이 올 때까지…… 정인아, 그땐 일어나 네가 겪은 얘기를 생생히 들려줘야 하지 않겠니."

청운은 급히 흙을 퍼서 구덩이 속으로 던졌다. 시신이 덮이고 차츰 흙이 차오르기 시작했다.*

"표시가 나면 나중에 놈들이 파헤칠 수도 있어."

그는 봉분을 아주 낮게 평지와 비슷하게 만든 다음 멀찍한 데서 잔디를 떠 와 조심스레 입혔다. 그러고는 플래시를 들고 이리저리 살피더니 넓적한 돌 하나를 주워 와 소나무 옆에 꽂아 세웠다.

"잘 있어. 묘비명 하나도 제대로 세워 주지 못해서 미안해……."

청운은 손가락으로 돌을 슬쩍 쓰다듬어 주곤 일어서서 발길을 돌렸다.

---

* 미군 기지촌 '위안부' 피해자들에게 국가가 손해배상을 해야 한다는 법원 판결이 나왔다. 2018년 2월 재판부는 "국가는 기지촌 내 성매매를 묵인하는 것을 넘어 적극적으로 조장하고 정당화했다. 여성들의 성과 인간적 존엄성을 군사동맹과 외화 획득의 수단으로 삼았다. 또한 국가가 법적 근거 없이 낙검자 수용소에 끌려온 위안부들을 의사의 진단 없이 강제 격리 수용한 뒤 부작용의 가능성이 큰 페니실린을 무차별적으로 투약한 것은 불법이다. 수용된 위안부들은 치료 과정에서 페니실린 쇼크로 인한 부작용에 시달리거나 사망한 경우도 있었다."라고 지적했다. 법정에서 선고를 지켜보던 기지촌 피해자들은 울음을 터뜨리며 서로 부둥켜안았다. – 지은이 주

푸른 달

어둠이 점점 깊어졌다.

청운은 모든 걸 다 팽개치고 능선을 넘어 미지의 어떤 다른 곳으로 떠나 버리고 싶은 모양이었다. 하지만 그는 솔잎 사이로 저 멀리 반짝거리는 별을 쳐다보다가 지게를 찾아 지곤 터덜터덜 산길을 되짚어 내렸다.

'일단 가서 상황을 살펴보자. 미리 겁먹을 필요는 없지 뭐.'

그는 플래시를 꺼서 주머니 속에 집어넣은 후 어스레한 산길을 오히려 더 빨리 걸어 내렸다. 악마산에서는 달도 없는 캄캄한 밤의 벼랑길을 얼마나 빨리 오르내렸던가. 험악한 북한 지역의 산악을 고려해 참혹한 지옥 훈련을 받았었다. 그는 일단 아까 구덩이를 팠던 곳으로 향했다.

'쓰벌, 기분 더럽군…… 아니, 수치스러워. 벌레보다 못한 그런 놈 땜에 심장이 이다지도 팔딱거리다니…….'

청운은 노송나무 밑의 구덩이 쪽으로 걸음을 재촉했다. 만일 죽어 버렸다면 졸지에 살인자가 되는 셈이었다.

'그런 쌍놈 때문에…….'

청운은 소나무 옆에 서서 흙구덩이를 내려다보았다. 뭔가 신음 소리를 내며 꿈틀거리고 있었다. 청운은 한 발짝 가까이 다가갔다.

'흠, 어찌해야 하나? 저대로 죽게 놔둔다면 나 자신이 살인자가 되고, 살려 주자니 왠지 스스로 치사스러운 느낌이 드는군. 또한 저 반미치광이가 살아난다면 얼마나 많은 여자들을 괴롭히게 될까 싶어 솔직히 걱정이 되니 말야…… 흥, 저 미친 엉터리 친미주의자를 오히려 몽키하우스에 가둬 두면 좋겠건만…….'

청운은 한동안 망설이다가 구덩이 가에 쭈그려 앉았다.

"여보슈, 그새 참회는 좀 했소?"

"아니, 당신은 누구시우? 사람이우, 귀신이우?…… 아무튼지 제발 좀 살려내 주시웁서……."

"난 저승사자요. 오늘 밤 당신을 잡아가야 하오."

청운은 근엄스러운 목소리로 말했다.

"아아, 그게 대체 무슨 말씀이옵나이까?…… 오늘 아침까지 잘 살다가 왜 갑자기 이런 꼴을 당해야 하나이까? 정녕 억울하오이다…… 더군다나 제겐 가족이 있습니다. 일주일 후엔 사랑스러운 딸애의 결혼식이 있고 또한 알뜰히 모은 돈도 장독대 옆 화단 밑에 은밀히 숨겨두었는데…… 그걸 한 푼 써보지도 못하고 몽땅 버려둔 채 어딜 가란 말입니까?"

사내는 격하게 헐떡거리며 말하던 끝에 울음을 클클 쏟아냈다.

"그럼 직접 나와서 그곳을 향해 가면 될 것이오."

"제발…… 지금 갈비뼈가 부러지고 다리까지 비틀어졌는지 일어날 수가 없나이다. 그러니 제발 좀……."

"저승의 거울 속엔 모든 죄악상이 다 비친다오. 당신 마음속의 거울에 한번 비추어 보시오. 다 통하니까."

"전……."

사내는 얼마 동안 생각하더니 말했다.

"저는…… 저는…… 사실 살인자이오이다. 나쁘긴 나쁘죠. 하지만…… 살인을 내가 왜 했는지…… 전혀 알 수가 없나이다. 제발 여기서 좀……."

청운은 웃었다.

"너스레 떨지 말고 내가 누군지 제대로 한번 보시우."

"아니, 넌…… 네가 왜 여기 있어?"

"잘 알 텐데 뭘 시치밀 떼고 그래요?"

"아냐, 난 정말…… 이 상황이 뭔지 모르겠어. 내가 왜 여기 이러고 있는지도……."

청운은 방씨의 흙투성이 얼굴을 내려다보며 생각에 잠겼다.

'원래 음흉스러운 놈팡이니…… 지금 속으론 허연 이빨을 갈면서도 흑여우처럼 술책을 꾸미고 있는지도 몰라. 물에 빠진 미친 광견을 건져 주면 곧바로 물어뜯어 공수병을 전염시킨다는 말도 있잖아. 아, 정말이지, 고민되는군…….'

한참 동안 망설이던 청운은 결국 결심했는지 일어나 몸을 돌려 몇 발짝 걸어 내렸다. 그러더니 머리를 흔들곤 묵묵히 되돌아가서 부상자를 집어 들어 지게에 얹은 다음 비명 소리에 아랑곳 않고 터벅터벅 산길을 내려갔다.

이윽고 몽키하우스 입구에 닿은 청운은 지게를 육중한 출입문 앞에 받쳐 둔 후 발길을 돌렸다.

그는 밤하늘의 별빛보다 더 밝은 아메리칸 홀의 네온사인 빛이 반짝이는 요지경 지옥을 향해 무거운 걸음을 옮겼다.

(끝)

몽키하우스:

미군 위안부 성병치료 수용소

초판인쇄 2024년 10월 25일
초판발행 2024년 10월 25일

지은이   김영권
펴낸이   채종준
펴낸곳   한국학술정보(주)
주 소   경기도 파주시 회동길 230(문발동)
전 화   031-908-3181(대표)
팩 스   031-908-3189
홈페이지 http://ebook.kstudy.com
E-mail   출판사업부 publish@kstudy.com
등 록   제일산-115호(2000. 6. 19)

ISBN   979-11-7318-023-1 03810